CAPITÃES
DA AREIA

COLEÇÃO JORGE AMADO

Conselho editorial

Alberto da Costa e Silva
Lilia Moritz Schwarcz

Coordenação editorial

Thyago Nogueira

O país do Carnaval, 1931
Cacau, 1933
Suor, 1934
Jubiabá, 1935
Mar morto, 1936
Capitães da Areia, 1937
ABC de Castro Alves, 1941
O Cavaleiro da Esperança, 1942
Terras do sem-fim, 1943
São Jorge dos Ilhéus, 1944
Bahia de Todos-os-Santos, 1945
Seara vermelha, 1946
O amor do soldado, 1947
Os subterrâneos da liberdade
    Os ásperos tempos, 1954
    Agonia da noite, 1954
    A luz no túnel, 1954
Gabriela, cravo e canela, 1958
De como o mulato Porciúncula descarregou seu defunto, 1959
Os velhos marinheiros ou O capitão-de-longo-curso, 1961
A morte e a morte de Quincas Berro Dágua, 1961
O compadre de Ogum, 1964
Os pastores da noite, 1964
A ratinha branca de Pé-de-vento e A bagagem de Otália, 1964
As mortes e o triunfo de Rosalinda, 1965
Dona Flor e seus dois maridos, 1966
Tenda dos Milagres, 1969
Tereza Batista cansada de guerra, 1972
O gato malhado e a andorinha Sinhá, 1976
Tieta do Agreste, 1977
Farda, fardão, camisola de dormir, 1979
O milagre dos pássaros, 1979
O menino grapiúna, 1981
A bola e o goleiro, 1984
Tocaia Grande, 1984
O sumiço da santa, 1988
Navegação de cabotagem, 1992
A descoberta da América pelos turcos, 1992
Hora da Guerra, 2008
Toda saudade do mundo, 2012
Com o mar por meio: Uma amizade em cartas (com José Saramago), 2017

JORGE AMADO

CAPITÃES DA AREIA

Posfácio
Milton Hatoum

58ª reimpressão

COMPANHIA DE BOLSO

1ª edição, Livraria José Olympio Editora, Rio de Janeiro, 1937

Grafia atualizada segundo o Acordo Ortográfico da Língua Portuguesa de 1990, que entrou em vigor no Brasil em 2009.

Capa
Jeff Fisher

Cronologia
Ilana Seltzer Goldstein e Carla Delgado de Souza

Preparação
Cecília Ramos

Revisão
Carmen S. da Costa
Arlete Sousa
Isabel Jorge Cury
Todotipo Editorial

Texto estabelecido a partir dos originais revistos pelo autor. Os personagens e as situações desta obra são reais apenas no universo da ficção; não se referem a pessoas e fatos concretos, e não emitem opinião sobre eles.

Dados Internacionais de Catalogação na Publicação (CIP)
(Câmara Brasileira do Livro, SP, Brasil)

Amado, Jorge, 1912-2001.
Capitães da Areia / Jorge Amado ; posfácio de Milton Hatoum — São Paulo : Companhia das Letras, 2009.

ISBN 978-85-359-1406-1

1. Ficção brasileira I. Hatoum, Milton. II Título.

09-00535 CDD-869.93

Índice para catálogo sistemático:
1. Ficção: Literatura brasileira 869.93

EDITORA SCHWARCZ S.A.
Rua Bandeira Paulista, 702, cj. 32
04532-002 — São Paulo — SP
Telefone: (11) 3707-3500
www.companhiadasletras.com.br
www.blogdacompanhia.com.br

Matilde:
Jogávamos jogos de prenda.
Andávamos de carro de boi.
Morávamos em casa mal-assombrada.
Conversávamos com moças e mágicos.
Achavas a Bahia imensa e misteriosa.
A poesia deste livro vem de ti.

Para Aydano do Couto Ferraz,
José Olympio,
José Américo de Almeida,
João Nascimento Filho
e para Anísio Teixeira, amigo das crianças.

CARTAS À REDAÇÃO

CRIANÇAS LADRONAS

AS AVENTURAS SINISTRAS DOS CAPITÃES DA AREIA • A CIDADE INFESTADA POR CRIANÇAS QUE VIVEM DO FURTO • URGE UMA PROVIDÊNCIA DO JUIZ DE MENORES E DO CHEFE DE POLÍCIA • ONTEM HOUVE MAIS UM ASSALTO

Já por várias vezes o nosso jornal, que é sem dúvida o órgão das mais legítimas aspirações da população baiana, tem trazido notícias sobre a atividade criminosa dos Capitães da Areia, nome pelo qual é conhecido o grupo de meninos assaltantes e ladrões que infestam a nossa urbe. Essas crianças que tão cedo se dedicaram à tenebrosa carreira do crime não têm moradia certa ou pelo menos a sua moradia ainda não foi localizada. Como também ainda não foi localizado o local onde escondem o produto dos seus assaltos, que se tornam diários, fazendo jus a uma imediata providência do juiz de menores e do dr. chefe de polícia.

Esse bando que vive da rapina se compõe, pelo que se sabe, de um número superior a cem crianças das mais diversas idades, indo desde os oito aos dezesseis anos. Crianças que, naturalmente devido ao desprezo dado à sua educação por pais pouco servidos de sentimentos cristãos, se entregaram no verdor dos anos a uma vida criminosa. São chamados de Capitães da Areia porque o cais é o seu quartel-general. E têm por comandante um molecote dos seus catorze anos, que é o mais terrível de todos, não só ladrão, como já autor de um crime de ferimentos graves, praticado na tarde de ontem. Infelizmente a identidade deste chefe é desconhecida.

O que se faz necessário é uma urgente providência da polícia e do juizado de menores no sentido da extinção desse bando e para que recolham esses precoces criminosos, que já não deixam a cidade dormir em paz o seu sono tão merecido, aos institutos de reforma de crianças ou às prisões. Passemos agora a relatar o assalto de ontem, do qual foi vítima um honrado comerciante da nossa praça, que teve sua residência furtada em mais de um conto de réis e um seu empregado ferido pelo desalmado chefe dessa malta de jovens bandidos.

NA RESIDÊNCIA DO COMENDADOR
JOSÉ FERREIRA

No Corredor da Vitória, coração do mais chique bairro da cidade, se eleva a bela vivenda do comendador José Ferreira, dos mais abastados e acreditados negociantes desta praça, com loja de fazendas na rua Portugal. É um gosto ver o palacete do comendador, cercado de jardins, na sua arquitetura colonial. Pois ontem esse remanso de paz e trabalho honesto passou uma hora de indescritível agitação e susto com a invasão que sofreu por parte dos Capitães da Areia.

Os relógios badalavam as três horas da tarde e a cidade abafava de calor quando o jardineiro notou que algumas crianças vestidas de molambos rondavam o jardim da residência do comendador. O jardineiro tratou de afastar da frente da casa aqueles incômodos visitantes. E, como eles continuassem o seu caminho, descendo a rua, Ramiro, o jardineiro, volveu ao seu trabalho nos jardins do fundo do palacete. Minutos depois, porém, era o

ASSALTO

Não tinham passado ainda cinco minutos quando o jardineiro Ramiro ouviu gritos assustados vindos do interior da residência. Eram gritos de pessoas terrivelmente assustadas. Armando-se de uma foice o jardineiro penetrou na casa e mal teve tempo de ver vários moleques que, como um bando de demônios (na expressão curiosa de Ramiro), fugiam saltando as janelas, carregados com objetos de valor da sala de jantar. A empregada que havia gritado estava cuidando da senhora do comendador, que tivera um ligeiro desmaio em virtude do susto que passara. O jardineiro dirigiu-se às pressas para o jardim, onde teve lugar a

LUTA

Aconteceu que no jardim a linda criança que é Raul Ferreira, de onze anos, neto do comendador, que se achava de visita aos avós, conversava com o chefe dos Capitães da Areia, que é reconhecível devido a um talho que tem no rosto. Na sua inocência, Raul ria para o malvado, que sem dúvida pensava em furtá-lo. O jardineiro se atirou então em cima do ladrão. Não esperava, porém, pela reação do moleque, que se revelou um mestre nestas brigas. E o resultado é que, quando pensava ter seguro o chefe da malta, o jardineiro recebeu uma punhalada no ombro e logo em seguida outra no braço, sendo obrigado a largar o criminoso, que fugiu.

A polícia tomou conhecimento do fato, mas até o momento que escrevemos a presente nota nenhum rastro dos Capitães da Areia foi encontrado. O comendador José Ferreira, ouvido pela nossa reportagem, avalia o seu prejuízo em mais de um conto de réis, pois só o pequeno relógio de sua esposa estava avaliado em novecentos e foi furtado.

URGE UMA PROVIDÊNCIA

Os moradores do aristocrático bairro estão alarmados e receosos de que os assaltos se sucedam, pois este não é o primeiro levado a efeito pelos Capitães da Areia. Urge uma providência que traga para semelhantes malandros um justo castigo e o sossego para as nossas mais distintas famílias. Esperamos que o ilustre chefe de polícia e o não menos ilustre dr. juiz de menores saberão tomar as devidas providências contra esses criminosos tão jovens e já tão ousados.

A OPINIÃO DA INOCÊNCIA

A nossa reportagem ouviu também o pequeno Raul, que, como dissemos, tem onze anos e já é dos ginasianos mais aplicados do Colégio Antônio Vieira. Raul mostrava uma grande coragem, e nos disse acerca da sua conversa com o terrível chefe dos Capitães da Areia.

— Ele disse que eu era um tolo e não sabia o que era brincar. Eu respondi que tinha uma bicicleta e muito brinquedo. Ele riu e disse que tinha a rua e o cais. Fiquei gostando dele, parece um desses meninos de cinema que fogem de casa para passar aventuras.

Ficamos então a pensar neste outro delicado problema para a infância que é o cinema, que tanta ideia errada infunde às crianças acerca da vida. Outro problema que está merecendo a atenção do dr. juiz de menores. A ele volveremos.

(Reportagem publicada no *Jornal da Tarde*, na página de "Fatos Policiais", com um clichê da casa do comendador e um deste no momento em que era condecorado.)

CARTA DO SECRETÁRIO DO CHEFE DE POLÍCIA À REDAÇÃO DO *JORNAL DA TARDE*

Sr. diretor do *Jornal da Tarde*

Cordiais saudações.

Tendo chegado ao conhecimento do dr. chefe de polícia a local publicada ontem na segunda edição desse jornal sobre as atividades dos Capitães da Areia, bando de crianças delinquentes, e o assalto levado a efeito por este mesmo bando na residência do comendador José Ferreira, o dr. chefe de polícia se apressa a comunicar à direção deste jornal que a solução do problema compete antes ao juiz de menores que à polícia. A polícia neste caso deve agir em obediência a um pedido do dr. juiz de menores. Mas que, no entanto, vai tomar sérias providências para que semelhantes atentados não se repitam e para que os autores do de anteontem sejam presos para sofrerem o castigo merecido.

Pelo exposto fica claramente provado que a polícia não merece nenhuma crítica pela sua atitude em face desse problema. Não tem agido com maior eficiência porque não foi solicitada pelo juiz de menores.

Cordiais saudações.

Secretário do chefe de polícia

(Publicada em primeira página do *Jornal da Tarde*, com clichê do chefe de polícia e um vasto comentário elogioso.)

CARTA DO DR. JUIZ DE MENORES À REDAÇÃO DO *JORNAL DA TARDE*

Exmo. sr. diretor do *Jornal da Tarde*
Cidade do Salvador
Neste estado

Meu caro patrício.

Cordiais saudações.

Folheando, num dos raros momentos de lazer que me deixam as múltiplas e variadas preocupações do meu espinhoso cargo, o vosso brilhante vespertino, tomei conhecimento de uma epístola do infatigável dr. chefe de polícia do estado, na qual dizia dos motivos por que a polícia não pudera até a data presente intensificar a meritória campanha contra os menores delinquentes que infestam a nossa urbe. Justifica-se o dr. chefe de polícia declarando que não possuía ordens do juizado de menores no sentido de agir contra a delinquência infantil. Sem querer absolutamente culpar a brilhante e infatigável chefia de polícia, sou obrigado, a bem da verdade (essa mesma verdade que tenho colocado como o farol que ilumina a estrada da minha vida com a sua luz puríssima), a declarar que a desculpa não procede. Não procede, sr. diretor, porque ao juizado de menores não compete perseguir e prender os menores delinquentes e, sim, designar o local onde devem cumprir pena, nomear curador para acompanhar qualquer processo contra eles instaurado etc. Não cabe ao juizado de menores capturar os pequenos delinquentes. Cabe velar pelo seu destino posterior. E o sr. dr. chefe de polícia sempre há de me encontrar onde o dever me chama, porque jamais, em cinquenta anos de vida impoluta, deixei de cumpri-lo.

Ainda nestes últimos meses que decorreram mandei para o reformatório de menores vários menores delinquentes ou abandonados. Não tenho culpa, porém, de que fujam, que não se impressionem com o exemplo de trabalho que encontram naquele estabelecimento de educação e que, por meio da fuga, abandonem um ambiente onde se respiram paz e trabalho e onde são tratados com o maior carinho. Fogem e se tornam ainda mais perversos, como se o exemplo que houvessem recebido fosse mau e daninho. Por quê? Isso é um problema que aos psicólogos cabe resolver e não a mim, simples curioso da filosofia.

O que quero deixar claro e cristalino, sr. diretor, é que o dr. chefe de polícia pode contar com a melhor ajuda deste juizado de menores para intensificar a campanha contra os menores delinquentes.

De v. exa., admirador e patrício grato,

Juiz de menores

(Publicada no *Jornal da Tarde* com o clichê do juiz de menores em uma coluna e um pequeno comentário elogioso.)

CARTA DE UMA MÃE, COSTUREIRA, À REDAÇÃO DO *JORNAL DA TARDE*

Sr. redator

Desculpe os erros e a letra pois não sou costumeira nestas coisas de escrever e se hoje venho a vossa presença é para botar os pontos nos *ii*. Vi no jornal uma notícia sobre os furtos dos Capitães da Areia e logo depois veio a polícia e disse que ia perseguir eles e então o doutor dos menores veio com uma conversa dizendo que era uma pena que eles não se emendavam no reformatório para onde ele mandava os pobres. É pra falar no tal do reformatório que eu escrevo estas mal traçadas linhas. Eu queria que seu jornal mandasse uma pessoa ver o tal do reformatório para ver como são tratados os filhos dos pobres que têm a desgraça de cair nas mãos daqueles guardas sem alma. Meu filho Alonso teve lá seis meses e se eu não arranjasse tirar ele daquele inferno em vida, não sei se o desgraçado viveria mais seis meses. O menos que acontece pros filhos da gente é apanhar duas e três vezes por dia. O diretor de lá vive caindo de bêbedo e gosta de ver o chicote cantar nas costas dos filhos dos pobres. Eu vi isso muitas vezes porque eles não ligam pra gente e diziam que era para dar exemplo. Foi por isso que tirei meu filho de lá. Se o jornal do senhor mandar uma pessoa lá, secreta, há de ver que comida eles comem, o trabalho de escravo que têm, que nem um homem forte aguenta, e as surras que tomam. Mas é preciso que vá secreto senão se eles souberem vira um céu aberto. Vá de repente e há de ver quem tem razão. É por essas e outras que existem os Capitães da Areia. Eu prefiro ver meu filho no meio deles que no tal reformatório. Se o senhor quiser ver uma coisa de cortar o coração vá lá. Também se quiser pode conversar com o padre José Pedro, que foi capelão de lá e viu tudo isso. Ele também pode contar e com melhores palavras que eu não tenho.

Maria Ricardina, costureira

(Publicada na quinta página do *Jornal da Tarde*, entre anúncios, sem clichês e sem comentários.)

CARTA DO PADRE JOSÉ PEDRO À REDAÇÃO DO *JORNAL DA TARDE*

Sr. redator do *Jornal da Tarde*

Saudações em Cristo.

Tendo lido, no vosso conceituado jornal, a carta de Maria Ricardina que apelava para mim como pessoa que podia esclarecer o que é a vida das crianças recolhidas ao reformatório de menores, sou obrigado a sair da obscuridade em que vivo para vir vos dizer que infelizmente Maria Ricardina tem razão. As crianças no aludido reformatório são tratadas como feras, essa é a verdade. Esqueceram a lição do suave mestre, sr. redator, e em vez de conquistarem as crianças com bons tratos, fazem-nas mais revoltadas ainda com espancamentos seguidos e castigos físicos verdadeiramente desumanos. Eu tenho ido lá levar às crianças o consolo da religião e as encontro pouco dispostas a aceitá-lo devido naturalmente ao ódio que estão acumulando naqueles jovens corações tão dignos de piedade. O que tenho visto, sr. redator, daria um volume.

Muito grato pela atenção.

Servo em Cristo,

Padre José Pedro

(Carta publicada na terceira página do *Jornal da Tarde*, sob o título "Será verdade?" e sem comentários.)

CARTA DO DIRETOR DO REFORMATÓRIO À REDAÇÃO DO *JORNAL DA TARDE*

Exmo. sr. diretor do *Jornal da Tarde*

Saudações.

Tenho acompanhado com grande interesse a campanha que o brilhante órgão da imprensa baiana, que com tão rútila inteligência dirigis, tem feito contra os crimes apavorantes dos Capitães da Areia, bando de delinquentes que amedronta a cidade e impede que ela viva sossegadamente.

Foi assim que li duas cartas de acusações contra o estabelecimento que dirijo e que a modéstia (e somente a modéstia, sr. diretor) me impede que chame de modelar.

Quanto à carta de uma mulherzinha do povo, não me preocupei com ela, não merecia a minha resposta. Sem dúvida é uma das muitas que aqui vêm e querem impedir que o reformatório cumpra a sua santa missão de educar os seus filhos. Elas os criam na rua, na pândega, e como eles aqui são submetidos a uma vida exemplar, elas são as primeiras a reclamar, quando deviam beijar as mãos daqueles que estão fazendo dos seus filhos homens de bem. Primeiro vêm pedir lugar para os filhos. Depois sentem falta deles, do produto dos furtos que eles levam para casa, e então saem a reclamar contra o reformatório. Mas, como já disse, sr. diretor, esta carta não me preocupou. Não é uma mulherzinha do povo quem há de compreender a obra que estou realizando à frente deste estabelecimento.

O que me abismou, sr. diretor, foi a carta do padre José Pedro. Este sacerdote, esquecendo as funções do seu cargo, veio lançar contra o estabelecimento que dirijo graves acusações. Esse padre (que eu chamarei de padre do demônio, se me permitis uma pequena ironia, sr. diretor) abusou das suas funções para penetrar no nosso estabelecimento de educação em horas proibidas pelo regulamento e contra ele eu tenho de formular uma séria queixa: ele tem incentivado os menores que o estado colocou a meu cargo à revolta, à desobediência. Desde que ele penetrou os umbrais desta casa que os casos de rebeldia e contravenções aos regulamentos aumentaram. O tal padre é apenas um instigador do mau caráter geral dos menores sob a minha guarda. E por isso vou fechar-lhe as portas desta casa de educação.

Porém, sr. diretor, fazendo minhas as palavras da costureira que escreveu a este jornal, sou eu quem vem vos pedir que envieis um redator ao reformatório. Disso faço questão. Assim podereis, e o público também, ter ciência exata e fé verdadeira sobre a maneira como são tratados os menores que se regeneram no Reformatório Baiano de Menores Delinquentes e Abandonados. Espero o vosso redator na segunda-feira. E se não digo que ele venha no dia que quiser é que estas visitas devem ser feitas nos dias permitidos pelo regulamento e é meu costume nunca me afastar do regulamento. Este é o motivo único por que convido o vosso redator para segunda-feira. Pelo que vos fico imensamente grato, como pela publicação desta. Assim ficará confundido o falso vigário de Cristo.

Criado agradecido e admirador atento,

Diretor do Reformatório Baiano de
Menores Delinquentes e Abandonados

(Publicada na terceira página do *Jornal da Tarde* com um clichê do reformatório e uma notícia adiantando que na próxima segunda-feira irá um redator do *Jornal da Tarde* ao reformatório.)

UM ESTABELECIMENTO MODELAR ONDE REINAM A PAZ E O TRABALHO • UM DIRETOR QUE É UM AMIGO • ÓTIMA COMIDA • CRIANÇAS QUE TRABALHAM E SE DIVERTEM • CRIANÇAS LADRONAS EM CAMINHO DA REGENERAÇÃO • ACUSAÇÕES IMPROCEDENTES • SÓ UM INCORRIGÍVEL RECLAMA • O REFORMATÓRIO BAIANO É UMA GRANDE FAMÍLIA • ONDE DEVIAM ESTAR OS CAPITÃES DA AREIA

(Títulos da reportagem publicada na segunda edição de terça-feira do *Jornal da Tarde*, ocupando toda a primeira página, sobre o Reformatório Baiano, com diversos clichês do prédio e um do diretor.)

SOB A LUA NUM VELHO TRAPICHE ABANDONADO

O TRAPICHE

Sob a lua, num velho trapiche abandonado, as crianças dormem.

Antigamente aqui era o mar. Nas grandes e negras pedras dos alicerces do trapiche as ondas ora se rebentavam fragorosas, ora vinham se bater mansamente. A água passava por baixo da ponte sob a qual muitas crianças repousam agora, iluminadas por uma réstia amarela de lua. Desta ponte saíram inúmeros veleiros carregados, alguns eram enormes e pintados de estranhas cores, para a aventura das travessias marítimas. Aqui vinham encher os porões e atracavam nesta ponte de tábuas, hoje comidas. Antigamente diante do trapiche se estendia o mistério do mar oceano, as noites diante dele eram de um verde escuro, quase negras, daquela cor misteriosa que é a cor do mar à noite.

Hoje a noite é alva em frente ao trapiche. É que na sua frente se estende agora o areal do cais do porto. Por baixo da ponte não há mais rumor de ondas. A areia invadiu tudo, fez o mar recuar de muitos metros. Aos poucos, lentamente, a areia foi conquistando a frente do trapiche. Não mais atracaram na sua ponte os veleiros que iam partir carregados. Não mais trabalharam ali os negros musculosos que vieram da escravatura. Não mais cantou na velha ponte uma canção um marinheiro nostálgico. A areia se estendeu muito alva em frente ao trapiche. E nunca mais encheram de fardos, de sacos, de caixões, o imenso casarão. Ficou abandonado em meio ao areal, mancha negra na brancura do cais.

Durante anos foi povoado exclusivamente pelos ratos que o atravessavam em corridas brincalhonas, que roíam a madeira das portas monumentais, que o habitavam como senhores exclusivos. Em certa época um cachorro vagabundo o procurou como refúgio contra o vento e contra a chuva. Na primeira noite não dormiu, ocupado em despedaçar ratos que passavam na sua frente. Dormiu depois algumas noites, ladrando à lua pela madrugada, pois grande parte do teto já ruíra e os raios da lua penetravam livremente, iluminando o assoalho de tábuas grossas. Mas aquele era um cachorro sem pouso certo e cedo partiu em busca de outra pousada, o escuro de uma porta, o vão de uma ponte, o corpo quente de uma cadela. E os ratos voltaram a dominar até que os Capitães da Areia lançaram as suas vistas para o casarão abandonado.

Neste tempo a porta caíra para um lado e um do grupo, certo dia em que passeava na extensão dos seus domínios (porque toda a zona do areal do cais, como aliás toda a cidade da Bahia, pertence aos Capitães da Areia), entrou no trapiche.

Seria bem melhor dormida que a pura areia, que as pontes dos demais trapiches onde por vezes a água subia tanto que ameaçava levá-los. E desde esta noite uma grande parte dos Capitães da Areia dormia no velho trapiche abandonado, em companhia dos ratos, sob a lua amarela. Na frente, a vastidão da areia, uma brancura sem fim. Ao longe, o mar que arrebentava no cais. Pela porta viam as luzes dos navios que entravam e saíam. Pelo teto viam o céu de estrelas, a lua que os iluminava.

Logo depois transferiram para o trapiche o depósito dos objetos que o trabalho do dia lhes proporcionava. Estranhas coisas entraram então para o trapiche. Não mais estranhas, porém, que aqueles meninos, moleques de todas as cores e de idades as mais variadas, desde os nove aos dezesseis anos, que à noite se estendiam pelo assoalho e por debaixo da ponte e dormiam, indiferentes ao vento que circundava o casarão uivando, indiferentes à chuva que muitas vezes os lavava, mas com os olhos puxados para as luzes dos navios, com os ouvidos presos às canções que vinham das embarcações...

É aqui também que mora o chefe dos Capitães da Areia: Pedro Bala. Desde cedo foi chamado assim, desde seus cinco anos. Hoje tem quinze anos. Há dez que vagabundeia nas ruas da Bahia. Nunca soube de sua mãe, seu pai morrera de um balaço. Ele ficou sozinho e empregou anos em conhecer a cidade. Hoje sabe de todas as suas ruas e de todos os seus becos. Não há venda, quitanda, botequim que ele não conheça. Quando se incorporou aos Capitães da Areia (o cais recém-construído atraiu para as suas areias todas as crianças abandonadas da cidade) o chefe era Raimundo, o Caboclo, mulato avermelhado e forte.

Não durou muito na chefia o caboclo Raimundo. Pedro Bala era muito mais ativo, sabia planejar os trabalhos, sabia tratar com os outros, trazia nos olhos e na voz a autoridade de chefe. Um dia brigaram. A desgraça de Raimundo foi puxar uma navalha e cortar o rosto de Pedro, um talho que ficou para o resto da vida. Os outros se meteram e como Pedro estava desarmado deram razão a ele e ficaram esperando a revanche, que não tardou. Uma noite, quando Raimundo quis surrar Barandão, Pedro tomou as dores do negrinho e rolaram na luta mais sensacional a que as areias do cais jamais assistiram. Raimundo era mais alto e mais velho. Porém Pedro Bala, o cabelo loiro voando, a cicatriz vermelha no rosto, era de uma agilidade espantosa e desde esse dia Raimundo deixou não só a chefia dos Capitães da Areia, como o próprio areal. Engajou tempos depois num navio.

Todos reconheceram os direitos de Pedro Bala à chefia, e foi desta época que a cidade começou a ouvir falar nos Capitães da Areia, crianças abandonadas que viviam do furto. Nunca ninguém soube o número exato de meninos que assim viviam. Eram bem uns cem e destes mais de quarenta dormiam nas ruínas do velho trapiche.

Vestidos de farrapos, sujos, semiesfomeados, agressivos, soltando palavrões e fumando pontas de cigarro, eram, em verdade, os donos da cidade, os que a conheciam totalmente, os que totalmente a amavam, os seus poetas.

NOITE DOS CAPITÃES DA AREIA

A GRANDE NOITE DE PAZ DA BAHIA VEIO DO CAIS, envolveu os saveiros, o forte, o quebra-mar, se estendeu sobre as ladeiras e as torres das igrejas. Os sinos já não tocam as ave-marias que as seis horas há muito que passaram. E o céu está cheio de estrelas, se bem a lua não tenha surgido nesta noite clara. O trapiche se destaca na brancura do areal, que conserva as marcas dos passos dos Capitães da Areia, que já se recolheram. Ao longe, a fraca luz da lanterna da Porta do Mar, botequim de marítimos, parece agonizar. Passa um vento frio que levanta a areia e torna difíceis os passos do negro João Grande, que se recolhe. Vai curvado pelo vento como a vela de um barco. É alto, o mais alto do bando, e o mais forte também, negro de carapinha baixa e músculos retesados, embora tenha apenas treze anos, dos quais quatro passados na mais absoluta liberdade, correndo as ruas da Bahia com os Capitães da Areia. Desde aquela tarde em que seu pai, um carroceiro gigantesco, foi pegado por um caminhão quando tentava desviar o cavalo para um lado da rua, João Grande não voltou à pequena casa do morro. Na sua frente estava a cidade misteriosa, e ele partiu para conquistá-la. A cidade da Bahia, negra e religiosa, é quase tão misteriosa como o verde mar. Por isso João Grande não voltou mais. Engajou com nove anos nos Capitães da Areia, quando o Caboclo ainda era o chefe e o grupo pouco conhecido, pois o Caboclo não gostava de se arriscar. Cedo João Grande se fez um dos chefes e nunca deixou de ser convidado para as reuniões que os maiorais faziam para planejar os furtos. Não que fosse um bom organizador de assaltos, uma inteligência viva. Ao contrário, doía-lhe a cabeça se tinha que pensar. Ficava com os olhos ardendo, como ficava também quando via alguém fazendo maldade com os menores. Então seus músculos se retesavam e estava disposto a qualquer briga. Mas a sua enorme força muscular o fizera temido. O Sem-Pernas dizia dele:

— Este negro é burro mas é uma prensa...

E os menores, aqueles pequeninos que chegavam para o grupo cheios de receio tinham nele o mais decidido protetor. Pedro, o chefe, também gostava de ouvi-lo. E João Grande bem sabia que não era por causa da sua força que tinha a amizade do Bala. Pedro achava que o negro era bom e não se cansava de dizer:

— Tu é bom, Grande. Tu é melhor que a gente. Gosto de você — e batia pancadinhas na perna do negro, que ficava encabulado.

João Grande vem vindo para o trapiche. O vento quer impedir seus passos e ele se curva todo, resistindo contra o vento que levanta a areia. Ele foi à Porta do Mar beber um trago de cachaça com o Querido-de-Deus, que chegou hoje dos mares do sul, de uma pescaria. O Querido-de-Deus é o mais célebre capoeirista da cidade. Quem não o respeita na Bahia? No jogo de capoeira de Angola ninguém pode se medir com o Querido-de-Deus, nem mesmo Zé Moleque, que deixou fama no Rio de Janeiro. O Querido-de-Deus contou as novidades e avisou que no dia seguinte apareceria no trapiche para continuar as lições de capoeira que Pedro Bala, João Grande e o Gato tomam. João Grande fuma um cigarro e anda para o trapiche. As marcas dos seus grandes pés ficam na areia, mas o vento logo as destrói. O negro pensa que nessa noite de tanto vento são perigosos os caminhos do mar.

João Grande passa por debaixo da ponte — os pés afundam na areia — evitando tocar no corpo dos companheiros que já dormem. Penetra no trapiche. Espia um momento indeciso até que nota a luz da vela do Professor. Lá está ele, no mais longínquo canto do casarão, lendo à luz de uma vela. João Grande pensa que aquela luz ainda é menor e mais vacilante que a da lanterna da Porta do Mar e que o Professor está comendo os olhos de tanto ler aqueles livros de letra miúda. João Grande anda para onde está o Professor, se bem durma sempre na porta do trapiche, como um cão de fila, o punhal próximo da mão, para evitar alguma surpresa.

Anda entre os grupos que conversam, entre as crianças que

dormem, e chega para perto do Professor. Acocora-se junto a ele e fica espiando a leitura atenta do outro.

João José, o Professor, desde o dia em que furtara um livro de histórias numa estante de uma casa da Barra, se tornara perito nestes furtos. Nunca, porém, vendia os livros, que ia empilhando num canto do trapiche, sob tijolos, para que os ratos não os roessem. Lia-os todos numa ânsia que era quase febre. Gostava de saber coisas e era ele quem, muitas noites, contava aos outros histórias de aventureiros, de homens do mar, de personagens heroicos e lendários, histórias que faziam aqueles olhos vivos se espicharem para o mar ou para as misteriosas ladeiras da cidade, numa ânsia de aventuras e de heroísmo. João José era o único que lia correntemente entre eles e, no entanto, só estivera na escola ano e meio. Mas o treino diário da leitura despertara completamente sua imaginação e talvez fosse ele o único que tivesse uma certa consciência do heroico das suas vidas. Aquele saber, aquela vocação para contar histórias, fizera-o respeitado entre os Capitães da Areia, se bem fosse franzino, magro e triste, o cabelo moreno caindo sobre os olhos apertados de míope. Apelidaram-no de Professor porque num livro furtado ele aprendera a fazer mágicas com lenços e níqueis e também porque, contando aquelas histórias que lia e muitas que inventava, fazia a grande e misteriosa mágica de os transportar para mundos diversos, fazia com que os olhos vivos dos Capitães da Areia brilhassem como só brilham as estrelas da noite da Bahia. Pedro Bala nada resolvia sem o consultar e várias vezes foi a imaginação do Professor que criou os melhores planos de roubo. Ninguém sabia, no entanto, que um dia, anos passados, seria ele quem haveria de contar em quadros que assombrariam o país a história daquelas vidas e muitas outras histórias de homens lutadores e sofredores. Talvez só o soubesse Don'Aninha, a mãe do terreiro da Cruz de Opô Afonjá, porque Don'Aninha sabe de tudo que Iá lhe diz através de um búzio nas noites de temporal.

João Grande ficou muito tempo atento à leitura. Para o negro aquelas letras nada diziam. O seu olhar ia do livro para a luz oscilante da vela, e desta para o cabelo despenteado do Professor. Terminou por se cansar e perguntou com sua voz cheia e quente:

— Bonita, Professor?

Professor desviou os olhos do livro, bateu a mão descarnada no ombro do negro, seu mais ardente admirador:

— Uma história zorreta, seu Grande — seus olhos brilhavam.

— De marinheiro?

— É de um negro assim como tu. Um negro macho de verdade.

— Tu conta?

— Quando findar de ler eu conto. Tu vai ver só que negro...

E volveu os olhos para as páginas do livro. João Grande acendeu um cigarro barato, ofereceu outro em silêncio ao Professor e ficou fumando de cócoras, como que guardando a leitura do outro. Pelo trapiche ia um rumor de risadas, de conversas, de gritos. João Grande distinguia bem a voz do Sem-Pernas, estrídula e fanhosa. O Sem-Pernas falava alto, ria muito. Era o espião do grupo, aquele que sabia se meter na casa de uma família uma semana, passando por um bom menino perdido dos pais na imensidão agressiva da cidade. Coxo, o defeito físico valera-lhe o apelido. Mas valia-lhe também a simpatia de quanta mãe de família o via, humilde e tristonho, na sua porta, pedindo um pouco de comida e pousada por uma noite. Agora, no meio do trapiche, o Sem-Pernas metia a ridículo o Gato, que perdera todo um dia para furtar um anelão cor de vinho, sem nenhum valor real, pedra falsa, de falsa beleza também.

Fazia já uma semana que o Gato avisara a meio mundo:

— Vi um anelão, seu mano, que nem de bispo. Um anelão bom pro meu dedo. Batuta mesmo. Tu vai ver quando eu trouxer...

— Em que vitrine?

— No dedo de um pato. Um gordo que todo dia toma o bonde de Brotas na Baixa dos Sapateiros.

E o Gato não descansou enquanto não conseguiu, no aperto de um bonde das seis horas da tarde, tirar o anel do dedo do homem, escapulindo na confusão, porque o dono logo percebeu. Exibia o anel no dedo médio, com vaidade. O Sem-Pernas ria:

— Arriscar cadeia por uma porcaria! Um troço feio...

— Que tem tu com isso? Eu acho bom, tá acabado.

— Tu é burro mesmo. Isso no prego não dá nada.

— Mas dá simpatia no meu dedo. Tou arranjando uma comida.

Falavam naturalmente em mulher apesar do mais velho ter apenas dezesseis anos. Cedo conheciam os mistérios do sexo.

Pedro Bala, que ia entrando, desapartou o começo de briga. João Grande deixou o Professor lendo e veio para junto do chefe. O Sem-Pernas ria sozinho, resmungando acerca do anel. Pedro o chamou e foi com ele e com João Grande para o canto onde estava Professor...

— Vem cá, Professor.

Ficaram os quatro sentados. O Sem-Pernas acendeu uma ponta de charuto caro, ficou saboreando. João Grande espiava o pedaço de mar que se via através da porta, além do areal. Pedro falou:

— Gonzales do 14 falou hoje comigo...

— Quer mais corrente de ouro? Da outra vez... — atalhou o Sem-Pernas.

— Não. Tá querendo chapéu. Mas só topa de feltro. Palhinha não vale, diz que não tem saída. E também...

— Que é que tem mais? — novamente interrompeu o Sem--Pernas.

— Tem que muito usado não presta.

— Tá querendo muita coisa. Se ainda pagasse que valesse a pena.

— Tu sabe, Sem-Pernas, que ele é um bicho calado. Pode não pagar bem, mas é uma cova. Dali não sai nada, nem a gancho.

— Também paga uma miséria. E é interesse dele não dizer nada. Se ele abrir a boca no mundo não há costas largas que livre ele do xilindró...

— Tá bom, Sem-Pernas, você não quer topar o negócio, vá embora, mas deixe a gente combinar as coisas direito.

— Não tou dizendo que não topo. Tou só falando que trabalhar pra um gringo ladrão não é negócio. Mas se tu quer...

— Ele diz que desta vez vai pagar melhor. Uma coisa que pague a pena. Mas só chapéu de feltro bom e novo. Tu, Sem-Pernas, podia ir com uns fazer esse negócio. Amanhã de noite Gonzales manda um empregado do 14 aqui pra trazer os miúdos e levar as carapuças.

— Bom lugar é nos cinemas — disse o Professor voltando-se para o Sem-Pernas.

— Bom é na Vitória... — e o Sem-Pernas fez um gesto de desprezo. — É só entrar nos corredores e aquilo é chapéu garantido... Tudo gente de nota.

— Também tem guarda em penca...

— Tu liga pra guarda? Se ainda fosse tira... Guarda é pra correr picula. Tu vai comigo, Professor?

— Vou. Mesmo que tou precisando de um chapéu.

Pedro Bala falou:

— Arranja os que quiser, Sem-Pernas. Este negócio fica por tua conta. Menos o Grande e o Gato, que eu tenho um negócio com eles pra amanhã. — Virou-se para João Grande. — Um negócio do Querido-de-Deus.

— Ele já teve me avisando. E diz que de noite vem pra capoeira.

Pedro voltou-se para o Sem-Pernas, que já se retirava para ir combinar com Pirulito a formação do grupo que ia em cata de chapéus no dia seguinte:

— Olha, Sem-Pernas, tu trata de avisar que se algum for bispado trate de dar o suíte para outro lado. Não venha pra cá.

Pediu um cigarro, João Grande deu. O Sem-Pernas, já afastado, chamava Pirulito. Pedro foi em busca do Gato, tinha um assunto a conversar com ele. Depois voltou, se estendeu perto do lugar onde estava Professor. Este retornou ao seu livro, sobre o qual se debruçou até que a vela queimou-se toda e a escuridão do trapiche o envolveu. João Grande caminhou vagarosamente para a porta, onde se deitou ao comprido, o punhal no cinto.

Pirulito era magro e muito alto, uma cara seca, meio amarelada, os olhos encovados e fundos, a boca rasgada e pouco risonha.

O Sem-Pernas primeiro fez pilhéria perguntando se "ele já estava rezando", depois entrou no assunto da pilhagem de chapéus, acertaram que levariam um certo número de meninos que escolheram cuidadosamente, marcaram as zonas onde operariam e se separaram. Pirulito então foi para o seu canto costumeiro. Dormia invariavelmente ali, onde as paredes do trapiche faziam um ângulo. Tinha disposto carinhosamente as suas coisas: um cobertor velho, um travesseiro que trouxera certa vez de um hotel onde penetrara levando as malas de um viajante, um par de calças que vestia aos domingos junto com uma blusa de cor indefinida, porém mais ou menos limpa. E pregados na parede, com pregos pequenos, dois quadros de santos: um santo Antônio carregando um Menino Deus (Pirulito se chamava Antônio e tinha ouvido dizer que santo Antônio era brasileiro) e uma Nossa Senhora das Sete Dores que tinha o peito cravado de setas: sob o seu quadro uma flor murcha. Pirulito recolheu a flor, aspirou-a, viu que não tinha mais perfume. Então a amarrou junto ao bentinho que trazia no peito e do bolso do velho paletó que vestia retirou um cravo vermelho que colhera num jardim, mesmo sob as vistas do guarda, naquela hora indecisa do crepúsculo. E colocou o cravo por baixo do quadro, enquanto fitava a santa com um olhar comovido. Logo ajoelhou-se. Os outros, a princípio, faziam muita pilhéria quando o viam de joelhos, rezando. Porém já haviam se acostumado e ninguém mais reparava. Começou a rezar e seu ar de asceta se pronunciou ainda mais, seu rosto de criança ficou mais pálido e mais grave, suas mãos longas e magras se levantaram ante o quadro. Todo seu rosto tinha uma espécie de auréola e a sua voz tonalidades e vibrações que os companheiros não conheciam. Era como se estivesse fora do mundo, não no velho e arruinado trapiche, mas numa outra terra, junto com Nossa Senhora das Sete Dores. No entanto, sua reza era simples e não fora sequer aprendida em catecismos. Pedia que a Senhora o ajudasse a um dia poder entrar para aquele colégio que estava no Sodré, e de onde saíam os homens transformados em sacerdotes.

O Sem-Pernas, que vinha combinar um detalhe da questão dos chapéus e que, desde que o vira rezando, trazia uma pilhéria preparada, uma pilhéria que só com o pensar nela ele ria e que iria desconcertar completamente Pirulito, quando chegou perto e viu Pirulito rezando, de mãos levantadas, olhos fixos ninguém sabia onde, o rosto aberto em êxtase (estava como que vestido de felicidade), parou, o riso burlão murchou nos seus lábios e ficou a espiá-lo meio a medo, possuído de um sentimento que era um pouco de inveja e um pouco de desespero.

O Sem-Pernas ficou parado, olhando. Pirulito não se movia. Apenas seus lábios tinham um lento movimento. O Sem-Pernas costumava burlar dele, como de todos os demais do grupo, mesmo de Professor, de quem gostava, mesmo de Pedro Bala, a quem respeitava. Logo que um novato entrava para os Capitães da Areia formava uma ideia ruim de Sem-Pernas. Porque ele logo botava um apelido, ria de um gesto, de uma frase do novato. Ridicularizava tudo, era dos que mais brigavam. Tinha mesmo fama de malvado. Uma vez fez tremendas crueldades com um gato que entrara no trapiche. E um dia cortara de navalha um garçom de restaurante para furtar apenas um frango assado. Um dia em que teve um abscesso na perna o rasgou friamente a canivete e na vista de todos o espremeu rindo. Muitos do grupo não gostavam dele, mas aqueles que passavam por cima de tudo e se faziam seus amigos diziam que ele era um "sujeito bom". No mais fundo do seu coração ele tinha pena da desgraça de todos. E rindo, e ridicularizando, era que fugia da sua desgraça. Era como um remédio. Ficou parado olhando Pirulito, que rezava concentrado. No rosto do que rezava ia uma exaltação, qualquer coisa que ao primeiro momento o Sem-Pernas pensou que fosse alegria ou felicidade. Mas fitou o rosto do outro e achou que era uma expressão que ele não sabia definir. E pensou, contraindo o seu rosto pequeno, que talvez por isso ele nunca tivesse pensado em rezar, em se voltar para o céu de que tanto falava o padre José Pedro quando vinha vê-los. O que ele queria era felicidade, era alegria, era fugir de toda aquela miséria, de toda aquela desgraça que os cercava e os estrangulava. Havia, é verdade, a grande liberdade das ruas. Mas havia também o abandono de qualquer carinho, a falta de todas as palavras boas. Pirulito buscava isso no céu, nos quadros de santo, nas flores murchas que trazia para Nossa Senhora das Sete Dores, como um namorado romântico dos bairros chiques da cidade traz para aquela a quem ama com intenção de casamento. Mas o Sem-Pernas não compreendia que aquilo pudesse bastar. Ele queria uma coisa imediata, uma coisa que pusesse seu rosto sorridente e alegre, que o livrasse da necessidade de rir de todos e de rir de tudo. Que o livrasse também daquela angústia, daquela vontade de chorar que o tomava nas noites de inverno. Não queria o que tinha Pirulito, o rosto cheio de uma exaltação. Queria alegria, uma mão que o acarinhasse, alguém que com muito amor o fizesse esquecer o defeito físico e os muitos anos (talvez tivessem sido apenas meses ou semanas, mas para ele seriam sempre longos anos) que vivera sozinho nas ruas da cidade, hostilizado pelos homens que passavam, empurrado pelos guardas, surrado pelos moleques maiores. Nunca tivera família. Vivera na casa de um padeiro a quem chamava "meu padrinho" e que o surrava. Fugiu logo que pôde compreender que a fuga o libertaria. Sofreu fome, um dia levaram-no preso. Ele quer um carinho, u'a mão que passe sobre os seus olhos e faça com que ele possa se esquecer daquela noite na cadeia, quando os soldados bêbados o fizeram correr com sua perna coxa em volta de uma saleta. Em cada canto estava um com uma borracha comprida. As marcas que ficaram nas suas costas desapareceram. Mas de dentro dele nunca desapareceu a dor daquela hora. Corria na saleta como um animal perseguido por outros mais fortes. A perna coxa se recusava a ajudá-lo. E a borracha zunia nas suas costas quando o cansaço o fazia parar. A princípio chorou muito, depois, não sabe como, as lágrimas secaram. Certa hora não resistiu mais, abateu-se no chão. Sangrava. Ainda hoje ouve como os soldados riam e como riu aquele homem de colete cinzento que fumava um charuto. Depois encontrou os Capitães da Areia (foi o Professor quem o trouxe, haviam feito camaradagem num banco de jardim) e ficou com eles. Não tardou a se destacar porque sabia como nenhum afetar uma grande dor e assim conseguir enganar senhoras, cujas casas eram depois visitadas pelo grupo já ciente de todos os lugares onde havia objetos de valor e de todos os hábitos da casa. E o Sem-Pernas tinha verdadeira satisfação ao pensar em quanto o xingariam aquelas senhoras que o haviam tomado por um pobre órfão. Assim se vingava, porque seu coração estava cheio de ódio. Confusamente desejava ter uma bomba (como daquelas de certa história que o Professor contara) que arrasasse toda a cidade, que levasse todos pelos ares. Assim ficaria alegre. Talvez ficasse também se viesse alguém, possivelmente uma mulher de cabelos grisalhos e mãos suaves, que o apertasse contra o peito, que acarinhasse seu rosto e o fizesse dormir um sono bom, um sono que não estivesse cheio dos sonhos da noite na cadeia. Assim ficaria alegre, o ódio não estaria mais no seu coração. E não teria mais desprezo, inveja, ódio de Pirulito que, de mãos levantadas e olhos fixos, foge do seu mundo de sofrimentos para um mundo que conheceu nas conversas do padre José Pedro.

Um rumor de conversas se aproxima. Vem um grupo de quatro entrando no silêncio que já reina na noite do trapiche. O Sem-Pernas se estremece, ri nas costas de Pirulito, que continua a rezar. Encolhe os ombros, decide deixar para a manhã do dia seguinte o acerto dos detalhes do furto dos chapéus. E como tem medo de dormir, vai ao encontro do grupo que chega, pede um cigarro, diz dichotes sobre a aventura de mulheres que os quatro contam:

— Uns franguinhos como vocês, quem é que vai acreditar que seja capaz de derrubar uma mulher? Isso devia ser algum xibungo vestido de menina.

Os outros se irritam:

— Tu também se faz de besta. Se quer é só vim com a gente amanhã. Assim tu pode conhecer a zinha, que é um peixão.

O Sem-Pernas ri, sardônico:

— Não gosto de xibungo.

E sai andando pelo trapiche.

O Gato ainda não está dormindo. Sempre sai depois das onze horas. É o elegante do grupo. Quando chegou, alvo e rosado, Boa-

-Vida tentou conquistá-lo. Mas já naquele tempo o Gato era de uma agilidade incrível e não vinha, como Boa-Vida pensava, da casa de uma família. Vinha do meio dos Índios Maloqueiros, crianças que vivem sob as pontes de Aracaju. Fizera a viagem na rabada de um trem. Conhecia bem a vida de um grupo de crianças abandonadas. E já tinha mais de treze anos. Assim conheceu logo os motivos por que Boa-Vida, mulato troncudo e feio, o tratou com tanta consideração, lhe ofereceu cigarros e lhe deu parte do seu jantar e correu com ele a cidade. Depois bateram juntos um par de sapatos novos que estava exposto na porta de uma casa na Baixa dos Sapateiros. Boa-Vida tinha dito:

— Deixa estar, que eu sei onde se pode vender.

O Gato espiou seus sapatos puídos.

— Eu tava querendo eles pra mim. Já tou precisando...

— Tu com um sapato ainda tão bom... — se admirou Boa-Vida, que raras vezes levava sapatos e que, naquele momento, estava descalço.

— Eu pago a tua parte. Quanto tu pensa?

Boa-Vida olhou para ele. O Gato levava gravata, um paletó remendado e, coisa espantosa!, levava meias.

— Tu é da elegância, hein? — sorriu.

— Não nasci para essa vida. Nasci para o grande mundo — disse o Gato, repetindo uma frase que ouvira certa vez de um caixeiro-viajante num cabaré de Aracaju.

Boa-Vida achava-o decididamente lindo. O Gato tinha um ar petulante e embora não fosse uma beleza efeminada, agradava a Boa-Vida, que, além de tudo, não tinha muita sorte com mulheres, pois aparentava muito menos que treze anos, baixo e acachapado. O Gato era alto e sobre os seus lábios de catorze anos começava a surgir uma penugem de bigode que ele cultivava. Boa-Vida naquele momento o amou com certeza, porque disse:

— Tu pode ficar com eles... Eu te dou minha parte.

— Tá certo. Fico te devendo.

Boa-Vida quis aproveitar os agradecimentos do outro para iniciar sua conquista. E baixou a mão pelas coxas do Gato, que se esquivou só com o jogo do corpo. O Gato riu consigo mesmo e não disse nada. Boa-Vida achou que não devia insistir, senão era capaz de espantar o menino. Ele não sabia nada do Gato e nem imaginava que este conhecia seu jogo. Andaram juntos parte da noite, vendo a iluminação da cidade (o Gato estava assombrado), e por volta das onze foram para o trapiche. Boa-Vida mostrou o Gato a Pedro e levou-o depois para o lugar onde dormia:

— Tenho aqui um lençol. Dá pra nós dois.

O Gato deitou. Boa-Vida se estendeu ao lado. Quando pensou que o outro estava dormindo o abraçou com uma mão e com a outra começou a puxar-lhe as calças devagarinho. Num minuto o Gato estava de pé:

— Tu te enganou, mulato. Eu sou é homem.

Mas Boa-Vida já não via nada, só via seu desejo, a vontade que tinha do corpo alvo do Gato, de enrolar o rosto nos cabelos morenos do Gato, de apalpar as carnes duras das coxas do Gato. E se atirou em cima dele com intenção de derrubá-lo e forçá-lo. Mas o Gato desviou o corpo, passou-lhe a perna, Boa-Vida se estendeu de nariz. Já tinha se formado um grupo em torno. O Gato disse:

— Ele pensava que eu era maricas. Tu te faz de besta.

Arrancou com o lençol de Boa-Vida para outro canto e dormiu. Levaram algum tempo inimigos, mas depois voltaram às boas e agora, quando o Gato se cansa de uma pequena, entrega ao Boa-Vida.

Uma noite o Gato andava pelas ruas das mulheres, o cabelo muito lustroso de brilhantina barata, uma gravata enrolada no pescoço, assoviando como se fosse um daqueles malandros da cidade. As mulheres o olhavam e riam:

— Olha aquele frangote... O que quererá por aqui?

O Gato respondia aos sorrisos e seguia. Esperava que uma o chamasse e fizesse o amor com ele. Mas não queria por dinheiro, não só porque os níqueis que possuía não passavam de mil e quinhentos, como porque os Capitães da Areia não gostavam de pagar mulher. Tinham as negrinhas de dezesseis anos para derrubar no areal.

As mulheres olhavam para a sua figura de garoto. Sem dúvida achavam-no belo na sua meninice viciada e gostariam de fazer o amor com ele. Mas não o chamavam porque aquela era a hora em que esperavam os homens que pagavam, e elas tinham que pensar na casa e no almoço do dia seguinte. Se contentavam assim com rir e fazer pilhérias. Sabiam que dali sairia um daqueles vigaristas que enchem a vida de uma mulher, que lhe tomam dinheiro, dão pancadas, mas também dão muito amor. Muitas delas gostariam de ser a primeira mulher deste malandrim tão jovem. Mas eram dez horas, hora dos homens que pagavam. E o Gato andava de um lado para outro inutilmente. Foi quando viu Dalva, que vinha pela rua embuçada num capote de peles apesar da noite de verão. Ela passou por ele quase sem o ver. Era uma mulher de uns trinta e cinco anos, corpo forte, rosto cheio de sensualidade. O Gato a desejou imediatamente. Foi atrás dela. Viu quando entrou em casa sem se voltar. Ficou na esquina esperando. Minutos depois ela apareceu na janela. O Gato subiu e desceu a rua, mas ela nem o olhava. Depois passou um velho, atendeu ao chamado dela, entrou. O Gato ainda esperou, porém, mesmo depois do velho ter saído muito apressado, procurando não ser visto, ela não voltou à janela.

Noites e noites o Gato volveu à mesma esquina só para vê-la. Agora tudo o que conseguia em dinheiro era para comprar trajes usados e se pôr elegante. Tinha o dom da elegância malandra, que está mais no jeito de andar, de colocar o chapéu e dar um laço despreocupado na gravata que na roupa propriamente. O Gato desejava Dalva do mesmo modo como desejava comida ao ter fome, como desejava dormir ao ter sono. Já não atendia ao chamado das outras mulheres quando, passada a meia-noite, elas já tinham feito para as despesas do dia seguinte e então queriam o amor juvenil do pequeno malandro. Uma vez foi com uma só para saber da vida de Dalva. Foi assim que se inteirou de que ela tinha um amante, um tocador de flauta num café, que tomava o dinheiro que ela fazia e ainda tomava porres colossais na sua casa, atrapalhando a vida de todas as rameiras do prédio.

O Gato voltava todas as noites. Dalva nunca lhe deu sequer um olhar. Por isso ele ainda a amava mais. Ficava numa espera dolorosa até meia hora depois de meia-noite, quando o flautista chegava e, depois de a beijar na janela, entrava pela porta mal iluminada. Então o Gato ia para o trapiche, a cabeça cheia de pensamentos: se um dia o flautista não viesse... Se o flautista morresse... Era fraco, talvez não aguentasse nem o peso dos catorze anos do Gato. E apertava a navalha que levava na blusa.

E uma noite o flautista não veio. Nesta noite Dalva andara pelas ruas como uma doida, voltara tarde para casa, não recebera nenhum homem e agora estava ali, postada na janela, apesar de já ter dado as doze horas há muito tempo. Aos poucos a rua foi ficando deserta. Não restaram senão o Gato na esquina e Dalva, que ainda esperava na janela. O Gato sabia que aquela era a sua noite e estava alegre. Dalva desesperava. Então o Gato começou a passear de um lado para o outro da rua até que a mulher o notou e fez um sinal. Ele veio logo, sorrindo.

— Tu não é um frangote que fica na esquina toda noite?

— Quem fica na esquina sou eu. Agora essa coisa de frangote...

Ela sorriu tristemente:

— Tu quer me fazer um favor? Te dou uma coisa. — Mas logo pensou e fez um gesto. — Não. Tu com certeza tá esperando tua comida e não vai perder tempo.

— Posso, sim. A que estou esperando não vem agora.

— Então eu quero, filhinho, que tu vá na rua Rui Barbosa. O número é 35. Procura seu Gastão. É no primeiro andar. Diz a ele que estou esperando.

O Gato saiu humilhado. Primeiro pensou em não ir e em nunca mais voltar a ver Dalva. Mas depois se decidiu a ir para ver de perto o flautista que tinha coragem de abandonar uma mulher tão bonita. Chegou no prédio (um sobrado negro de muitos andares), subiu as escadas, no primeiro andar perguntou a um garoto que dormia no corredor qual era o quarto do sr. Gastão. O garoto mostrou o último quarto, o Gato bateu na porta. O flautista veio abrir, estava de cuecas e na cama o Gato viu uma mulher magra. Estavam os dois bêbados. O Gato falou:

— Venho da parte de Dalva.

— Diga àquela bruaca que não me amole. Tou chateado dela até aqui... — e punha a mão aberta na garganta.

De dentro do quarto a mulher falou:

— Quem é esse cocadinha?

— Não te mete — disse o flautista, mas logo acrescentou: — É um recado da bruaca da Dalva. Tá se pelando que eu volte.

A mulher riu um riso canalha de bêbada:

— Mas tu agora só quer tua Bebezinha, não é? Vem me dar um beijinho, anjo sem asas.

O flautista riu também:

— Tá vendo, pedaço de gente? Diz isso a Dalva.

— Tou vendo um couro espichado ali, sim senhor. Que urubu você arranjou, hein, camarada?

O flautista o olhou muito sério:

— Não fale de minha noiva. — E logo: — Quer tomar um trago? É caninha da boa.

O Gato entrou. A mulher na cama se cobriu. O flautista riu:

— É um filhote somente. Não faz medo.

— Mesmo esse couro — disse o Gato — não me tenta. Nem pra me tocar bronha.

Bebeu a cachaça. O flautista já voltara para a cama e beijava a mulher. Nem viram que o Gato saía e que levava a bolsa da prostituta, que estava esquecida na cadeira, sobre vestidos. Na rua o Gato contou sessenta e oito mil-réis. Jogou a bolsa no pé da escada, meteu o dinheiro no bolso. E foi para rua de Dalva, assoviando.

Dalva o esperava na janela. O Gato olhou para ela fixamente:

— Vou emborcar... — e foi entrando sem esperar resposta.

Dalva, mesmo no corredor, perguntou:

— O que foi que ele disse?

— No quarto te digo. Me mostre onde é.

Entraram no quarto. A primeira coisa que o Gato viu foi um retrato de Gastão tocando flauta, vestido de smoking. Sentou na cama olhando o retrato. Dalva espiava espantada e mal pôde novamente interrogar:

— O que foi que ele disse?

O Gato respondeu:

— Senta aqui — e indicou a cama.

— Esse frangote... — murmurou ela.

— Olha, bichinha, ele tá grudado com outra, sabe? Também eu disse as boas aos dois. E depois pelei a bruaca — meteu a mão no bolso, tirou o dinheiro. — Vamos rachar isso.

— Tá com outra, não é? Mas meu Senhor do Bonfim há de fazer com que os dois fique entrevado. Senhor do Bonfim é meu santo.

Foi até onde estava o quadro do santo. Fez a promessa e voltou.

— Guarda teu dinheiro. Tu ganhou direito.

O Gato repetiu:

— Senta aqui.

Desta vez ela sentou, ele a pegou e a derrubou na cama. Depois que ela gemeu com o amor e com os tabefes que ele lhe deu, murmurou:

— O frangote parece um homem...

Ele se levantou, endireitou as calças, foi até onde estava o retrato do flautista Gastão e o rasgou.

— Vou tirar um retrato pra tu botar aí.

A mulher riu e disse:

— Vem, bichinho bom. Que malandro não vai sair daí! Vou te ensinar tanta coisa, meu cachorrinho.

Fechou a porta do quarto. O Gato tirou a roupa.

Por isso o Gato sai toda meia-noite e não dorme no trapiche. Só volta pela manhã para ir com os outros para as aventuras do dia.

O Sem-Pernas se aproximou e pilheriou:

— Agora tu vai mostrar o anel, não é?

— Tu não tem nada com isso. — O Gato fumava um cigarro. — Tu quer vir pra ver se topa alguma mulher que te queira assim coxo?

— Não vou em casa de couros. Sei onde tem coisas que valha a pena.

Mas o Gato não estava disposto a conversar e o Sem-Pernas continuou a sua peregrinação através do trapiche.

O Sem-Pernas encostou-se junto a uma parede e deixou que o

tempo passasse. Viu o Gato sair por volta das onze e meia. Sorriu porque ele havia lavado a cara, posto brilhantina no cabelo e ia marchando com aquele passo gingado que caracteriza os malandros e os marítimos. Depois o Sem-Pernas ficou muito tempo olhando as crianças que dormiam. Ali estavam mais ou menos cinquenta crianças, sem pai, sem mãe, sem mestre. Tinham de si apenas a liberdade de correr as ruas. Levavam vida nem sempre fácil, arranjando o que comer e o que vestir, ora carregando uma mala, ora furtando carteiras e chapéus, ora ameaçando homens, por vezes pedindo esmola. E o grupo era de mais de cem crianças, pois muitas outras não dormiam no trapiche. Se espalhavam nas portas dos arranha-céus, nas pontes, nos barcos virados na areia do Porto da Lenha. Nenhuma delas reclamava. Por vezes morria um de moléstia que ninguém sabia tratar. Quando calhava vir o padre José Pedro, ou a mãe-de-santo Don'Aninha ou também o Querido-de-Deus, o doente tinha algum remédio. Nunca, porém, era como um menino que tem sua casa. O Sem-Pernas ficava pensando. E achava que a alegria daquela liberdade era pouca para a desgraça daquela vida.

Voltou-se porque ouviu movimento. Alguém se levantava no meio do casarão. O Sem-Pernas reconheceu o negrinho Barandão, que se dirigia de manso para o areal de fora do trapiche. O Sem-Pernas pensou que ele ia esconder qualquer coisa que furtara e não queria mostrar aos companheiros. E aquilo era um crime contra as leis do bando. O Sem-Pernas seguiu Barandão, atravessando entre os que dormiam. O negrinho já tinha transposto a porta do trapiche e dava a volta no prédio para o lado esquerdo. Em cima era o céu de estrelas.

Barandão agora caminhava apressadamente. O Sem-Pernas notou que ele se dirigia para o outro extremo do trapiche, onde a areia era mais fina ainda. Foi então pelo outro lado e chegou a tempo de ver Barandão que se encontrava com um vulto. Logo o reconheceu: era Almiro, um do grupo, de doze anos, gordo e preguiçoso. Deitaram-se juntos, o negro acariciando Almiro. O Sem-Pernas chegou a ouvir palavras. Um dizia: "Meu filhinho", "meu filhinho". O Sem-Pernas recuou e a sua angústia cresceu. Todos procuravam um carinho, qualquer coisa fora daquela vida: o Professor naqueles livros que lia a noite toda, o Gato na cama de uma mulher da vida que lhe dava dinheiro, Pirulito na oração que o transfigurava, Barandão e Almiro no amor na areia do cais. O Sem--Pernas sentia que uma angústia o tomava e que era impossível dormir. Se dormisse viriam os maus sonhos da cadeia. Queria que aparecesse alguém a quem ele pudesse torturar com dichotes. Queria uma briga. Pensou em ir acender um fósforo na perna de um que dormisse. Mas quando olhou da porta do trapiche, sentiu somente pena e uma doida vontade de fugir. E saiu correndo pelo areal, correndo sem fito, fugindo da sua angústia.

Pedro Bala acordou com um ruído perto de si. Dormia de bruços e olhou por baixo dos braços. Viu que um menino se levantava e se aproximava cautelosamente do canto de Pirulito. Pedro Bala, no meio do sono em que estava, pensou, a princípio, que se tratasse de um caso de pederastia. E ficou atento para expulsar o passivo do grupo, pois uma das leis do grupo era que não admitiriam pederastas passivos. Mas acordou completamente e logo recordou que era impossível, pois Pirulito não era destas coisas. Devia se tratar de furto. Realmente o garoto já abria o baú de Pirulito. Pedro Bala se atirou em cima dele. A luta foi rápida. Pirulito acordou, mas os demais dormiam.

— Tu tá roubando um companheiro?

O outro ficou calado, coçando o queixo ferido. Pedro Bala continuou:

— Amanhã tu vai embora... Não quero mais tu com a gente. Vai ficar com a gente de Ezequiel, que vive roubando uns dos outros.

— Eu só queria era ver...

— Que era que tu vinha ver com as mãos?

— Juro que era só para ver aquela medalha que ele tem.

— Desembucha esta história direito senão leva porrada.

Pirulito se meteu:

— Deixa ele, Pedro. Era bem capaz de querer ver mesmo a medalha. É uma medalha que o padre José Pedro me deu.

— É isso mesmo — disse o menino —, eu só queria ver. Juro — mas tremia de medo. Sabia que a vida de um expulso dos Capitães da Areia ficava difícil. Ou entrava para o grupo de Ezequiel, que vive todo dia na cadeia, ou acabava no reformatório.

Pirulito intercedeu de novo e Pedro Bala voltou para perto do Professor. Então o menino disse com a voz ainda tremendo:

— Vou contar pra você saber. Foi uma menina que eu vi hoje. Tava na Cidade de Palha. Eu tinha entrado na casa com ideia de abafar um paletó, quando ela veio e ficou perguntando o que eu queria. Aí topamos a conversar. Eu disse que amanhã ia levar um presente pra ela. Porque foi boa, boa assim comigo, sabe? — e agora gritava e parecia que tinha raiva.

Pirulito tomou a medalha que o padre lhe dera, ficou mirando. De repente estendeu para o menino:

— Tome. Dê a ela. Mas não conte a Pedro Bala.

Volta Seca entrou no trapiche quando a madrugada já ia alta. O cabelo de mulato sertanejo estava revolto. Calçava alpercatas como quando viera da caatinga. O seu rosto sombrio se projetou dentro do casarão. Passou por cima do corpo do negro João Grande. Cuspiu adiante, passou o pé em cima. Apertado no braço trazia um jornal. Olhou todo o salão procurando alguém. Segurou o jornal com as mãos grandes e calosas logo que distinguiu onde estava Professor. E sem se importar da hora tardia se dirigiu para lá e começou a chamá-lo:

— Professor... Professor...

— O que é? — Professor estava semiadormecido.

— Eu quero uma coisa.

Professor sentou-se. O rosto sombrio de Volta Seca estava meio invisível na escuridão.

— É tu, Volta Seca? Que é que tu quer?

— Quero que tu leia pra eu ouvir essa notícia de Lampião que o *Diário* traz. Tem um retrato.

— Deixa pra amanhã que eu leio.

— Lê hoje, que eu amanhã te ensino a imitar direitinho um canário.

O Professor buscou uma vela, acendeu, começou a ler a notícia do jornal. Lampião tinha entrado numa vila da Bahia, matara oito soldados, deflorara moças, saqueara os cofres da prefeitura. O rosto sombrio de Volta Seca se iluminou. Sua boca apertada se abriu num sorriso. E ainda feliz deixou o Professor, que apagava a vela, e foi para o seu canto. Levava o jornal para cortar o retrato do grupo de Lampião. Dentro dele ia uma alegria de primavera.

PONTO DAS PITANGUEIRAS

ESPERARAM QUE O GUARDA ANDASSE. Este demorou olhando o céu, mirando a rua deserta. O bonde desapareceu na curva. Era o último dos bondes da linha de Brotas naquela noite. O guarda acendeu um cigarro. Com o vento que fazia, gastou três fósforos. Depois suspendeu a gola da capa, pois havia um frio úmido que o vento trazia das chácaras onde balouçavam mangueiras e sapotizeiros. Os três meninos esperavam que o guarda andasse para poder atravessar de um lado para o outro da rua e entrar na travessa sem calçamento. O Querido-de-Deus não tinha podido vir. Toda a tarde tinha passado na Porta do Mar esperando o homem que não veio. Se ele tivesse vindo seria mais fácil, pois com o Querido-de--Deus ele não ia discutir, mesmo porque devia muita coisa ao capoeirista. Mas não tinha vindo, a informação fora errada, e o Querido-de-Deus já tinha uma viagem acertada para essa noite. Ia a Itaparica. Durante a tarde, num terreninho que havia no fundo da Porta do Mar, fizeram treinos do jogo de capoeira. O Gato prometia ser, com algum tempo, um lutador capaz de se pegar com o próprio Querido-de-Deus. Pedro Bala também tinha muito jeito. Dos três o menos ágil era o negro João Grande, muito bom numa luta onde pudesse empregar sua enorme força física. Assim mesmo aprendia o bastante para se livrar de um mais forte que ele. Quando se cansaram passaram para a sala. Pediram quatro pingas e o Gato sacou um baralho do bolso das calças. Um velho baralho sebento, de cartas muito grossas. O Querido-de-Deus afirmava que o homem viria, o camarada que lhe dera a informação era um sujeito seguro. Era negócio para render muito e o Querido-de-Deus preferira chamar os Capitães da Areia, seus amigos, a um dos malandros do cais. Sabia que os Capitães da Areia valiam mais que muitos homens e tinham a boca calada. A Porta do Mar estava quase deserta àquela hora. Somente dois marinheiros de um baiano bebiam cerveja ao fundo, conversando. O Gato pôs o baralho em cima da mesa e propôs:

— Quem topa uma ronda?

O Querido-de-Deus pegou no baralho:

— Tá mais que marcado, seu Gato. Um baralhinho bem velho...

— Se tu tem outro eu não me importo.

— Não. Vamos com esse mesmo.

Começaram o jogo. O Gato descobria duas cartas na mesa, os outros apostavam numa, a banca ficava com a outra. A princípio Pedro Bala e o Querido-de-Deus ganharam. João Grande não estava jogando (conhecia demais o baralho do Gato), só fazia espiar, rindo com seus dentes alvos, quando o Querido-de-Deus dizia que estava com sorte neste dia porque era o dia de Xangô, seu santo. Sabia que a sorte seria só no princípio e que quando o Gato começasse a ganhar não pararia mais. Certo momento o Gato começou a ganhar. Quando ganhou a primeira vez, disse com uma voz meio triste:

— Também já era tempo. Tava com um peso da mãe!

João Grande abriu mais seu sorriso. O Gato ganhou de novo. Pedro Bala se levantou, recolheu os níqueis que havia ganho. O Gato olhou desconfiado:

— Tu não vai botar nada agora?

— Agora não que vou mijar... — e foi para os fundos do bar.

O Querido-de-Deus ficou perdendo. João Grande ria e o capoeirista se afundava. Pedro Bala tinha voltado, mas não jogava. Ria com João Grande. O Querido-de-Deus passou tudo quanto tinha ganhado. João Grande disse entre dentes:

— Vai entrar no capital...

— Ainda tou perdendo — falou o Gato.

Reparou que Pedro tinha voltado:

— Tu não arrisca mais nada? Não vai na dama?

— Tou cansado de jogar... — e Pedro Bala piscou para o Gato como que dizendo que ele se contentasse com o Querido-de-Deus.

O Querido-de-Deus passou cinco mil-réis do capital. Só ganhara duas vezes durante as últimas jogadas e estava meio desconfiado. O Gato abriu o baralho na mesa. Puxou um rei e um sete.

— Quem vai? — perguntou.

Ninguém foi. Nem mesmo o Querido-de-Deus, que olhava o baralho muito desconfiado. O Gato perguntou:

— Tá pensando que tem treita? Pode espiar. Eu faço jogo limpo...

João Grande soltou uma daquelas suas gargalhadas escandalosas. Pedro Bala e o Querido-de-Deus riram também. O Gato olhou para João Grande com raiva:

— Esse negro é burro como uma porta. Tu não tá vendo...

Mas não completou a frase, porque os dois marinheiros do baiano, que já miravam o jogo há bastante tempo, se aproximaram. Um deles, o mais baixo, que estava bêbado, falou para o Querido--de-Deus:

— Pode-se entrar nesta brincadeira?

O Querido-de-Deus apontou o Gato:

— A banca é deste moço.

Os marinheiros olharam desconfiados para o menino. Mas o baixo cutucou o outro com o cotovelo e murmurou qualquer coisa ao ouvido. O Gato riu para dentro porque sabia que ele estava dizendo que seria fácil arrancar o dinheiro daquela criança. Se abancaram os dois e o Querido-de-Deus achou estranho que Pedro Bala se abancasse também. João Grande, no entanto, não só não achou estranho como se abancou também. Ele sabia que era preciso tapear os marinheiros, e então era necessário que a gente do grupo perdesse também. Os marinheiros, do mesmo modo que tinha acontecido com o Querido-de-Deus, começaram ganhando. Mas durou pouco a aragem da sorte e em breve só o Gato ganhava dos quatro. Pedro Bala soltava exclamações:

— Esse Gato quando tem sorte é um caso sério...

— Também, quando dá de perder, perde a noite toda — replicou João Grande, e esta sua réplica deu grande confiança aos marinheiros sobre a honestidade do jogo e a possibilidade da sorte virar. E continuaram a jogar e a perder. O baixo só dizia:

— A sorte tem de virar...

O outro, que tinha um bigodinho, jogava calado e cada vez apostava mais alto. Também Pedro Bala subia o valor das suas apostas. Certa hora o de bigodinho virou pro Gato:

— A banca topa cinco mil?

O Gato coçou o cabelo cheio de brilhantina barata, aparentando uma indecisão que os companheiros sabiam que não possuía.

— Vá lá. Topo. Só pra dar meio de você livrar teu prejuízo.

O de bigodinho apostou cinco mil. O baixo foi com três mil-réis. Foram ambos num ás contra um valete da banca. Pedro Bala e João Grande foram no ás também. O Gato começou a virar as cartas. A primeira era um nove. O baixo batia com os dedos, o outro puxava o bigodinho. Veio em seguida um dois e o baixo disse:

— Agora é o ás. Dois, depois um... — e batia com os dedos.

Mas veio um sete e depois um dez e então veio um valete. O Gato arrastou a mesa, enquanto Pedro Bala fazia uma cara de grande aborrecimento e dizia:

— Amanhã, quando o peso te pegar, tu vai ver que te arraso.

O baixo confessou que estava limpo. O de bigodinho meteu as mãos nos bolsos:

— Tou só com os níqueis pra pagar a cerveja. O garoto é um braço.

Se levantaram, cumprimentaram o grupo, pagaram a cerveja que tinham bebido na outra mesa. O Gato os convidou a voltarem no outro dia. O baixo respondeu que o navio deles saía aquela noite para Caravelas. Só quando voltasse. E se foram, de braço dado, comentando a pouca sorte.

O Gato contou o lucro. Sem juntar o dinheiro que Pedro Bala e João Grande haviam perdido, existia um lucro de trinta e oito mil-réis. O Gato devolveu o dinheiro de Pedro Bala, depois o de João Grande, ficou um minuto pensando. Meteu a mão no bolso, tirou os cinco mil-réis que o Querido-de-Deus havia perdido anteriormente:

— Toma, batuta. Tinha trapaça, eu não quero embolsar teu cobre...

O Querido-de-Deus beijou a nota com satisfação, bateu a mão nas costas do Gato:

— Tu vai longe, menino. Tu pode enricar com essas treitas.

Mas já o sol se punha e o homem não vinha. Eles pediram outra pinga. Com o cair da tarde o vento que vinha do mar aumentou. O Querido-de-Deus começava a ficar impaciente. Fumava cigarro sobre cigarro. Pedro Bala espiava para a porta. O Gato dividiu os trinta e oito mil-réis pelos três. João Grande perguntou:

— Como teria ido o Sem-Pernas com o abafa de chapéus?

Ninguém respondeu. Esperavam o homem e agora tinham a impressão que ele não viria. A informação tinha sido errada. Não ouviam sequer a canção que vinha do mar. A Porta do Mar estava deserta e seu Felipe quase dormia no balcão. Não tardaria, no entanto, a estar cheia, e então todo acerto seria impossível com o homem. Ele não haveria de querer conversar ali com o salão cheio. Poderiam conhecê-lo, e ele não queria isto. Tampouco o queriam os Capitães da Areia. Em verdade, o Gato não sabia de que se tratava. E pouco mais sabiam Pedro Bala e João Grande. Sabiam quanto sabia o Querido-de-Deus, a quem o negócio tinha sido proposto e que o tinha aceito para Pedro Bala e os Capitães da Areia. No entanto, ele mesmo tinha apenas vagas informações e iam saber de tudo pelo homem que marcara uma entrevista à tarde na Porta do Mar. Mas até as seis horas não chegou. Em lugar dele chegou o tal que tinha falado ao Querido-de-Deus. Chegou na hora em que o grupo ia sair. Explicou que o homem não tinha podido vir. Mas que esperava o Querido-de-Deus à noite, na rua em que morava. Viria por volta de uma da madrugada. O Querido-de-Deus declarou que não podia ir, mas que entregava o assunto aos Capitães da Areia. O intermediário mirou os meninos, desconfiado. O Querido-de-Deus perguntou:

— Nunca ouviu falar nos Capitães da Areia?

— Já, sim. Mas…

— De qualquer jeito quem ia tratar do negócio era eles. Daí…

O intermediário pareceu se conformar. Combinaram para uma da manhã e se separaram. O Querido-de-Deus foi para seu barco, os Capitães da Areia para o trapiche, o intermediário desapareceu no cais.

O Sem-Pernas não havia ainda voltado. Não havia ninguém no trapiche. Deviam estar todos espalhados pelas ruas da cidade, cavando o jantar. Os três saíram novamente e foram comer num restaurante barato que havia no mercado. Na saída do trapiche, o Gato, que estava muito alegre com o resultado do jogo, quis passar uma rasteira em Pedro Bala. Mas este livrou o corpo e derrubou o Gato:

— Tou treinado nisso, bestão.

Entraram no restaurante fazendo barulho. Um velho, que era o garçom, se aproximou com desconfiança. Sabia que os Capitães da Areia não gostavam de pagar e que aquele de talho na cara era o mais temível de todos. Apesar de haver bastante gente no restaurante, o velho disse:

— Acabou tudo. Não tem mais boia.

Pedro Bala replicou:

— Deixa de conversa fiada, meu tio. Nós quer comer.

João Grande bateu a mão na mesa:

— Senão a gente vira esse frege-mosca de cabeça pra baixo.

O velho fitava indeciso. Então o Gato bateu o dinheiro em cima da mesa:

— Hoje nós vai fazer gasto.

Foi um argumento suficiente. O garçom começou a trazer os pratos: um prato de sarapatel e depois uma feijoada. Quem pagou foi o Gato. Depois Pedro Bala propôs que fossem andando até Brotas, pois já que iam a pé tinham muito que caminhar.

— Não vale a pena tomar a taioba — disse Pedro Bala. — É melhor que ninguém saiba que a gente foi pra lá.

O Gato então disse que chegaria depois e os encontraria lá. Tinha uma coisa que fazer antes. Ia avisar a Dalva para que não o esperasse esta noite.

E agora estavam ali, no Ponto das Pitangueiras, esperando que o guarda se afastasse. Escondidos no vão de um portal, não falavam. Ouviam o voo dos morcegos que atacavam os sapotis maduros nos pés. Finalmente, o guarda andou, eles ficaram espiando até que a sua figura desapareceu na curva que a rua fazia. Então atravessaram e entraram na alameda das chácaras e novamente se esconderam num portal. O homem não tardou muito. Saltou de um automóvel na esquina, pagou a corrida e veio subindo a alameda. Tudo o que se ouvia eram os seus passos e o rumor das folhas que o vento balançava nas árvores. Quando o homem vinha próximo, Pedro Bala saiu do portal. Os outros vieram logo depois e como que o guardavam, pareciam dois guarda-costas. O homem se aproximou mais do muro junto ao qual vinha andando. Pedro caminhava para ele. Quando estava defronte, parou:

— Pode me dar o fogo, senhor? — levava na mão um cigarro apagado.

O homem não disse nada. Sacou a caixa de fósforos, estendeu ao menino. Pedro riscou um e, enquanto acendia o cigarro, olhou para o homem. Depois, ao entregar a caixa de fósforos, perguntou:

— É o senhor que se chama Joel?

— Por quê? — quis saber o homem.

— Foi o Querido-de-Deus que nos mandou.

João Grande e o Gato se aproximavam. O homem mirou os três com espanto:

— Porém são uns meninos! Isso não é negócio para meninos.

— Diga o que é, a gente sabe fazer o trabalho direito — retrucou Pedro Bala, quando os outros dois tinham se aproximado.

— Mas se um negócio que talvez nem homens... — e o homem pôs a mão na boca, como quem teme ter dito mais do que convinha.

— Nós sabe guardar um segredo tão bem como um cofre. E os Capitães da Areia sempre faz os serviços bem-feito...

— Os Capitães da Areia? Esse grupo de que falam os jornais? De meninos abandonados? São vocês?

— É a gente, sim. E dos que manda.

O homem parecia refletir. Enfim se decidiu:

— Eu preferia entregar esse negócio a homens. Mas como tem que ser esta noite mesmo... O jeito...

— Vai ver como a gente sabe trabalhar. Não fique assustado.

— Venham comigo. Mas deixem que eu vá na frente. Vocês irão uns passos atrás de mim.

Os meninos obedeceram. Num portão o homem parou, abriu, ficou esperando. Veio de dentro um grande cão que lhe lambia as mãos. O homem fez os três entrarem, atravessaram uma rua de árvores, o homem abriu a porta da casa. Entraram para uma saleta, o homem pôs a capa e o chapéu numa cadeira e sentou-se. Os três estavam de pé. O homem fez sinal para que sentassem e primeiro eles miraram desconfiados as largas e cômodas poltronas. Isso Pedro Bala e João Grande, porque o Gato já estava se sentando muito a gosto, numa atitude displicente. A outro sinal do homem, Pedro e o Grande se sentaram, sendo que João Grande ficou sentado apenas na ponta da cadeira, como se temesse sujá-la. O homem tinha um ar de riso. De repente levantou-se e falou, mirando a Pedro, em quem reconhecera o chefe:

— O que vocês vão fazer é difícil e ao mesmo tempo é fácil. Agora o que tem é que é uma coisa que necessita que ninguém saiba.

— Não passa daqui — disse Pedro Bala.

O homem puxou o relógio do bolso:

— São uma e um quarto. Ele só volta às duas e meia... — olhava os Capitães da Areia ainda com indecisão.

— Então não é muito tempo — falou Pedro. — Se quer que a gente vá, é bom desembuchar logo...

O homem se decidiu:

— Duas ruas adiante desta. É a penúltima chácara à direita. Tem que evitar um cachorro que já deve estar solto. É bravo.

João Grande interrompeu:

— O senhor tem aí um pedaço de carne?

— Pra quê?

— Pro cachorro. Um pedaço chega.

— Verei já. — Olhava os meninos. Parecia perguntar a si mesmo se devia confiar neles. — Vocês entram pelos fundos. Junto da cozinha, na parte de fora da casa, tem um quarto por cima da garagem. É o do empregado, que agora deve estar dentro de casa esperando o patrão. É no quarto dele que vocês vão entrar. Devem procurar um embrulho igual a este, igualzinho...

Foi ao bolso da capa, trouxe um pequeno pacote amarrado com uma fita cor-de-rosa.

— É igualzinho. Não sei se ainda estará no quarto. Também pode ser que o empregado o tenha no bolso. Se assim for, nada mais se pode fazer — e um desespero repentino pareceu tomá-lo. — Se eu tivesse podido ir esta tarde... Então, com certeza, ainda estaria no quarto. Mas agora quem sabe? — e cobriu o rosto com as mãos.

— Mesmo que esteja com o empregado se pode trazer... — disse Pedro.

— Não. É essencial que ninguém saiba que houve furto deste embrulho. O que vocês vão fazer é trocar os embrulhos, se o outro estiver no quarto.

— E se estiver com o empregado?

— Então... — e a fisionomia do homem novamente se alterou. João Grande pensou ouvir um nome que soava como Elisa. Mas talvez fosse ilusão de João Grande, que por vezes ouvia e via coisas que ninguém percebia. O negro era muito mentiroso.

— Então a gente troca os embrulhos do mesmo jeito. Pode ficar descansado. O senhor não conhece os Capitães da Areia.

Apesar do seu desespero, o homem sorriu da bravata de Pedro Bala:

— Então podem ir. Depois, tem que ser antes de duas horas, voltem aqui. Mas só quando a rua estiver deserta. Eu os esperarei. Acertaremos nossas contas então. Mas quero dizer outra coisa lealmente. Se vocês forem percebidos e presos, não me envolvam no caso. Nada farei por vocês, porque meu nome não pode aparecer nisso tudo. Tratem de dar fim a este embrulho e não me chamem para nada. É ganhar ou perder...

— Neste caso — replicou Pedro Bala — é preciso marcar o preço antes. Quanto o senhor paga à gente?

— Dou cem. Trinta para cada e mais dez para você — apontou para Pedro.

O Gato se mexeu na cadeira. Pedro fez sinal para que ele se calasse.

— O senhor dá cinquenta a cada e parece que ainda vai fazer

negócio. São cento e cinquenta bicos pros três. Senão, não tem embrulho.

O homem não vacilou muito. Olhava o relógio, onde os ponteiros corriam:

— Está bem.

Aí o Gato falou:

— Não é que a gente desconfie do senhor. Mas a coisa pode sair pelo avesso e o senhor mesmo disse que não se importaria com o que acontecesse à gente.

— E daí?

— É justo que o senhor nos passe logo algum.

João Grande apoiava o Gato com um gesto de cabeça. Pedro Bala repetiu as últimas palavras do outro:

— É justo, sim. Se depois a gente não pode lhe recorrer...

— É justo — repetiu também o homem. Tirou uma carteira do bolso. Puxou uma nota de cem mil-réis. Entregou a Pedro:

— Agora toca a andar. Se faz tarde.

Saíram. Pedro Bala disse:

— Pode ficar descansado. Daqui a uma hora a gente volta com o embrulho.

Em frente da casa (a rua estava completamente deserta, numa janela da casa havia luz e eles viam a sombra de uma mulher que andava de um lado para outro) o Grande bateu na testa:

— Me esqueci da carne pro cachorro.

Pedro Bala estava olhando a janela com luz, se voltou:

— Não tem nada. Isso me cheira a coisa de amigamento. O sujeito aquele derrubava a zinha daqui e agora o empregado tem as cartas que os dois se escrevia e quer dar o alarme. Esse pacote tá com perfume. É que o outro há de ter.

Fez sinal para os dois esperarem do outro lado da rua, chegou para perto do portão da casa. Logo que se encostou, um grande cão se aproximou latindo. Pedro Bala amarrou um cordel no ferrolho do portão, enquanto o cão andava de um lado para outro, latindo baixo. Depois chamou os outros dois:

— Tu — apontou pro Gato — fica aqui na rua pra dar o alarma se vem alguém. Tu, Grande, entra comigo.

Treparam na gradezinha do muro. Pedro Bala puxou com o cordão o ferrolho e o portão abriu. O Gato tinha ido para a esquina. O cão ao ver o portão aberto se precipitou para a rua, ficou remexendo uma lata de lixo. Pedro Bala e João Grande pularam o muro, cerraram o portão para que o cachorro não pudesse entrar, se adiantaram entre as árvores. Na janela iluminada da casa o vulto de mulher continuava a andar. João Grande disse baixinho:

— Tenho pena dela.

— Quem manda deitar com outros...

Perto da casa o negro ficou para transmitir o aviso do Gato se viesse alguém. Tinham assovios especiais para estes casos. Pedro Bala rodeou a casa, chegou à cozinha. A porta estava aberta, como também a do quarto sobre a garagem. Porém, antes de subir a escada que dava para o quarto, Pedro espiou pela porta da cozinha. Na copa havia luz e um homem jogava paciência. "Deve ser o tal empregado", pensou Pedro, e rápido se afastou para a escada da garagem. Subiu de quatro, entrou no quarto do homem. Não havia luz. Pedro fechou a porta, acendeu um fósforo. Havia apenas uma cama, um baú e um cabide na parede. O fósforo se apagou, mas Pedro já estava em cima da cama, que correu toda com as mãos. Depois viu embaixo do colchão. Tampouco havia nada. Desceu então da cama, se aproximou, sem fazer ruído, do baú. Suspendeu a tampa, acendeu um fósforo que prendeu nos dentes. Remexeu a roupa com cuidado, não havia nada. Cuspiu o fósforo (depois se lembrou que o homem podia não fumar e então o recolheu ao bolso) e foi até o cabide. Nada nos bolsos da roupa ali dependurada. Pedro Bala acendeu outro fósforo, mirou todo o quarto:

— Com certeza está com o homem. Agora é que vão ser elas.

Abriu a porta do quarto, desceu as escadas. Chegou na porta da cozinha, o homem ainda estava sentado. Então Pedro Bala reparou que ele estava sentado em cima do embrulho. Aparecia uma ponta sob a perna do homem. Pedro pensou que tudo estava perdido. Como iria ele tirar o embrulho de baixo da perna do homem? Saiu da porta da cozinha, foi andando para onde estava o

Grande. Só se ele e o Grande atacassem o homem. Mas aí haveria gritaria, todo mundo saberia do roubo. E o senhor que os tinha empregado não queria saber disso. De repente teve uma ideia. Chegou perto de onde tinha deixado o Grande, assoviou baixinho. João Grande apareceu logo. Pedro falou em voz muito baixa:

— Olha, Grande, o tal empregado tá sentado em riba do embrulho. Tu vai chegar na porta da rua, apertar a campainha e sumir depois. É pro homem se levantar e eu abafar o embrulho. Mas dá o suíte logo pro homem não te ver, pensar que foi sonho. Deixa passar o tempo de eu chegar na cozinha.

Voltou rápido para a porta da cozinha. Daí a um minuto a campainha soou. O empregado levantou-se às pressas, abotoou o paletó e se dirigiu para a frente da casa pelo corredor, onde acendeu uma luz. Pedro Bala penetrou na copa, trocou os pacotes e abriu para os lados da chácara. Saltou o muro, assoviou para o Gato e João Grande. O Gato veio logo. Mas João Grande não apareceu. Andaram de um lado para outro e o negro não chegava. Pedro começava a ficar impaciente pensando que o empregado podia ter surpreendido João Grande e agora estar atracado com ele. Mas quando ele passara por aqueles lados não havia escutado nenhum ruído... Disse:

— Se ele demorar, a gente entra.

Assoviaram novamente, não tiveram resposta. Pedro Bala resolveu:

— Vamos entrar de novo...

Mas ouviram o assovio de João Grande, que não tardou a estar ao lado deles. Pedro perguntou:

— Onde tu te meteu?

O Gato tinha pegado o cachorro pela coleira e o punha para dentro do portão. Tiraram o cordel do ferrolho e desapareceram pelo outro lado da rua. Aí o Grande explicou:

— Na hora que meti o dedão na campainha entonce a dama lá em cima ficou muito assustada. Pegou, abriu a janela, parecia que ia se atirar mesmo. Espiava que fazia medo. Tava mesmo chorando. Entonces eu tava com pena e trepei pela bica pra dizer a ela que não chorasse mais, que não tinha mais de quê. Que a gente tinha abafado os papéis. E como tive que explicar tudo a ela, tive que demorar...

O Gato perguntou muito curioso:

— Era boa, era?

— Era boa, sim. Passou a mão na minha cabeça, depois me disse que muito obrigado, que Deus ia me ajudar.

— Deixa de ser burro, negro. Eu tava perguntando se era boa mas pra cama. Se tu viu o coxame...

O negro não respondeu. Um automóvel entrava pela rua. Pedro Bala bateu no ombro do negro e João Grande sabia que o chefe estava aprovando o que ele fizera. Então seu rosto se abriu de satisfação e murmurou:

— Eu só queria ver a cara do galego quando o patrão abrir o pacote e não encontrar o que esperavam.

E, já em outra rua, os três soltaram a larga, livre e ruidosa gargalhada dos Capitães da Areia, que era como um hino do povo da Bahia.

AS LUZES DO CARROSSEL

O GRANDE CARROSSEL JAPONÊS NÃO ERA SENÃO um pequeno carrossel nacional, que vinha de uma triste peregrinação pelas paradas cidades do interior naqueles meses de inverno, quando as chuvas são longas e o Natal está muito distante ainda. De tão desbotada que estava a tinta, tinta que antigamente fora azul e vermelha e agora o azul era um branco sujo e o vermelho um quase cor-de-rosa, e de tantos pedaços que faltavam em certos cavalos e em certos bancos, Nhozinho França resolveu não armá-lo numa das praças centrais da cidade e sim em Itapagipe. Ali as famílias não são tão ricas, há muitas ruas só de operários e as crianças pobres saberiam gostar do velho carrossel desbotado. O pano tinha muitos buracos também, além de um rasgão enorme que fazia o carrossel depender da chuva. Já fora belo, fora mesmo o orgulho da meninada de Maceió noutros tempos. Ficava então ao lado de uma roda-gigante e de uma sombrinha, sempre na mesma praça, e nos domingos e feriados as crianças ricas, vestidas de marinheiro ou de pequeno lorde inglês, as meninas de holandesa ou de finos vestidos de seda, vinham se aboletar nos cavalos preferidos, indo os menores nos bancos com as aias. Os pais iam para a roda-gigante, outros preferiam a sombrinha onde podiam empurrar as mulheres, tocando muitas vezes nas coxas e nas nádegas. O parque de Nhozinho França era naquele tempo a alegria da cidade. E, mais que tudo, o carrossel dava dinheiro, rodando incansavelmente com as suas luzes de todas as cores. Nhozinho achava a vida boa, as mulheres belas, os homens amáveis para com ele, mas achava que a bebida era boa também, fazia os homens mais amáveis e as mulheres mais belas. E bebeu assim primeiro a sombrinha, depois a roda-gigante. Depois, como não queria se separar do carrossel, ao qual tinha um pegadio especial, o desarmou uma noite com o auxílio de amigos e começou a peregrinar nas cidades de Alagoas e Sergipe. Enquanto isto, os credores o xingavam de quanto nome feio conheciam. Andou muito Nhozinho França com o seu carrossel. Depois de percorrer todas as cidadezinhas dos dois estados, de se embriagar em todos os seus bares, penetrou no estado da Bahia e até para o bando de Lampião ele deu uma função. Estava numa pobre vila do sertão e não lhe faltava o dinheiro apenas para o transporte do seu carrossel. Faltava para o miserável hotel onde se hospedara e que era o único da vila, e também para o trago de pinga, para a cerveja, que não era gelada ali, assim mesmo ele gostava. O carrossel armado no capim da praça da Matriz estava parado fazia uma semana. Nhozinho França esperava a noite de sábado e a tarde de domingo para ver se fazia algum cobre para arribar para um lugar melhor. Mas na sexta-feira Lampião entrou na vila com vinte e dois homens e então o carrossel teve muito que trabalhar. Como as crianças, os grandes cangaceiros, homens que tinham vinte e trinta mortes, acharam belo o carrossel, acharam que mirar suas luzes rodando, ouvir a música velhíssima da sua pianola e montar naqueles estropiados cavalos de pau era a maior felicidade. E o carrossel de Nhozinho França salvou a pequena vila de ser saqueada, as moças de serem defloradas, os homens de serem mortos. Só mesmo os dois soldados da polícia baiana que lustravam as botas na frente do posto policial foram fuzilados pelos cangaceiros, assim mesmo antes que eles vissem o carrossel armado na praça da Matriz. Porque talvez até aos soldados da polícia baiana Lampião perdoasse nessa noite de suprema felicidade para o bando de cangaceiros. Então eles foram como crianças, gozaram daquela felicidade que nunca haviam gozado na sua meninice de filhos de camponeses: montar e rodar num cavalo de madeira de um carrossel, onde havia música de uma pianola e onde as luzes eram de todas as cores: azuis, verdes, amarelas, roxas e vermelhas como o sangue que sai do corpo dos assassinados.

Isso mesmo contou Nhozinho a Volta Seca (que ficou excitadíssimo) e ao Sem-Pernas naquela tarde em que os encontrou na Porta do Mar e os convidou para que o ajudassem no serviço do carrossel durante os dias que estivesse armado na Bahia, em Itapagipe. Não podia marcar ordenado, mas talvez desse para tirar cada um uns cinco mil-réis por noite. E quando Volta Seca mostrou suas habilidades em imitar animais os mais vários, Nhozinho França se entusiasmou por completo, mandou baixar mais uma garrafa de cerveja e declarou que Volta Seca ficaria na porta chamando o público, enquanto o Sem-Pernas o ajudaria com as máquinas e tomaria conta da pianola. Ele mesmo venderia as entradas enquanto o carrossel estivesse parado. Quando estivesse rodando, Volta Seca o faria. "E de quando em vez", disse piscando o olho, "um sai pra tomar uma pinga enquanto o outro faz o serviço de dois."

Volta Seca e o Sem-Pernas nunca haviam acolhido uma ideia com tanto entusiasmo. Eles muitas vezes já tinham visto um carrossel, mas quase sempre o viam de longe, cercado de mistério, cavalgados os seus rápidos ginetes por meninos ricos e choramingentos. O Sem-Pernas já tinha mesmo (certo dia em que penetrou num parque de diversões armado no Passeio Público) chegado a comprar entrada para um, mas o guarda o expulsou do recinto porque ele estava vestido de farrapos. Depois o bilheteiro não quis lhe devolver o bilhete da entrada, o que fez com que o Sem-Pernas metesse as mãos na gaveta da bilheteria, que estava aberta, abafasse o troco, e tivesse que desaparecer do Passeio Público de uma maneira muito rápida, enquanto em todo o parque se ouviam os gritos de: "Ladrão!, ladrão!". Houve uma tremenda confusão, enquanto o Sem-Pernas descia muito calmamente a Gamboa de Cima, levando nos bolsos pelo menos cinco vezes o que tinha pago pela entrada. Mas o Sem-Pernas preferiria, sem dúvida, ter rodado no carrossel, montado naquele fantástico cavalo de cabeça de dragão, que era sem dúvida a coisa mais estranha e tentadora na maravilha que era o carrossel para os seus olhos. Criou ainda mais ódio aos guardas e maior amor aos carrosséis distantes. E agora, de repente, vinha um homem que pagava cerveja e fazia o milagre de o chamar para viver uns dias junto a um verdadeiro carrossel, movendo com ele, montando nos seus cavalos, vendo de perto rodarem as luzes de todas as cores. E para o Sem-Pernas, Nhozinho França não era o bêbado que estava em sua frente na pobre mesa da Porta do Mar. Para seus olhos era um ser extraordinário, algo como Deus, para quem rezava Pirulito, algo como Xangô, que era o santo de João Grande e do Querido-de-Deus. Porque nem o padre José Pedro e nem mesmo a mãe-de-santo Don'Aninha seriam capazes de realizar aquele milagre. Nas noites da Bahia, numa praça de Itapagipe, as luzes do carrossel girariam loucamente movimentadas pelo Sem-Pernas. Era como num sonho, sonho muito diverso dos que o Sem-Pernas costumava ter nas suas noites angustiosas. E pela primeira vez seus olhos sentiram-se úmidos de lágrimas que não eram causadas pela dor ou pela raiva. E seus olhos úmidos miravam Nhozinho França como a um ídolo. Por ele até a garganta de um homem o Sem-Pernas abriria com a navalha que traz entre a calça e o velho colete preto que lhe serve de paletó.

— É uma beleza — disse Pedro Bala olhando o velho carrossel armado. E João Grande abria os olhos para ver melhor. Penduradas estavam as lâmpadas azuis, verdes, amarelas, roxas, vermelhas.

É velho e desbotado o carrossel de Nhozinho França. Mas tem a sua beleza. Talvez esteja nas lâmpadas, ou na música da pianola (velhas valsas de perdido tempo), ou talvez nos ginetes de pau. Entre eles tem um pato que é para sentar dentro os mais pequenos. Tem a sua beleza, sim, porque a opinião unânime dos Capitães da Areia é que ele é maravilhoso. Que importa que seja velho, roto e de cores apagadas se agrada às crianças?

Foi uma surpresa quase incrível quando naquela noite o Sem-Pernas chegou ao trapiche dizendo que ele e Volta Seca iam trabalhar uns dias num carrossel. Muitos não acreditaram, pensaram que fosse mais uma pilhéria do Sem-Pernas. Então iam perguntar a Volta Seca, que, como sempre, estava metido no seu canto sem falar, examinando um revólver que furtara numa casa de armas. Volta Seca fazia que sim com a cabeça e por vezes dizia:

— Lampião já rodou nele. Lampião é meu padrim...

O Sem-Pernas convidou a todos para irem ver o carrossel na outra noite, quando o acabariam de armar. E saiu para encontrar

Nhozinho França. Naquele momento todos os pequenos corações que pulsavam no trapiche invejaram a suprema felicidade do Sem--Pernas. Até mesmo Pirulito, que tinha quadros de santos na sua parede, até mesmo João Grande, que nessa noite iria com o Querido-de-Deus ao candomblé de Procópio, no Matatu, até mesmo o Professor, que lia livros, e quem sabe se também Pedro Bala, que nunca tivera inveja de nenhum porque era o chefe de todos? Todos o invejaram, sim. Como invejaram Volta Seca, que no seu canto, o cabelo mestiço e ralo despenteado, os olhos apertados e a boca rasgada naquele ríctus de raiva, apontava o revólver ora para um dos meninos, ora para um rato que passava, ora para as estrelas, que eram muitas no céu.

Na outra noite foram todos com o Sem-Pernas e Volta Seca (estes tinham passado o dia fora, ajudando Nhozinho a armar o carrossel) ver o carrossel armado. E estavam parados diante dele, extasiados de beleza, as bocas abertas de admiração. O Sem-Pernas mostrava tudo. Volta Seca levava um por um para mostrar o cavalo que tinha sido cavalgado por seu padrinho Virgulino Ferreira Lampião. Eram quase cem crianças olhando o velho carrossel de Nhozinho França, que a estas horas estava encornado num pifão tremendo na Porta do Mar.

O Sem-Pernas mostrou a máquina (um pequeno motor que falhava muito) com um orgulho de proprietário. Volta Seca não se desprendia do cavalo onde rodara Lampião. O Sem-Pernas estava muito cuidadoso do carrossel e não deixava que eles o tocassem, que bulissem em nada.

Foi quando o Professor perguntou:

— Tu já sabe mover com as máquinas?

— Amanhã é que vou saber... — disse o Sem-Pernas com um certo desgosto. — Amanhã seu Nhozinho vai me ensinar.

— Então amanhã, quando acabar a função, tu pode botar ele pra rodar só com a gente. Tu bota as coisas pra andar, a gente se aboleta.

Pedro Bala apoiou a ideia com entusiasmo. Os outros esperavam a resposta do Sem-Pernas ansiosos. O Sem-Pernas disse que sim, e então muitos bateram palmas, outros gritaram. Foi quando Volta Seca deixou o cavalo onde montara Lampião e veio para eles:

— Quer ver uma coisa bonita?

Todos queriam. O sertanejo trepou no carrossel, deu corda na pianola e começou a música de uma valsa antiga. O rosto sombrio de Volta Seca se abria num sorriso. Espiava a pianola, espiava os meninos envoltos em alegria. Escutavam religiosamente aquela música que saía do bojo do carrossel na magia da noite da cidade da Bahia só para os ouvidos aventureiros e pobres dos Capitães da Areia. Todos estavam silenciosos. Um operário que vinha pela rua, vendo a aglomeração de meninos na praça, veio para o lado deles. E ficou também parado, escutando a velha música. Então a luz da lua se estendeu sobre todos, as estrelas brilharam ainda mais no céu, o mar ficou de todo manso (talvez que Iemanjá tivesse vindo também ouvir a música) e a cidade era como que um grande carrossel onde giravam em invisíveis cavalos os Capitães da Areia. Neste momento de música eles sentiram-se donos da cidade. E amaram-se uns aos outros, se sentiram irmãos porque eram todos eles sem carinho e sem conforto e agora tinham o carinho e conforto da música. Volta Seca não pensava com certeza em Lampião neste momento. Pedro Bala não pensava em ser um dia o chefe de todos os malandros da cidade. O Sem-Pernas em se jogar no mar, onde os sonhos são todos belos. Porque a música saía do bojo do velho carrossel só para eles e para o operário que parara. E era uma valsa velha e triste, já esquecida por todos os homens da cidade.

Desemboca gente de todas as ruas. É noite de sábado, amanhã os homens não irão para o trabalho. Podem demorar na rua essa noite. Muitos preferiram ir para os bares, a Porta do Mar está cheia, mas os que tinham filhos vieram com eles para a praça, que é mal iluminada. Em compensação aí estão as luzes do carrossel que rodam. As crianças olham para elas e batem palmas. Em frente à bilheteria Volta Seca imita vozes de animais e chama o público. Leva uma cartucheira, como se estivesse no sertão. Nhozinho França achou que isto chamaria a atenção do povo e Volta Seca parece mesmo um cangaceiro com o chapéu de couro e a cartucheira atravessada. E imita animais até que se reúnam homens, mulheres e crianças na sua frente. Então oferece entradas, que as crianças compram. Vai uma alegria por toda a praça. As luzes do carrossel alegram a todos. No centro, agachado, o Sem-Pernas ajuda Nhozinho França a botar o motor para trabalhar. E o carrossel gira, carregado de meninos, a pianola toca suas velhas valsas, Volta Seca vende entradas.

Na praça, casais de namorados passeiam. Mães de família compram picolés e sorvetes, um poeta sentado perto do mar faz um poema sobre as luzes do carrossel e a alegria das crianças. O carrossel ilumina toda a praça e todos os corações. A cada momento desemboca gente das ruas e dos becos. Volta Seca imita os animais, vestido de cangaceiro. Quando o carrossel para de girar, os meninos o invadem, exibindo o bilhete de ingresso, e é difícil contê-los. Quando um não encontra mais lugar, fica com um rosto magoado de desilusão e espera impaciente a sua vez. E quando o carrossel para, os que vão nele não querem saltar, é preciso que o Sem-Pernas venha e diga:

— Pula fora! Pula fora! Ou então compra outra entrada.

Só assim deixam os velhos cavalos, que nunca se cansam da eterna corrida. Outros cavalgam os ginetes e a corrida recomeça, as luzes girando, todas as cores fazendo uma cor única e estranha, a pianola tocando sua antiga música. Também vão casais de namorados nos bancos e enquanto gira o carrossel murmuram palavras de amor. Há mesmo quem troque um beijo na corrida, quando o motor falha e as luzes se apagam. Então Nhozinho França e o Sem-Pernas se debruçam sobre o motor e examinam o defeito até a corrida recomeçar, abafando os protestos dos meninos. O Sem-Pernas já aprendeu todos os mistérios do motor.

Certa hora Nhozinho França manda que o Sem-Pernas vá substituir Volta Seca na venda de bilhetes. E manda que Volta Seca vá andar no carrossel. E o menino toma o cavalo que serviu a Lampião. E enquanto dura a corrida, vai pulando como se cavalgasse um verdadeiro cavalo. E faz movimentos com o dedo, como se atirasse nos que vão na sua frente, e na sua imaginação os vê cair banhados em sangue, sob os tiros da sua repetição. E o cavalo corre e cada vez corre mais, e ele mata a todos, porque são todos soldados ou fazendeiros ricos. Depois possui nos bancos a todas as mulheres, saqueia vilas, cidades, trens de ferro, montado no seu cavalo, armado com seu rifle.

Depois vai o Sem-Pernas. Vai calado, uma estranha comoção o possui. Vai como um crente para uma missa, um amante para o seio da mulher amada, um suicida para a morte. Vai pálido e coxeia. Monta um cavalo azul que tem estrelas pintadas no lombo de madeira. Os lábios estão apertados, seus ouvidos não ouvem a música da pianola. Só vê as luzes que giram com ele e prende em si a certeza de que está num carrossel, girando num cavalo como todos aqueles meninos que têm pai e mãe, e uma casa e quem os beije e quem os ame. Pensa que é um deles e fecha os olhos para guardar melhor esta certeza. Já não vê os soldados que o surraram, o homem de colete que ria. Volta Seca os matou na sua corrida. O Sem-Pernas vai teso no seu cavalo. É como se corresse sobre o mar para as estrelas, na mais maravilhosa viagem do mundo. Uma viagem como o Professor nunca leu nem inventou. Seu coração bate tanto, tanto, que ele o aperta com a mão.

Nesta noite os Capitães da Areia não vieram. Não só a função do carrossel na praça terminou muito tarde (às duas horas da manhã os homens ainda rodavam), como muitos deles, inclusive Pedro Bala, Boa-Vida, Barandão e o Professor, estavam ocupados em vários assuntos. Marcaram para o dia seguinte, das três para as quatro da manhã. Pedro Bala perguntou ao Sem-Pernas se ele já sabia manobrar bem com o motor:

— Não paga a pena dar um prejuízo ao teu patrão — explicou.

— Já sei aquilo tudo de cor e decorado. É o tipo da coisa canja.

O Professor, que jogava damas com João Grande, perguntou:

— Não era bom a gente de tarde dá um pulo na praça? Quem sabe se não vale a pena?

— Eu vou — falou Pedro Bala. — Mas acho que não pode ir muitos. A turma pode desconfiar de ver tanto junto.

O Gato disse que de tarde não ia. Tinha o que fazer, já que à noite ia estar ocupado no carrossel. O Sem-Pernas mangou:

— Tu não pode passar um dia sem bater coxas com essa bruaca, não é? Tu vai acabar tutu...

O Gato não respondeu. João Grande também não iria à tarde. Tinha que ir encontrar com o Querido-de-Deus para irem comer uma feijoada na casa de Don'Aninha, a mãe-de-santo. Finalmente ficou resolvido que fosse um grupo pequeno operar à tarde na praça. Os outros iriam para onde bem quisessem. Só à noite se reuniriam para irem todos correr no carrossel.

— É preciso levar gasolina, gente, pro motor.

O Professor (tinha vencido João Grande já em três partidas) fez uma coleta para comprarem dois litros de gasolina:

— Eu levo.

Mas na tarde do domingo chegou o padre José Pedro, que era uma das raríssimas pessoas que sabiam onde ficava a pousada mais permanente dos Capitães da Areia. O padre José Pedro se fizera amigo deles há bastante tempo. A amizade veio por intermédio do Boa-Vida. Este, um dia, penetrara, após uma missa, na sacristia de uma igreja onde oficiava padre José Pedro. Penetrara mais por curiosidade que por outra qualquer coisa. Boa-Vida não era dos que mais faziam pela vida. Gostava de deixar a vida correr, sem se preocupar muito. Era mais um parasita do grupo. Um dia, quando lhe dava ganas, entrava numa casa de onde trazia um objeto de valor ou batia o relógio de um homem. Quase nunca o punha ele mesmo na mão dos intermediários. Trazia e entregava a Pedro Bala, assim como uma contribuição que dava ao grupo. Tinha muitos amigos entre os estivadores do cais, em várias casas pobres da Cidade de Palha, em muitos pontos da Bahia. Comia em casa de um, em casa de outro. Em geral não aborrecia a nenhum. Se contentava com as mulheres que sobravam do Gato e mais que nenhum conhecia a cidade, suas ruas, seus lugares curiosos, uma festa onde podiam ir beber e dançar. Quando já tinha algum tempo que havia contribuído com algum objeto de valor para a economia do grupo, fazia um esforço, arranjava algo que rendesse dinheiro e entregava a Pedro Bala. Mas realmente não gostava de nenhuma espécie de trabalho, fosse honesto ou desonesto. Gostava era de deitar na areia do cais, horas e horas espiando os navios, de ficar de cócoras tardes inteiras nos portões dos armazéns do porto ouvindo histórias de valentias. Vestia-se de farrapos, pois só providenciava arranjar uma roupa quando seu traje caía aos pedaços. Gostava de andar ao léu nas ruas da cidade, entrando nos jardins para fumar um cigarro sentado num banco, entrando nas igrejas para espiar a beleza do ouro velho, flanando pelas ruas calçadas de grandes pedras negras.

Naquela manhã, quando viu o povo saindo da missa, entrou na igreja displicentemente e foi furando até a sacristia. Espiava tudo, os altares, os santos, riu de um são Benedito muito preto. Na sacristia não tinha ninguém e ele viu um objeto de ouro que devia dar muito dinheiro. Espiou mais uma vez, não viu ninguém. Foi passando a mão, mas alguém tocou no seu ombro. O padre José Pedro acabara de entrar:

— Por que faz isso, meu filho? — perguntou com um sorriso, enquanto tirava da mão do Boa-Vida o relicário de ouro.

— Tava só dando uma espiada, reverendo. É batuta — respondeu Boa-Vida com certo receio. — É batuta mesmo. Mas não vá pensando que ia levar. Ia deixar aí direitinho. Sou de boa família.

O padre José Pedro espiou as roupas do Boa-Vida e riu. Boa-Vida olhou também para seus trapos:

— É que meu pai morreu, sabe? Mas até num colégio estive... Tou falando a verdade. Pra que é que eu ia roubar essa coisa? — apontava o relicário. — Demais numa igreja. Não sou pagão.

O padre José Pedro sorriu de novo. Sabia perfeitamente que Boa-Vida estava mentindo. Há muito que ele aguardava uma oportunidade para travar relações com as crianças abandonadas da cidade. Pensava que aquela era a missão que lhe estava reservada. Já fizera umas tantas visitas ao reformatório de menores, mas ali lhe punham todas as dificuldades porque ele não esposava as ideias do diretor de que é necessário surrar uma criança para a emendar de um erro. E mesmo o diretor tinha ideias únicas sobre os erros. Há bastante tempo que o padre José Pedro ouvia falar nos Capitães da Areia e sonhava entrar em contato com eles, poder trazer todos aqueles corações a Deus. Tinha uma vontade enorme de trabalhar com aquelas crianças, de ajudá-las a serem boas. Por isso tratou o melhor que pôde a Boa-Vida. Quem sabe se por intermédio dele não chegaria aos Capitães da Areia? E assim foi.

O padre José Pedro não era considerado uma grande inteligência entre o clero. Era mesmo um dos mais humildes entre aquela legião de padres da Bahia. Em verdade fora cinco anos operário numa fábrica de tecidos, antes de entrar para o seminário. O diretor da fábrica, num dia em que o bispo a visitara, resolveu dar mostra de generosidade e disse que "já que o senhor bispo se queixava da falta de vocação sacerdotal, ele estava disposto a custear os estudos de um seminarista ou de alguém que quisesse estudar para padre". José Pedro, que estava no seu tear, ouvindo, se aproximou e disse que ele queria ser padre. Tanto o patrão como o bispo tiveram uma surpresa. José Pedro já não era moço e não tinha estudo algum. Mas o patrão, diante do bispo, não quis voltar atrás. E José Pedro foi para o seminário. Os demais seminaristas riam dele. Nunca conseguiu ser um bom aluno. Bem-comportado, isso era. Também dos mais devotos, daqueles que mais se acercavam da igreja. Não estava de acordo com muitas das coisas que aconteciam no seminário e por isso os meninos o perseguiam. Não conseguia penetrar os mistérios da filosofia, da teologia e do latim. Mas era piedoso e tinha desejos de catequizar crianças ou índios. Sofreu muito, principalmente depois que, passados dois anos, o dono da fábrica deixou de pagar seus gastos e ele teve que trabalhar de bedel no seminário para poder continuar. Mas conseguiu se ordenar e ficou adido a uma igreja da capital, esperando uma paróquia. Porém seu grande desejo era catequizar as crianças abandonadas da cidade, os meninos que, sem pai e sem mãe, viviam do roubo, em meio a todos os vícios. O padre José Pedro queria levar aqueles corações todos a Deus. Assim começou a frequentar o reformatório de menores, onde a princípio o diretor o recebia com muita cortesia. Mas quando ele se declarou contra os castigos corporais, contra deixar as crianças com fome dias seguidos, então as coisas mudaram. Um dia teve que escrever uma carta sobre o assunto para a redação de um jornal. Então sua entrada foi proibida no reformatório e até uma queixa contra ele foi dirigida ao arcebispado. Por isso não teve uma freguesia logo. Porém seu maior desejo era conhecer os Capitães da Areia. O problema dos menores abandonados e delinquentes, que quase não preocupava a ninguém em toda a cidade, era a maior preocupação do padre José Pedro. Ele queria se aproximar daquelas crianças não só para trazê-las para Deus, como para ver se havia algum meio de melhorar sua situação. Pouca influência tinha o padre José Pedro. Não tinha mesmo influência nenhuma, nem tampouco sabia como agir para ganhar a confiança daqueles pequenos ladrões. Mas sabia que a vida deles era falta de todo o conforto, de todo carinho, era uma vida de fome e de abandono. E se o padre José Pedro não tinha cama, comida e roupa para levar até eles, tinha pelo menos palavras de carinho e, sem dúvida, muito amor no seu coração. Numa coisa se enganou, a princípio, o padre José Pedro: em lhes oferecer, em troca do abandono da liberdade que gozavam, soltos na rua, uma possibilidade de vida mais confortável. O padre José Pedro bem sabia que não podia acenar com o reformatório àquelas crianças. Ele conhecia demais as leis do reformatório, as escritas e as que se cumpriam. E sabia que não havia possibilidade de nele uma criança se tornar boa e trabalhadora. Mas o padre José Pedro confiava em umas amigas que possuía, beatas velhas e religiosas. Elas podiam se encarregar de vários dos Capitães da Areia, de educá-los e alimentá-los. Mas isso seria o abandono de tudo de grande que tinha a vida deles: a aventura da liberdade nas ruas da mais misteriosa e bela das cidades do mundo, nas ruas da Bahia de Todos-os-Santos. E logo que, por intermédio de Boa-Vida, o padre José Pedro fez relações com os Capitães da Areia, viu que se lhes fizesse essa proposta perderia toda a confiança que já depositavam nele e que se mudariam do trapiche e ele nunca mais os veria. Além do mais não tinha absoluta confiança naquelas solteironas velhuscas que viviam metidas na igreja e que aproveitavam os intervalos das missas para comentarem a vida alheia. Lembrava-se que, a princípio, elas tinham ficado magoadas com ele porque, ao acabar de celebrar pela primeira vez naquela igreja, um grupo de beatas se acercou dele com o evidente propósito de o ajudar a mudar os trajes do ofício da missa. E ressoaram em torno a ele exclamações comovidas:

— Reverendozinho... Anjo Gabriel...

Uma velhusca magra juntava as mãos em adoração:

— Meu Jesuscristozinho...

Pareciam adorá-lo e o padre José Pedro se revoltou. Em verdade ele sabia que a grande maioria dos padres não se revoltava e ganhava bons presentes, de galinhas, perus, lenços bordados e por vezes até antigos relógios de ouro que passavam através de gerações na mesma família. Mas o padre José Pedro tinha outra ideia da sua missão, pensava que os outros estavam errados e foi com um furor sagrado que disse:

— As senhoras não têm o que fazer? Não têm casa de que cuidar? Eu não sou Jesuscristozinho, nem Anjo Gabriel... Vão para suas casas trabalhar, preparar o almoço, coser.

As beatas o olhavam assombradas. Era como se ele fosse o próprio anticristo. O padre completou:

— Em suas casas trabalhando servem melhor a Deus que aqui cheirando as fraldas dos padres... Vão, vão...

E enquanto elas saíam atemorizadas, ele repetia mais com mágoa que com raiva:

— Jesuscristozinho... O nome de Deus em vão.

As beatas foram diretas ao padre Clóvis, que era gordo, calvo e muito bem-humorado, confessor preferido de todas elas. Narraram-lhe entre exclamações de assombro o que acabara de se passar. O padre Clóvis mirou as beatas com um olhar terno e as consolou:

— Logo passará... Isto é começo. Depois ele verá que vocês são umas santas, umas verdadeiras filhas do Senhor. Isso passará. Não fiquem tristes. Vão rezar um padre-nosso e não se esqueçam que há bênção hoje.

Ficou rindo quando elas partiram. E murmurava de si para si:

— Esses padres recém-ordenados estragam a vida da gente...

Depois as beatas foram aos poucos se aproximando novamente do padre José Pedro. A verdade é que nunca chegaram a ter com ele uma perfeita intimidade. O seu ar sério, a sua bondade que se reservava para quando se fazia necessária, e seu horror às intriguinhas de sacristia faziam com que elas o respeitassem mais que o amassem. Algumas, no entanto, aquelas que em geral eram ou viúvas ou esposas de maus maridos, se fizeram mais ou menos suas amigas. Outra coisa o afastava das beatas: ele era a negação do pregador. Nunca havia conseguido descrever o inferno com a força de convicção do padre Clóvis, por exemplo. Sua retórica era pobre e falha. No entanto, ele acreditava, ele era um crente. E dificilmente se poderia dizer que o padre Clóvis acreditasse pelo menos no inferno.

A princípio o padre José Pedro pensara em levar os Capitães da Areia às beatas. Pensava que assim salvaria não só as crianças de uma vida miserável, como salvaria também as beatas de uma inutilidade perniciosa. Poderia conseguir que elas se dedicassem aos meninos com a mesma fervorosa devoção com que se dedicavam às igrejas, aos gordos padres. O padre José Pedro adivinhava (mais do que sabia) que se elas passavam os dias em inúteis conversas nas igrejas, ou a bordar lenços para o padre Clóvis, era porque não haviam tido, na sua malograda existência de virgens, um filho, um esposo, a quem dedicar seu tempo e seu carinho. Agora ele levaria filhos para elas. Muito tempo o padre José Pedro acariciou este projeto. Chegou mesmo a levar para casa de uma um menino do reformatório. Isso muito antes de conhecer os Capitães da Areia, quando apenas ouvia falar neles. A experiência deu maus resultados: o menino arribou da casa da solteirona levando uns objetos de prata, preferindo a liberdade da rua, mesmo vestido de farrapos e sem muita certeza de almoço, aos bons trajes e ao almoço garantido com a obrigação de rezar o terço em voz alta, assistir várias missas e bênçãos todos os dias. Depois o padre José Pedro compreendeu que a experiência tinha fracassado mais por culpa da solteirona que do menino. Porque evidentemente — pensava o padre José Pedro — é impossível converter uma criança abandonada e ladrona em um sacristão. Mas é muito possível convertê-la em um homem trabalhador... E esperava quando conhecesse os Capitães da Areia entrar num acordo com alguns deles e com as beatas para tentar uma nova experiência, agora bem dirigida. Mas logo depois que Boa-Vida o apresentou ao grupo, que aos poucos ganhou a confiança da maioria, viu que era totalmente inútil pensar nesse projeto. Viu que era absurdo, porque a liberdade era o sentimento mais arraigado nos corações dos Capitães da Areia e que tinha que tentar outros meios.

Nas primeiras vezes os meninos o olhavam com desconfiança. Ouviam muitas vezes na rua dizer que padre dava peso, que negócio de padre era para mulher. Mas o padre José Pedro tinha sido operário e sabia como tratar os meninos. Tratava-os como a homens, como a amigos. E assim conquistou a confiança deles, se fez amigo de todos, mesmo daqueles que, como Pedro Bala e o Professor, não gostavam de rezar. Dificuldade grande só teve mesmo com o Sem-Pernas. Enquanto que o Professor, Pedro Bala, o Gato eram indiferentes às palavras do padre (o Professor, no entanto, gostava dele, pois lhe trazia livros), Pirulito, Volta Seca e João Grande, principalmente o primeiro, muito atentos ao que ele dizia, o Sem-Pernas lhe fazia uma oposição que a princípio tinha sido muito tenaz. Porém o padre José Pedro terminara por conquistar a confiança de todos. E pelo menos em Pirulito descobrira uma vocação sacerdotal.

Mas naquela tarde não foi com muita satisfação que o viram chegar. Pirulito se aproximou e beijou a mão do padre. Volta Seca também. Os demais o cumprimentaram. O padre José Pedro explicou:

— Hoje venho fazer um convite a todos vocês.

Os ouvidos se fizeram atentos. O Sem-Pernas resmungou:

— Vai chamar a gente pra bênção. Só quero ver quem topa...

Mas se calou porque Pedro Bala o olhava com raiva. O padre sorriu com bondade. Sentou-se num caixão, João Grande viu que a batina dele era suja e velha. Tinha remendos feitos com linha preta e era grande para a magreza do padre. Cutucou Pedro Bala, que espiou também. Então o Bala disse:

— Minha gente, o padre José Pedro, que é amigo de nós, tem uma coisa pra gente. Viva o padre José Pedro!

João Grande sabia que tudo era por causa da batina rasgada e grande para a magreza do padre. Os outros responderam "Viva", o padre sorriu acenando com a mão, João Grande não tirava os olhos da batina. Pensou que Pedro Bala era mesmo um chefe, sabia de tudo, sabia fazer tudo. Por Pedro Bala, João Grande se deixaria cortar a facão como aquele negro de Ilhéus por Barbosa, o grande senhor do cangaço. O padre José Pedro meteu a mão no bolso da batina, tirou o breviário negro. Abriu e de dentro sacou algumas notas de dez mil-réis:

— Isso é pra gente andar no carrossel hoje... Convido vocês todos para andarem hoje no carrossel da praça de Itapagipe.

Esperava que os rostos se animassem mais. Que uma extraordinária alegria reinasse em toda sala. Porque assim ficaria ainda mais convicto de que estava servindo a Deus quando daqueles quinhentos mil-réis que dona Guilhermina Silva dera para comprar velas para o altar da Virgem tirara cinquenta mil-réis para levar os Capitães da Areia ao carrossel. E como os rostos não ficaram subitamente alegres, ele ficou desconcertado, as notas na mão, olhando a multidão de meninos. Pedro Bala coçou o cabelo (que lhe caía sobre as orelhas), quis falar, não acertou. Olhou então para o Professor, e foi este quem explicou:

— Padre, o senhor é um homem bom. — Teve vontade de dizer que o padre era bom como João Grande, mas pensou que talvez o padre se ofendesse se ele o comparasse ao negro. — Mas o que tem é que o Sem-Pernas e Volta Seca tão os dois trabalhando no carrossel. E a gente tá convidado — aí fez uma pequena pausa — pelo proprietário, que é amigo deles, pra andar à noite de graça. A gente não esquece do convite do senhor... — O Professor falava pausado, escolhendo as palavras, pensando que aquele era um momento delicado, adivinhando muita coisa, e Pedro Bala o apoiava com a cabeça. — Fica pra outra vez. Mas o senhor não vai zangar com a gente porque a gente não aceita? Não vai, não é? — e espiava o padre, cujo rosto agora estava novamente alegre.

— Não. Fica pra outra vez. — Olhou para os meninos sorrindo. — Foi até melhor assim. Porque o dinheiro que eu tinha... — e se calou de repente ante o fato que ia contar. E pensou que talvez tivesse sido uma lição de Deus, um aviso, e que tivesse feito uma coisa malfeita. Seu olhar foi tão estranho, que os meninos se aproximaram um passo.

Olhavam para o padre sem compreender. Pedro Bala franzia a testa como quando tinha um problema a resolver, o Professor tentou falar. Mas João Grande compreendeu tudo, apesar de ser o mais burro de todos:

— Era da igreja, padre? — e bateu na boca com raiva de si mesmo.

Os outros entenderam. Pirulito pensou que tivesse sido um grande pecado, mas sentiu que a bondade do padre era maior que o pecado. Então o Sem-Pernas veio coxeando ainda mais que o seu natural, como se viesse lutando consigo mesmo, chegou perto do padre e quase gritou a princípio, se bem logo baixasse muito a voz:

— A gente pode botar no lugar onde estava... É coisa canja pra gente. Não fique triste... — e sorria.

E o sorriso do Sem-Pernas e a amizade que o padre lia nos olhos de todos (haveria lágrimas nos olhos do Grande?) lhe restituíram a calma, a serenidade, a confiança no seu ato e no seu Deus. Disse com sua voz natural:

— Uma velha viúva deu quinhentos mil-réis para vela. Eu tirei cinquenta para vocês andarem no carrossel. Deus julgará se fiz bem. Agora compro mesmo de vela.

Pedro Bala sentia que tinha uma dívida a saldar com o padre. Queria que o padre soubesse que todos eles compreendiam. E como não achasse nada mais à mão, se dispôs a perder o trabalho que poderiam fazer naquela tarde e convidou o padre:

— A gente vai pro carrossel ver Volta Seca e Sem-Pernas agora de tarde. Quer ir com a gente, padre?

Padre José Pedro disse que sim, porque sabia que aquilo era mais um passo na sua intimidade com os Capitães da Areia. E foi um grupo com o padre para a praça. Vários não foram, o Gato inclusive, que foi ver Dalva. Mas os que iam pareciam um bando de bons meninos que vinham do catecismo. Se estivessem bem-vestidos e limpos, pareceria um colégio de tão em ordem que eles iam.

Na praça rodaram tudo com o padre. Mostravam com orgulho Volta Seca imitando animais, vestido de cangaceiro, o Sem-Pernas fazendo sozinho o carrossel girar, porque Nhozinho França fora tomar uma cerveja num bar. Uma pena que à tarde as luzes do carrossel não estivessem acesas. Não era tão belo como à noite, as luzes girando de todas as cores. Mas eles tinham orgulho de Volta Seca imitando animais, do Sem-Pernas movimentando o carrossel, fazendo as crianças subirem, as crianças baixarem. O Professor, com um pedaço de lápis e uma tampa de caixa, desenhou Volta Seca vestido de cangaceiro. Tinha um jeito especial para desenhar e por vezes ganhava dinheiro fazendo desenho, nas calçadas, de homens que passavam, de senhoritas que iam com os noivos. Estes paravam um minuto, riam do desenho ainda indeciso, as noivas diziam:

— Está muito parecido...

Ele recolhia os níqueis e então ficava a retocar o desenho feito a giz, a ampliá-lo, a colocar homens de cais e mulheres da vida, até que um guarda o expulsava da calçada. Por vezes já tinha um grupo grande espiando e havia quem dissesse:

— Este menino promete. É pena que o governo não olhe essas vocações... — e lembravam casos de meninos da rua que, ajudados por famílias, foram grandes poetas, cantores e pintores.

O Professor acabou o desenho (no qual pôs o carrossel e Nhozinho França caindo de bêbado) e deu ao padre. Estavam todos num grupo cerrado espiando o desenho, que o padre elogiava, quando ouviram:

— Mas é o padre José Pedro...

E o *lorgnon* da velha magra se assestou contra o grupo como uma arma de guerra. O padre José Pedro ficou meio sem jeito, os meninos olhavam com curiosidade os ossos do pescoço e do peito da velha, onde um *barret* custosíssimo brilhava à luz do sol. Houve um momento em que todos ficaram calados, até que o padre José Pedro criou ânimo e disse:

— Boa tarde, dona Margarida.

Mas a viúva Margarida Santos assestou novamente o *lorgnon* de ouro.

— O senhor não se envergonha de estar nesse meio, padre? Um sacerdote do Senhor? Um homem de responsabilidade no meio desta gentalha...

— São crianças, senhora.

A velha olhou superiora e fez um gesto de desprezo com a boca. O padre continuou:

— Cristo disse: "Deixai vir a mim as criancinhas...".

— Criancinhas... Criancinhas... — cuspiu a velha.

— "Ai de quem faça mal a uma criança", falou o Senhor — e o padre José Pedro elevou a voz acima do desprezo da velha.

— Isso não são crianças, são ladrões. Velhacos, ladrões. Isso não são crianças. São capazes até de ser dos Capitães da Areia... Ladrões — repetiu com nojo.

Os meninos a fitavam com curiosidade. Só o Sem-Pernas, que tinha vindo do carrossel pois Nhozinho França já voltara, a olhava com raiva. Pedro Bala se adiantou um passo, quis explicar:

— O padre só quer aju...

Mas a velha deu um repelão e se afastou.

— Não se aproxime de mim, não se aproxime de mim, imundície. Se não fosse pelo padre eu chamava o guarda.

Pedro Bala aí riu escandalosamente, pensando que se não fosse pelo padre a velha já não teria o *barret* nem tampouco o *lorgnon*. A velha se afastou com um ar de grande superioridade, não sem dizer antes para o padre José Pedro:

— Assim o senhor não vai longe, padre. Tenha mais cuidado com as suas relações.

Pedro Bala ria cada vez mais, e o padre também riu, se bem se sentisse triste pela velha, pela incompreensão da velha. Mas o carrossel girava com as crianças bem-vestidas e aos poucos os olhos dos Capitães da Areia se voltaram para ele e estavam cheios de desejo de andar nos cavalos, de girar com as luzes. Eram crianças, sim — pensou o padre.

No começo da noite caiu uma carga-d'água. Também as nuvens pretas logo depois desapareceram do céu e as estrelas brilharam, brilhou também a lua cheia. Pela madrugada os Capitães da Areia vieram. O Sem-Pernas botou o motor para trabalhar. E eles esqueceram que não eram iguais às demais crianças, esqueceram que não tinham lar, nem pai, nem mãe, que viviam de furto como homens, que eram temidos na cidade como ladrões. Esqueceram as palavras da velha de *lorgnon*. Esqueceram tudo e foram iguais a todas as crianças, cavalgando os ginetes do carrossel, girando com as luzes. As estrelas brilhavam, brilhava a lua cheia. Mas, mais que tudo, brilhavam na noite da Bahia as luzes azuis, verdes, amarelas, roxas, vermelhas do Grande Carrossel Japonês.

DOCAS

Pedro Bala bateu a moeda de quatrocentos réis na parede da alfândega, ela caiu adiante da de Boa-Vida. Depois Pirulito bateu a dele, a moeda ficou entre a de Boa-Vida e a de Pedro Bala. Boa-Vida estava acocorado, espiando. Tirou o cigarro da boca:

— Eu gosto é assim mesmo. De começar ruim...

E continuaram o jogo, mas Boa-Vida e Pirulito perderam as moedas de quatrocentão, que Pedro Bala embolsou:

— Eu sou é bamba mesmo.

Diante deles estavam os saveiros ancorados. Do Mercado saíam mulheres e homens. Eles esperavam nesta tarde o saveiro do Querido-de-Deus. O capoeirista estava numa pescaria, que sua profissão era de pescador. Continuaram o jogo do cruzado até que Pedro Bala limpou os outros dois. A cicatriz do seu rosto brilhava. Gostava de vencer assim num jogo limpo, principalmente quando os parceiros eram da força do Pirulito (que fora muito tempo o campeão do grupo) e de Boa-Vida. Quando terminaram, Boa-Vida puxou o bolso para fora:

— Tu vai me emprestar nem que seja um cruzado. Tou a nem-nem.

Depois mirou o mar, os saveiros ancorados:

— Querido-de-Deus vai chegar de tardinha. Vamos pras docas?

Pirulito disse que ficava esperando o Querido-de-Deus, mas Pedro Bala foi com Boa-Vida para as docas. Atravessaram as ruas do cais, afundaram os pés na areia. Um navio desatracava do armazém 5, havia um movimento de gente que entrava e saía. Pedro Bala perguntou ao Boa-Vida:

— Tu não tem vontade de ser marítimo?

— Tá vendo... Gosto daqui. Não quero arribar, não.

— Pois eu tenho vontade. É bonito trepar num mastro. E um temporal, hein? Tu te lembra daquela história que o Professor leu pra gente? Aquela que tinha um temporal. Batuta...

— Era porreta, sim.

Pedro Bala ficou se lembrando da história. Boa-Vida achava besteira sair da Bahia, onde, quando crescesse, seria tão fácil viver uma boa existência de malandro, navalha na calça, violão debaixo do braço, uma morena para derrubar no areal. Era a existência que desejava ter quando se fizesse completamente homem.

Chegaram ao portão do armazém 7. João de Adão, um estivador negro e fortíssimo, antigo grevista, temido e amado em toda a estiva, estava sentado num caixão. Fumava cachimbo e os músculos saltavam sob sua camisa. Quando viu os meninos foi saudando:

— Olha o amigo Boa-Vida. E o capitão Pedro.

Só chamava Pedro de "capitão Pedro" e gostava de conversar com eles. Ofereceu um pedaço de caixão a Pedro Bala, Boa-Vida se acocorou na sua frente. Num canto, uma negra velha vendia laranjas e cocadas, vestida com uma saia de chitão e uma anágua que deixava ver os seios ainda duros apesar da sua idade. Boa-Vida ficou espiando os peitos da negra, enquanto descascava uma laranja que apanhara no tabuleiro.

— Tu ainda tem uma peitama bem boa, hein, tia?

A negra sorriu:

— Esses meninos de hoje não respeita os mais velho, compadre João de Adão. Onde já se viu um capetinha destes falar em peito pra uma velha encongrujada como eu?

— Deixa de conversa, tia. Tu ainda topa a coisa...

A negra riu com vontade:

— Já fechei a cancela, Boa-Vida. Passei da idade. Pergunta a este... — aponta João de Adão. — Vi quando ele, quase menino assim como tu, fez a primeira greve aqui nas doca. Naquele tempo ninguém sabia que diabo era greve. Tu te lembra, compadre?

João de Adão balançou a cabeça que sim, fechou os olhos recordando os longínquos tempos da primeira greve que chefiara nas docas. Era um dos doqueiros mais velhos, embora ninguém lhe desse a idade que tinha.

Pedro Bala falou:

— Negro quando pinta, três vezes trinta.

A negra mostrou a carapinha toda pintada de branco. Tinha tirado o lenço que enrolava na cabeça e Boa-Vida chalaceou:

— Por isso tu anda com esse lenço. Ô negra cheia de prosopopeia...

João de Adão perguntou:

— Tu te lembra de Raimundo, comadre Luísa?

— O "Loiro", que morreu na greve? Como não me lembro? Era um que toda tarde vinha dar dois dedo de prosa comigo, gostava de tirar pilhéria...

— Mataram ele bem aqui, naquele dia que a cavalaria atropelou a gente. — Olhou para Pedro Bala. — Tu nunca ouviu falar nele, capitão?

— Não.

— Tu tinha uns quatro anos. Depois disso tu andou um ano da casa de um pra casa de outro até que tu fugiu. Depois a gente só veio saber de tu quando tu já era chefe dos Capitães da Areia. Mas a gente sabia que tu havia de te arranjar. Quantos anos tu tem agora?

Pedro ficou fazendo cálculos e o próprio João de Adão interrompeu.

— Tu tá com uns quinze anos. Não é, comadre?

A negra fez que sim. João de Adão continuou:

— No dia que tu quiser tu tem um lugar aqui nas docas. A gente tem um lugar guardado pra tu.

— Por quê? — perguntou Boa-Vida, já que Pedro apenas olhava espantado.

— Porque o pai dele era Raimundo e morreu foi aqui mesmo lutando pela gente, pelo direito da gente. Era um homem e tanto. Valia dez destes que a gente encontra por aí.

— Meu pai? — fez Pedro Bala, que daquelas histórias só conhecia vagos rumores.

— Teu pai, era. A gente chamava ele de Loiro. Quando foi da greve fazia discurso pra gente, nem parecia um estivador. Foi pegado por uma bala. Mas tem um lugar pra tu nas docas.

Pedro Bala riscava o asfalto com um graveto. Olhou João de Adão:

— Por que tu nunca me contou isso?

— Tu era pequeno para entender. Agora tu tá ficando um homem — e riu com satisfação.

Pedro Bala riu também. Estava contente de saber a história de seu pai, porque ele tinha sido um homem valente. Mas perguntou lentamente:

— E minha mãe tu conheceu?

João de Adão pensou um momento:

— Não sei, não. Quando conheci o Loiro, ele não tinha mulher. Mas tu vivia com ele.

— Eu conheci — era a negra que estava falando. — Um pedaço de mulher. Corria uma história que teu pai tinha furtado ela de casa, que ela era de uma família rica lá de cima — e apontava a Cidade Alta. — Morreu quando tu nem tinha seis meses. Nesse tempo Raimundo trabalhava na fábrica de cigarros de Itapagipe. Depois foi que veio pras docas.

João de Adão repetiu:

— Quando tu quiser...

Pedro Bala fez um aceno com a cabeça. Depois perguntou:

— Foi uma coisa batuta a greve, não foi?

E ficaram ouvindo João de Adão narrar a greve. Quando ele acabou, Pedro Bala disse:

— Eu gostava de fazer uma greve. Deve ser porreta.

Vinha entrando um navio. João de Adão se levantou:

— Agora a gente vai carregar aquele holandês.

O navio apitava nas manobras de atracação. De todos os cantos surgiam estivadores que se iam dirigindo para o grande armazém. Pedro Bala os olhou com carinho. Seu pai fora um deles, morrera por defesa deles. Ali iam passando homens brancos, mulatos, negros, muitos negros. Iam encher os porões de um navio de sacos de cacau, fardos de fumo, açúcar, todos os produtos do estado que iam para pátrias longínquas, onde outros homens como aqueles, talvez altos e loiros, descarregariam o navio, deixariam vazios os seus porões. Seu pai fora um deles. Só agora o sabia. E por eles fizera discursos trepado em um caixão, brigara, recebera uma bala no dia em que a cavalaria enfrentou os grevistas. Talvez ali mesmo, onde ele se sentava, tivesse caído o sangue de seu pai. Pedro Bala mirou o chão agora asfaltado. Por baixo daquele asfalto devia estar o sangue que correra do corpo de seu pai. Por isso, no dia em que quisesse, teria um lugar nas docas, entre aqueles homens, o lugar que fora de seu pai. E teria também que carregar fardos... Vida dura aquela, com fardos de sessenta quilos nas costas. Mas também poderia fazer uma greve assim como seu pai e João de Adão, brigar com polícias, morrer pelo direito deles. Assim vingaria seu pai, ajudaria aqueles homens a lutar pelo seu direito (vagamente Pedro Bala sabia o que era isso). Imaginava-se numa greve, lutando. E sorriam os seus olhos como sorriam os seus lábios.

Boa-Vida, que chupava a terceira laranja, interrompeu seu sonho:

— Tá pensando na morte da bezerra, seu mano?

A preta velha olhou Pedro Bala com carinho:

— É a cara do pai. Só que tem o cabelo ondeado da mãe. Se não fosse esse talho na cara, não tinha que tirar nem pôr para ver Raimundo. Um homem bonito...

Boa-Vida riu entre dentes. Perguntou quanto devia, pagou os duzentos réis. Depois olhou mais uma vez os peitos da negra, perguntou:

— Tu não tem uma fia, minha tia?

— Pra que tu quer saber, desgraçado?

Boa-Vida riu:

— Eu podia me amigar com ela...

A negra atirou o chinelo, Boa-Vida desviou o corpo:

— Se eu tivesse uma filha, não era pra teu bico, malandro.

Depois se lembrou:

— Tu não vai hoje ao Gantois? Vai ser uma batida daquelas. Um fandango de primeira. É festa de Omolu.

— Muita boia? E aluá?

— Se tem... — mirou Pedro Bala. — Por que tu não vai, branco? Omolu não é só santo de negro. É santo dos pobres todos.

Boa-Vida estendeu a mão numa saudação quando ela falou em Omolu, o deus da bexiga. A tarde caía. Um homem comprou cocada. As luzes se acenderam de repente. A negra se levantou, Boa-Vida ajudou a que ela botasse o tabuleiro na cabeça. Ao longe, Pirulito apontava com o Querido-de-Deus. Pedro Bala olhou mais uma vez os homens que nas docas carregavam fardos para o navio holandês. Nas largas costas negras e mestiças brilhavam gotas de suor. Os pescoços musculosos iam curvados sob os fardos. E os guindastes rodavam ruidosamente. Um dia iria fazer uma greve como seu pai... Lutar pelo direito... Um dia um homem assim como João de Adão poderia contar a outros meninos na porta das docas a sua história, como contavam a de seu pai. Seus olhos tinham um intenso brilho na noite recém-chegada.

Ajudaram o Querido-de-Deus a desembarcar a pescaria, que fora boa. Iemanjá o tinha ajudado. Um homem que tinha banca de peixe no mercado comprou toda a pescaria. Depois foram comer num restaurante próximo. Pirulito foi ver o padre José Pedro, que estava lhe ensinando a ler e a escrever. Passou pelo trapiche antes, para apanhar uma caixa de penas que tinha levantado numa papelaria pela manhã. Pedro Bala, Boa-Vida e o Querido-de-Deus andaram para o candomblé do Gantois (o Querido era ogã), onde Omolu apareceu com suas vestimentas vermelhas e avisou a seus filhinhos pobres, no cântico mais lindo que pode haver, que em breve a miséria acabaria, que ele levaria a bexiga para a casa dos ricos e que os pobres seriam alimentados e felizes. Os atabaques tocavam na noite de Omolu. E ele anunciava que o dia de vingança dos pobres chegaria. As negras dançavam, os homens estavam alegres. O dia da vingança chegaria.

Pedro Bala veio sozinho pelas ruas da cidade, pois o Boa-Vida fora com o Querido-de-Deus dançar num bleforé. Desceu as ladeiras que o conduziam à Cidade Baixa. Ia devagar, como se carregasse um peso dentro de si, ia como que curvado por dentro. Pensava na conversa da tarde com João de Adão, conversa que o alegrara porque ficara sabendo que seu pai fora um homem valente do cais, um homem que chegara a deixar uma história. Mas João de Adão falara também dos direitos dos doqueiros. Pedro Bala nunca tinha ouvido falar naquilo e, no entanto, fora por estes direitos que seu pai morrera. E depois, na macumba do Gantois, Omolu, paramentado de vermelho, dissera que o dia da vingança dos pobres não tardaria a chegar. E tudo isso oprimia o coração de Pedro Bala, como aqueles fardos de sessenta quilos oprimem o cangote dos estivadores.

Quando acabou a descida da ladeira se dirigiu para o areal, com vontade de ir para o trapiche ver se dormia. Um cachorro latiu à sua passagem, pensando que ele ia lhe disputar o osso que estava roendo. No fim da rua Pedro Bala viu um vulto. Parecia uma mulher que andava apressada. Sacudiu seu corpo de menino como se sacode um animal jovem ao ver a fêmea, e com passo rápido se aproximou da mulher que agora entrava no areal. A areia chiava sob os pés e a mulher notou que era seguida. Pedro Bala podia vê-la bem quando ela passava sob os postes: era uma negrinha bem jovem, talvez tivesse apenas quinze anos como ele. Mas os seios saltavam pontiagudos e as nádegas rolavam no vestido, porque os negros mesmo quando estão andando naturalmente é como se dançassem. E o desejo cresceu dentro de Pedro Bala, era um desejo que nascia da vontade de afogar a angústia que o oprimia. Pensando nas nádegas reboleantes da negrinha não pensava na morte de seu pai defendendo o direito dos grevistas, em Omolu pedindo vingança na noite de macumba. Pensava em derrubar a negrinha sobre a areia macia, em acariciar seus seios duros (talvez seios de virgem, sempre seios de menina), em possuir seu corpo quente de negra.

Apressou seus passos, porque a negrinha se desviara da rua que cortava o areal e se internara por este, se afastando dos postes de iluminação. Mas quando ela notou que Pedro Bala estava cada vez mais próximo, se lançou para a frente quase correndo. Pedro compreendeu que ela ia para uma daquelas ruas que ficam além dos trapiches, perdidas entre o morro e o mar, e que se atravessava o areal era para fazer caminho mais curto e com mais facilidade poder fugir dele. Ia um silêncio por todo o cais, só o chiar da areia sob os passos deles fazia estremecer de medo o coração da negrinha e de impaciência o coração de Pedro Bala. Mas estava cada vez mais próximo. Andava muito mais rápido que a negra e a alcançaria com mais dez passos. E ela tinha ainda muito que andar no areal antes de atingir os trapiches e as ruas que ficam além dos trapiches. Pedro sorria, um sorriso de dentes apertados, era igual a um animal feroz caçando no deserto um outro animal para seu almoço.

Quando já ia levando a mão para tocar em seu ombro e fazer com que ela voltasse o rosto, a negrinha começou a correr. Pedro Bala se lançou em sua perseguição e logo a alcançou. Mas ia a tal velocidade que esbarrou nela e ambos rolaram na areia. Pedro se levantou de um salto, rindo, chegou para o lado dela, que procurava se pôr em pé:

— Não precisa, lindeza. Assim mesmo tá bom.

O rosto da negrinha era de terror. Mas quando viu que seu perseguidor era um menino de quinze para dezesseis anos se animou mais um pouco e perguntou com raiva:

— Que é que tu quer?

— Deixa de orgulho, morena. Vamos bater um papozinho.

E a agarrou pelo braço e novamente a derrubou na areia. O medo voltou a possuí-la, um terror doido. Vinha da casa da avó e ia para sua casa, onde mãe e irmãs a esperavam. Para que tinha vindo de noite, para que se arriscara na areia do cais? Não sabia que a areia das docas é a cama de amor de todos os malandros, de todos os ladrões, de todos os marítimos, de todos os Capitães da Areia, de todos os que não podem pagar mulher e têm sede de um corpo na cidade santa da Bahia? Ela não sabia disto, mal fizera quinze anos, havia muito pouco tempo que era mulher. Pedro Bala também só tinha quinze anos, mas há muito tempo conhecia não só o areal e os seus segredos, como os segredos do amor das mulheres. Porque se os homens conhecem esses segredos muito antes que as mulheres, os Capitães da Areia os conheciam muito antes que qualquer homem. Pedro Bala a queria porque há muito sentia os desejos de homem e conhecia as carícias do amor. Ela não o queria porque fazia pouco que se tornara mulher e pretendia reservar seu corpo para um mulato que a soubesse apaixonar. Não o queria entregar assim ao primeiro que a encontrasse no areal. E está com os olhos entupidos de medo.

Pedro Bala passou a mão na carapinha da negra:

— Tu é um pancadão, morena. Nós vai fazer um filho lindo…

Ela lutou por se afastar dele:

— Me deixa. Me deixa, desgraçado!

E olhava em torno de si para ver se enxergava alguém a quem gritar, a quem pedir socorro, alguém que a ajudasse a conservar a sua virgindade, que tinham lhe ensinado que era preciosa. Mas à noite no areal do cais da Bahia não se veem senão sombras e não se ouvem mais que gemidos de amor, baques de corpos que rolam confundidos na areia.

Pedro Bala acariciava seus seios e ela, no fundo de seu terror, começava a sentir um fio de desejo, como um fio de água que corre entre montanhas e vai engrossando aos poucos até se transformar em caudaloso rio. E isso fez com que crescesse o seu terror. Se ela não resistisse contra o desejo e deixasse que ele a possuísse, estaria perdida, iria deixar uma mancha de sangue no areal, da qual ririam os estivadores na madrugada seguinte. A certeza da sua fraqueza lhe deu novo alento e novas forças. Baixou a cabeça, mordeu a mão de Pedro que segurava seu seio. Pedro deu um grito, retirou a mão, ela se levantou e correu. Mas ele a pegou e agora seu desejo estava misturado com raiva.

— Vamos deixar de chove-não-molha — e tentava derrubá-la.

— Deixa eu ir embora, desgraçado. Tu quer fazer minha desgraça, filho-da-mãe? Deixa eu ir embora, que não tenho nada com tu.

Pedro não respondia. Conhecia outras que faziam chiquê. Em geral porque tinham um amante a esperá-las. Nem por um momento pensou que a negrinha fosse virgem. Mas ela resistia e o xingava, e mordia, batia suas frágeis mãos no peito de Pedro Bala.

— Mas que é que tu viu, cabocla? Tu pensa que eu vou te deixar antes de tu me dar? Deixa de orgulho. Teu macho não vai saber, ninguém fica sabendo. E tu vai ver o que é um homem bom…

E agora fazia por acariciá-la, queria dominar sua raiva, fazer com que ela sentisse desejo. Suas mãos desciam ao longo do seu corpo, deitou-a com esforço. Ela agora repetia num refrão:

— Me deixa, desgraçado... Me deixa, desgraçado...

Ele suspendeu as saias pobres de chita, apareceram as duras coxas da negra. Mas estavam uma sobre a outra e Pedro Bala tentou separá-las. A negrinha reagiu de novo, mas como o menino a estava acariciando e ela sentiu a chegada impetuosa do desejo, não o xingou mais, senão que disse num pedido angustioso:

— Me deixa, que eu sou virgem. Tu pode ser bom, não me querer. Depois tu encontra outra. Eu sou donzela, tu vai me fazer mal.

Ele olhou, ela estava chorando de medo e também porque sua vontade estava enfraquecendo, seus peitos estavam intumescidos.

— Tu é donzela mesmo?

— Juro por Deus Nosso Senhor, pela Virgem — beijava os dedos postos em cruz.

Pedro Bala vacilava. Os seios da negrinha intumescidos sob seus dedos. As coxas duras, a carapinha do sexo.

— Tu tá falando a verdade? — e não deixava de acariciá-la.

— Tou, juro. Deixa eu ir embora, minha mãe tá me esperando.

Chorava, e Pedro Bala tinha pena, mas o desejo estava solto dentro dele. Então propôs ao ouvido da negra (e fazia cócegas a língua dele):

— Só boto atrás.

— Não. Não.

— Tu fica virgem igual. Não tem nada.

— Não. Não, que dói.

Mas ele a acarinhava, uma cócega subiu pelo corpo dela. Começou a compreender que se não o satisfizesse como ele queria, sua virgindade ficaria ali. E quando ele prometeu (novamente sua língua a excitava no ouvido) "Se doer eu tiro..." ela consentiu.

— Tu jura que não vai na frente?

— Juro.

Mas depois que tinha se satisfeito pela primeira vez (e ela gritara e mordera as mãos), vendo que ela ainda estava possuída pelo desejo, tentou desvirginá-la. Mas ela sentiu e saltou como uma louca:

— Tu não te contenta, desgraçado, com o que me fez? Tu quer me desgraçar?

E soluçava alto, e levantava os braços, estava como uma louca, toda sua defesa eram seus gritos, suas lágrimas, suas imprecações contra o chefe dos Capitães da Areia. Mas para Pedro a maior defesa da negrinha eram os olhos cheios de pavor, olhos de animal mais fraco que não tem forças para se defender. E como seu maior desejo já se satisfizera, e como aquela angústia do princípio da noite voltava a dominá-lo, ele falou:

— Se eu te deixar, tu volta amanhã?

— Volto, sim.

— Só faço o que fiz hoje. Te deixo donzela...

Ela fez que sim com a cabeça. Seus olhos estavam iguais aos de um doido e naquele momento só sentia dor e pavor, vontade de fugir. Agora que as mãos dele, os lábios dele, o sexo de Pedro, não tocavam mais nas carnes dela, seu desejo desaparecera e pensava unicamente em defender sua virgindade. Respirou quando ele disse:

— Então tu pode ir. Mas se tu não voltar amanhã... Quando eu te pegar tu vai ver com quantos paus se faz uma cangalha...

Ela começou a andar sem nada responder. Mas o menino a acompanhou:

— Vou te levar para um malandro não lhe pegar.

Foram os dois e ela chorava. Ele quis pegar na mão dela, ela não deixou e se afastou dele. Ele tentou novamente, novamente ela retirou a mão. Então ele disse:

— Que diabo é isso?

E foram de mãos dadas. Ela chorava e aquele choro foi angustiando Pedro Bala, foi fazendo com que voltasse sua inquietação do começo da noite, a visão de seu pai morrendo na luta, a visão de Omolu anunciando vingança. Começou a maldizer intimamente o encontro da cabrocha e apressou o passo para chegar quanto antes ao começo da rua. Ela soluçava e ele falou com raiva:

— Que foi que tu teve? Tu não teve nada...

Ela apenas o olhou e seus olhos (apesar de ainda ir com ele e ainda estar apavorada) estavam cheios de ódio e de desprezo. Pedro baixou a cabeça, não sabia o que dizer, não tinha mais desejo nem raiva, só tristeza no seu coração. Ouviram a música de um samba que um homem cantava na rua. Ela soluçou mais alto, ele foi chutando areia. Agora se sentia mais fraco que ela, a mão da negrinha pesava na sua como se fosse chumbo. Largou a mão, ela se afastou dele. Pedro não protestou. Queria não a ter encontrado, não ter encontrado também João de Adão nem ter ido ao Gantois. Chegaram na rua, ele disse:

— Agora tu pode ir, ninguém te faz mal.

Ela o olhou novamente com ódio e deitou a correr. Mas na esquina mais próxima parou, virou para ele (que ainda a olhava) e rogou praga com uma voz que o encheu de medo:

— Peste, fome e guerra te acompanha, desgraçado. Deus te castiga, desgraçado. Filho de uma mãe, desgraçado, desgraçado — sua voz solitária atravessava a rua, abalava Pedro Bala.

Ela, antes de desaparecer na esquina, cuspiu no chão num supremo desprezo e ainda repetiu:

— Desgraçado... Desgraçado...

Primeiro ele ficou parado, depois deitou a correr no areal e ia como se os ventos o açoitassem, como se fugisse das pragas da negrinha. E tinha vontade de se jogar no mar para se lavar de toda aquela inquietação, a vontade de se vingar dos homens que tinham matado seu pai, o ódio que sentia contra a cidade rica que se estendia do outro lado do mar, na Barra, na Vitória, na Graça, o desespero da sua vida de criança abandonada e perseguida, a pena que sentia pela pobre negrinha, uma criança também.

"Uma criança também" — ouvia na voz do vento, no samba que cantavam, uma voz dizia dentro dele.

AVENTURA DE OGUM

Outra noite, uma noite escura de inverno, na qual os saveiros não se aventuravam no mar, noite da cólera de Iemanjá e Xangô, quando os relâmpagos eram o único brilho no céu carregado de nuvens negras e pesadas, Pedro Bala, o Sem-Pernas e João Grande foram levar a mãe-de-santo, Don'Aninha, até sua casa distante. Ela viera ao trapiche pela tarde, precisava de um favor deles, e enquanto explicava, a noite caiu espantosa e terrível.

— Ogum está zangado... — explicou a mãe-de-santo Don'Aninha.

Fora este assunto que a trouxera ali. Numa batida num candomblé (que se bem não fosse o seu, porque nenhum polícia se aventurava a dar uma batida no candomblé de Aninha, estava sob a sua proteção) a polícia tinha carregado com Ogum, que repousava no seu altar. Don'Aninha tinha usado da sua força junto a um guarda para conseguir a volta do santo. Fora mesmo à casa de um professor da faculdade de medicina, seu amigo, que vinha estudar a religião negra no seu candomblé, pedir que ele conseguisse a restituição do deus. O professor realmente pensava em conseguir que a polícia lhe entregasse a imagem. Mas para juntar à sua coleção de ídolos negros e não para reintegrá-la no seu altar no candomblé distante. Por isso, por estar Ogum numa sala de detidos na polícia, Xangô descarrega os raios nessa noite.

Por último Don'Aninha veio aonde estavam os Capitães da Areia, seus amigos de há muito, porque são amigos da grande mãe--de-santo todos os negros e todos os pobres da Bahia. Para cada um ela tem uma palavra amiga e maternal. Cura doenças, junta amantes, seus feitiços matam homens ruins. Explicou o que tinha acontecido a Pedro Bala. O chefe dos Capitães da Areia ia pouco aos candomblés, como pouco ouvia as lições do padre José Pedro. Mas era amigo tanto do padre como da mãe-de-santo, e entre os Capitães da Areia quando se é amigo se serve ao amigo.

Agora levavam Aninha para sua casa. A noite em torno era tormentosa e colérica. A chuva os curvava sob o grande guarda-chuva branco da mãe-de-santo. Os candomblés batiam em desagravo a Ogum e talvez num deles ou em muitos deles Omolu anunciasse a vingança do povo pobre. Don'Aninha disse aos meninos com uma voz amarga:

— Não deixam os pobres viver... Não deixam nem o deus dos pobres em paz. Pobre não pode dançar, não pode cantar pra seu deus, não pode pedir uma graça a seu deus — sua voz era amarga, uma voz que não parecia da mãe-de-santo Don'Aninha. — Não se contentam de matar os pobres a fome... Agora tiram os santos dos pobres... — e alçava os punhos.

Pedro Bala sentiu uma onda dentro de si. Os pobres não tinham nada. O padre José Pedro dizia que os pobres um dia iriam para o reino dos céus, onde Deus seria igual para todos. Mas a razão jovem de Pedro Bala não achava justiça naquilo. No reino do céu seriam iguais. Mas já tinham sido desiguais na terra, a balança pendia sempre para um lado.

As imprecações da mãe-de-santo enchiam a noite mais que o ruído dos agogôs e atabaques que desagravavam Ogum. Don'Aninha era magra e alta, um tipo aristocrático de negra, e sabia levar como nenhuma das negras da cidade suas roupas de baiana. Tinha o rosto alegre, se bem bastasse um olhar seu para inspirar absoluto respeito. Nisso se parecia com o padre José Pedro. Mas agora estava com um ar terrível e suas imprecações contra os ricos e a polícia enchiam a noite da Bahia e o coração de Pedro Bala.

Quando a deixaram, rodeada das suas filhas-de-santo, que beijavam sua mão, Pedro Bala prometeu:

— Deixa estar, mãe Aninha, que amanhã te trago Ogum.

Ela bateu a mão na cabeça loira dele, sorriu. João Grande e o Sem-Pernas beijaram a mão da negra. Desceram a ladeira. Os agogôs e atabaques ressoavam desagravando Ogum.

O Sem-Pernas não acreditava em nada, mas devia favores a Don'Aninha. Perguntou:

— O que é que a gente vai fazer? O troço está na polícia...

João Grande cuspiu, estava com certo receio:

— Não chame Ogum de troço, Sem-Pernas. Ele castiga...

— Tá preso, não pode fazer nada — riu o Sem-Pernas.

João Grande calou a boca, porque sabia que Ogum era grande demais, mesmo na cadeia podia castigar o Sem-Pernas. Pedro Bala coçou o queixo, pediu um cigarro:

— Deixa eu matutar. A gente tem que dar conta. A gente garantiu a Aninha. Agora tem que fazer.

Desceram para o trapiche. A chuva entrava pelos buracos do teto, a maior parte dos meninos se amontoavam nos cantos onde ainda havia telhado. O Professor tentara acender sua vela, mas o vento parecia brincar com ele, apagava-a de minuto a minuto. Afinal ele desistiu de ler essa noite e ficou peruando um jogo de sete-e-meio que o Gato bancava, ajudado por Boa-Vida, num canto. Moedas no chão, mas nenhum rumor desviava Pirulito das suas orações diante da Virgem e de santo Antônio.

Nestas noites de chuva eles não podiam dormir. De quando em vez a luz de um relâmpago iluminava o trapiche e então se viam as caras magras e sujas dos Capitães da Areia. Muitos deles eram tão crianças que temiam ainda dragões e monstros lendários. Se chegavam para junto dos mais velhos, que apenas sentiam frio e sono. Outros, os negros, ouviram no trovão a voz de Xangô. Para todos estas noites de chuva eram terríveis. Mesmo para o Gato, que tinha uma mulher em cujo seio escondia a jovem cabeça, as noites de temporal eram noites más. Porque nestas noites homens que na cidade não têm onde reclinar a sua cabeça amedrontada, que não têm senão uma cama de solteiro e querem esconder num seio de mulher o seu temor, pagavam para dormir com Dalva e pagavam bem. Assim o Gato ficava no trapiche, bancando jogos com seu baralho marcado, ajudado na roubalheira pelo Boa-Vida. Ficavam todos juntos, inquietos, mais sós todavia, sentindo que lhes faltava algo, não apenas uma cama quente num quarto coberto, mas também doces palavras de mãe ou de irmã que fizessem o temor desaparecer. Ficavam todos amontoados e alguns tiritavam de frio, sob as camisas e calças esmolambadas. Outros tinham paletós furtados ou apanhados em lata de lixo, paletós que utilizavam como sobretudo. O Professor tinha mesmo um sobretudo, de tão grande arrastava no chão.

Uma vez, e era no verão, um homem parara vestido com um grosso sobretudo para tomar um refresco numa das cantinas da cidade. Parecia um estrangeiro. Era pelo meio da tarde e o calor doía nas carnes. Mas o homem parecia não senti-lo, vestido com seu sobretudo novo. O Professor achou o homem engraçado e com cara de sujeito de dinheiro e começou a fazer um desenho dele (com o sobretudo enorme, maior que o homem, era o próprio homem o sobretudo) a giz no passeio. E ria de satisfação, porque provavelmente o homem lhe daria uma prata de dois mil-réis. O homem voltou-se na sua cadeira e olhou o desenho quase concluído. O Professor ria, achava o desenho bom, o sobretudo dominando o homem, era mais que o homem. Mas o homem não gostou da coisa, se deixou possuir por uma grande raiva, levantou-se da cadeira e deu dois pontapés no Professor. Um atingiu o menino nos rins e ele rolou pela calçada gemendo. O homem ainda meteu o pé no seu rosto, dizendo congestionado ao se afastar:

— Toma, corneta, para aprender a não fazer burla de um homem.

E saiu batendo moedas na mão, após meio apagar com o pé o desenho. A garçonete veio e ajudou o Professor a se levantar. Olhou com piedade o menino, que apalpava o lugar dos rins doloridos, olhou o desenho, disse:

— Que bruto! Até que o retrato estava parecido... Um estúpido!

Meteu a mão no bolso onde guardava as gorjetas, tirou uma prata de um mil-réis, quis dar ao Professor. Mas ele recusou com a mão, sabia que ia fazer falta a ela. Olhou o desenho semiapagado, seguiu seu caminho ainda com as mãos nos rins. Ia quase sem pensar, com um nó na garganta. Ele quisera agradar o homem, merecer uma prata dele. Tivera dois pontapés e palavras brutais. Não compreendia. Por que eram odiados assim na cidade? Eram pobres crianças sem pai, sem mãe. Por que aqueles homens bem-vestidos tanto os odiavam? Foi com sua dor. Mas aconteceu que no caminho para o trapiche, no deserto do areal sob o sol, encontrou novamente, minutos depois, o homem de sobretudo. Parecia que ia para um dos navios atracados no porto e levava agora o sobretudo no braço porque o sol estava abrasador. Professor tirou a navalha (poucas vezes a usava) e se aproximou do homem. O calor tinha alijado do areal todos os homens e o do sobretudo cortava pela areia para fazer o caminho mais curto para o cais. O Professor foi silenciosamente por detrás do homem, quando chegou perto tomou a frente com a navalha na mão. A vista do homem tinha transformado a confusão de seus sentimentos num único sentimento: vingança. O homem o olhou aterrorizado. O Professor crescia em sua frente com a navalha aberta. Murmurou entre dentes:

— Sai, moleque.

O Professor avançou com a navalha, o homem ficou branco.

— Que é isso? Que é isso? — e mirava todos os lados na esperança de ver alguém. Mas só ao longe, nas docas, apareciam perfis de homens. Então o do sobretudo largou a correr quando o Professor saltou em cima dele e lhe cortou a mão com a navalha. O sobretudo ficou abandonado no chão e o sangue caía da mão do homem na areia. O Professor tomou pelo outro lado, ficou um instante sem saber que fazer. Não tardaria a vir um guarda, logo muitos, acompanhando o homem em sua perseguição. Se o navio do homem saísse logo, tudo estava bem, a perseguição pouco demoraria. Mas se tardasse a sair, com certeza o homem o perseguiria até dar com ele e pô-lo no xadrez. Então o Professor lembrou-se da garçonete. Caminhou para a cantina, do jardim que ficava em frente fez sinal para a garçonete. Ela veio e logo compreendeu quando o viu com o sobretudo. O Professor avisou:

— Ele tá com um talho na mão.

Ela riu:

— Tu te vingou, hein?

Levou o sobretudo para a cantina, guardou. O Professor sumiu até que o navio saiu barra afora. Mas de onde estava viu a batida dos guardas pelo areal e pelas ruas adjacentes. Foi assim que o Professor tinha conseguido aquele sobretudo, que nunca quis vender. Adquirira um sobretudo e muito ódio. E tempos depois, quando as suas pinturas murais admiraram todo o país (eram motivos de vidas de crianças abandonadas, de velhos mendigos, de operários e doqueiros que rebentavam cadeias), notaram que nelas os gordos burgueses apareciam sempre vestidos com enormes sobretudos que tinham mais personalidade que eles próprios.

Pedro Bala, João Grande e o Sem-Pernas entraram no trapiche. Foram para o grupo que jogava em torno ao Gato. Quando eles chegaram, o jogo parou um momento, o Gato ficou espiando os três:

— Quer topar um sete-e-meio?

— Tou com cara de besta? — respondeu o Sem-Pernas.

João Grande sentou para espiar, Pedro Bala se afastou com o Professor para um canto. Queria combinar uma maneira de roubar a imagem de Ogum da polícia. Discutiram parte da noite e já eram onze horas quando Pedro Bala, antes de sair, falou para todos os Capitães da Areia:

— Minha gente, eu vou fazer um troço difícil. Se eu não aparecer até de manhã, vocês fica sabendo que eu tou na polícia e não demoro a tá no reformatório, até fugir. Ou até vocês me tirar de lá...

E saiu. João Grande o acompanhou até a porta. O Professor veio para junto do Gato novamente. Os menores olhavam a partida do chefe com certo receio. Tinham uma grande confiança em Pedro Bala e sem ele muitos não saberiam como se arranjar.

Pirulito veio do seu canto, deixara uma oração pelo meio:

— O que foi?

— Pedro foi fazer um troço difícil. Se não voltar de manhã, é que tá na chave...

— A gente tira ele — respondeu Pirulito naturalmente, e nem parecia que minutos antes estava ante um quadro da Virgem rezando pela salvação da sua pequena alma de ladrão. E voltou aos seus santos a rezar por Pedro Bala.

O jogo recomeçou. Chuva e raios, trovões e nuvens no céu. O frio intenso no trapiche. Gotas de água caíam sobre os meninos que jogavam. Mas o jogo agora era sem atenção, o próprio Gato se esquecia de ganhar, havia como que uma confusão em todo o trapiche. Durou até que Professor disse:

— Eu vou ver as coisas...

João Grande e o Gato foram com ele. Nesta noite foi Pirulito que se deitou na porta do trapiche com o punhal sob a cabeça. E perto dele Volta Seca espiava a noite com sua cara sombria. E pensava em que lugar estaria nesta noite de temporal o grupo de Lampião na imensidade das caatingas. Talvez que nessa noite de temporal lutassem com a polícia como ia fazer agora Pedro Bala. E Volta Seca pensou que quando Pedro Bala fosse grande como um homem seria tão corajoso como Lampião. Lampião era o dono do sertão, das caatingas sem fim. Pedro Bala seria dono da cidade, do casario, das ruas, do cais. E Volta Seca, que era do sertão, poderia andar nas caatingas e nas cidades. Porque Lampião era seu padrinho e Pedro Bala seu amigo. Imitou o cocorocó de um galo e isso era sinal de que Volta Seca estava alegre.

Pedro Bala, enquanto subia a ladeira da Montanha, revia mentalmente seu plano. Fora arquitetado com a ajuda do Professor e era a coisa mais arriscada em que se metera até hoje. Mas Don'Aninha bem que merecia que um corresse risco por ela. Quando tinha um doente ela trazia remédios feitos com folhas, tratava dele, muitas vezes curava. E quando aparecia um Capitão da Areia no seu terreiro ela o tratava como a um homem, como a um ogã, dava-lhe do melhor para comer, do melhor para beber. O plano era arriscado, possivelmente não daria certo, Pedro Bala comeria cadeia uns dias e terminaria remetido para o reformatório, onde a vida era pior que vida de cão. Mas havia uma possibilidade de dar certo, e Pedro Bala jogaria tudo nesta possibilidade. Chegou ao largo do Teatro. A chuva caía e os guardas se abrigavam sob as capas. Começou a subir a ladeira de São Bento vagarosamente. Tomou por São Pedro, atravessou o largo da Piedade, subiu o Rosário, agora estava nas Mercês, diante da Central de Polícia, olhando as janelas, o movimento de guardas e secretas que entravam e saíam. De minuto em minuto um bonde passava fazendo ruídos nos trilhos, iluminando ainda mais a rua já bastante iluminada. O guarda amigo de Don'Aninha tinha dito que Ogum estava na sala de detidos, jogado sobre um armário, em meio a diversos outros objetos apreendidos em batidas várias em casas de ladrões. Naquela sala colocavam os que eram presos durante a noite antes de serem ouvidos ou pelo delegado ou pelos comissários de turno e que depois ou eram remetidos para as prisões ou para a rua. Ali, num canto, a princípio dentro de um armário que logo se encheu, depois junto ou sobre ele, colocavam objetos sem valor apreendidos nas batidas policiais. O plano de Pedro Bala era passar a noite ou parte dela na sala de detidos e levar ao sair (se conseguisse sair) a imagem de Ogum consigo. Tinha uma grande vantagem: não era conhecido entre a polícia. Mesmo só raros guardas o conheciam como moleque das ruas, se bem todos os guardas e mesmo alguns investigadores desejassem ardentemente capturar o chefe dos Capitães da Areia. Sabiam dele apenas que tinha aquele talho no rosto — e Pedro Bala passou a mão no talho. Mas o pensavam maior do que era em verdade e também faziam a ideia de que Pedro Bala devia ser mulato e de mais idade. Se chegassem a descobrir que ele era o chefe dos Capitães da Areia talvez nem para o reformatório o mandassem. Muito provavelmente iria diretamente para a penitenciária. Porque do reformatório se consegue fugir, mas da penitenciária não é fácil. Enfim... — e Pedro Bala andou até o Campo Grande. Mas já não ia com aquele seu passo despreocupado de moleque das ruas da cidade. Ia agora gingando como um filho de marítimo, o boné puxado por causa da chuva, a gola do paletó (devia ter sido anteriormente de um homem muito grande) levantada.

O guarda estava debaixo de uma árvore por causa da chuva. Pedro veio chegando assim como quem tem medo. E quando falou ao guarda, sua voz era a de uma criança que estava temerosa da noite tempestuosa da cidade.

— Seu guarda...

O guarda olhou:

— O que é, moleque?

— Eu não sou daqui. Eu sou de Mar Grande, vim com meu pai hoje.

O guarda não deixou que ele continuasse:

— E o que tem isso?

— Eu não tenho onde dormir. Queria que o senhor deixasse eu dormir na polícia...

— A polícia não é hotel, malandro. Desaperta, desaperta... — e fez sinal para que Pedro se afastasse.

Pedro tentou novamente puxar conversa, mas o guarda o ameaçou com o cassetete:

— Vai dormir num jardim... Vai embora...

Pedro saiu com cara de choro. O guarda ficou espiando o menino. Pedro parou no ponto de bonde, esperou. Do primeiro carro não desceu ninguém, mas do segundo saltou um casal. Pedro se atirou em cima da mulher, o homem viu que ele queria abafar a carteira dela, segurou Pedro por um braço. A coisa fora tão malfeita que se um dos Capitães da Areia passasse ali sem dúvida não reconheceria o seu chefe. O guarda, que via a cena, já estava junto a eles:

— Então era assim que você não era daqui? Um moleque ladrão.

Se afastou levando Pedro pelo braço. O menino ia com uma cara entre amedrontada e risonha:

— Só fiz isso pro senhor me pegar mesmo...

— Hein?

— Tudo que eu disse é verdade. Meu pai é marítimo, tem um saveiro em Mar Grande. Hoje me deixou aqui, não voltou com o temporal. Eu não sei onde dormir, pedi pra dormir na polícia. O senhor não deixou, eu fiz que ia roubar a mulher só pro senhor me pegar... Agora tenho onde dormir.

— E por muito tempo — foi a única resposta do guarda.

Entraram na Central. O guarda atravessou um corredor, largou Pedro Bala na sala dos detidos. Havia uns cinco ou seis homens. O guarda disse troçando:

— Agora você pode dormir, filho-da-mãe. E depois que o comissário chegar vamos ver quanto tempo você vai dormir aqui...

Pedro ficou calado. Os outros presos nem ligavam para ele, estavam muito interessados em fazer troça com um pederasta que tinha sido preso e se dizia chamar "Mariazinha". A um canto Pedro Bala viu o armário. A imagem de Ogum estava ao lado, junto de uma cesta para papéis inúteis. Pedro se adiantou para ali, tirou o paletó, pôs sobre a imagem. E enquanto os outros conversavam, enrolou Ogum (não era grande, havia outras imagens muito maiores) no seu paletó e deitou-se no chão. Pôs a cabeça sobre o embrulho e fez que dormia.

Os presos daquela noite continuavam a rir com o pederasta, exceto um velho que tremia num canto, Pedro não sabia se de frio ou de medo. Mas ouvia a voz de um negro jovem que dizia a "Mariazinha":

— Quem tirou teu cabaço?

— Ora, me deixe... — respondeu o pederasta rindo.

— Não. Conta. Conta! — disseram os outros.

— Ah! Foi Leopoldo... Ah!

O velho continuava a tremer. Um malandro de cara chupada pela tísica percebeu o velho no canto:

— Tu por que não vai te enrabar com aquele velhote? — perguntou a "Mariazinha", que fez bico.

— Não tá vendo logo que não me passo pra velho. Olhe, não quero mais conversa, não...

Agora um guarda gozava na porta e o de cara chupada se virou para o velho, que se encolheu todo:

— Mas tu bem que gostava se ele lhe desse hoje, hein, tio?

— Eu sou um velho... Eu não fiz nada... — murmurou o velho, mais que falou. — Não fiz nada, minha filha está me esperando...

Pedro, que estava de olhos fechados, adivinhou que o velho chorava. Mas continuou fingindo que estava dormindo. Ogum doía nos ossos da sua cabeça. Os presos continuavam a pilheriar com o pederasta e o velho, até que chegou outro guarda e falou para o velho:

— Você, velhote. Vamos...

— Eu não fiz nada... — falou mais uma vez o velho. — Minha filha está me esperando... — se dirigia a todos, guardas e presos. E tremia tanto, que todos tiveram pena e até o malandro de cara chupada baixou a cabeça. Só o pederasta sorria.

O velho não voltou. Depois foi o pederasta. Demorou muito. O de cara chupada explicava que "Mariazinha" era de boa família. Naturalmente estavam telefonando para casa dele, pedindo que o viessem buscar para não terem que o prender de novo naquela noite. De quando em vez, quando tomava cocaína demais, dava escândalos na rua e era trazido por um guarda. Quando "Mariazinha" voltou, foi só para pegar o chapéu. Então viu Pedro Bala deitado e disse:

— Tão novinho este. Mas é um amorzinho...

Pedro cuspiu de olhos fechados:

— Sai, xibungo, antes que eu te pranche a cara...

Os outros riram, e só então atentaram em Pedro:

— Que é que tu tá fazendo aqui, rato de igreja?

— O que não é da tua conta, macaqueiro... — respondeu Pedro Bala ao de cara chupada.

Até o guarda riu e explicou para os outros a história de Pedro. Mas o negro jovem foi chamado e eles ficaram silenciosos. Sabiam que o negro tinha esfaqueado um homem num bleforé nesta noite. Quando o preto voltou trazia as mãos inchadas dos bolos. Explicou:

— Disse que vou ser processado por ferimentos leves. E me dero duas dúzia...

Não conversou mais, procurou um canto, se arriou. Os outros também ficaram calados. E foram indo um por um para o despacho do comissário. Uns eram postos em liberdade, outros iam para o calabouço, outros voltavam apanhados. O temporal cessara e a madrugada chegava. Pedro foi o último a ser chamado. Deixou o paletó onde enrolara Ogum.

O comissário era um jovem advogado que reluzia um rubi no dedo e um charuto no queixo. Quando Pedro entrou com o guarda, pedia café em voz alta. Pedro ficou diante da escrivaninha, parado. O guarda disse:

— Esse é o menino do roubo no Campo Grande.

O comissário fez um sinal com a mão:

— Veja se esse café sai ou não sai...

O guarda retirou-se. O comissário leu a parte do guarda que prendera Pedro Bala, olhou o menino:

— O que é que você tem a dizer? E não venha me mentir, não.

Pedro contou com uma voz amedrontada uma história comprida. Que seu pai era saveirista em Mar Grande e naquele dia pela manhã viera com o saveiro e o trouxera. Mas voltara em seguida para buscar outra carga e o deixara na cidade passeando, porque o saveiro tornaria à Bahia ainda à tardinha e então ele poderia voltar com seu pai. Mas com o temporal seu pai não tinha podido voltar e ele, que não conhecia ninguém, ficou na chuva sem ter onde dormir. Perguntou a um homem na rua onde poderia dormir, o homem respondera que na polícia. Então ele pedira ao guarda que o levasse a dormir na polícia, o guarda não deixara, ele fizera então que ia furtar a mulher só para ser levado, para poder dormir sob um teto.

— Tanto que não roubei e nem fugi... — concluiu.

O delegado, que sorvia o café em golinhos, disse de si para si:

— Não é possível que uma criança desta idade inventasse essa história...

Depois, como tinha veleidades literárias, murmurou:

— Eis aí um conto formidável... — e sorriu com bom humor.

— Como é o nome de teu pai? — perguntou a Pedro.

— Augusto Santos — respondeu o menino, dando o nome de um saveirista de Mar Grande.

— Se o que você contou for verdade, eu vou lhe soltar. Mas se você quis me tapear com essa história, vai ver...

Tocou a campainha chamando o guarda. Pedro estava com os nervos todos em tensão. O guarda chegou, o comissário perguntou se na polícia havia um livro de registro de saveiristas de Mar Grande que ancoravam no cais do mercado.

— Tem, sim senhor.

— Vá ver se tem um tal Augusto Santos e volte para me dizer. E ande depressa, que minha hora está acabando.

Pedro Bala olhou para o relógio: marcava cinco e meia da manhã. O guarda demorou uns minutos, o comissário não se ocupou mais de Pedro, que estava de pé ante sua secretária. Só quando o guarda voltou e disse: "Tem, sim senhor... Hoje mesmo teve no cais, mas voltou logo..." — o comissário fez um gesto com a mão e falou para o guarda:

— Ponha esse moleque em liberdade.

Pedro pediu para ir buscar seu paletó. Acomodou debaixo do braço, nem parecia trazer a imagem envolvida nele. Atravessaram o corredor novamente, o guarda o deixou na porta. Pedro tomou para o largo dos Aflitos, rodeou o velho quartel, desabou pela Gamboa de Cima. Agora ia correndo, mas ouviu passos atrás de si. Parecia que o perseguiam. Olhou. Professor, João Grande e o Gato vinham atrás dele. Esperou que eles chegassem e perguntou curioso:

— Que é que vocês tava fazendo por estas bandas?

O Professor coçou a cabeça:

— Não vê que a gente saiu agora cedo. E veio vindo por aqui, andando sem que fazer, foi quando topou com tu, que vinha desabalado...

Pedro abriu o paletó, mostrou a imagem de Ogum. João Grande riu com satisfação:

— Como foi que tu tapeou eles?

Foram descendo a ladeira escorregadia da chuva. E Pedro Bala ia narrando as aventuras da noite. O Gato perguntou:

— Tu não teve nem um pingo de medo?

Primeiro Pedro Bala pensou em dizer que não, depois confessou:

— Pra falar verdade tive um cagaço da desgraça...

E riu da cara gozada que João Grande fazia. O céu agora estava azul, sem nuvens, o sol brilhava e da ladeira eles viam os saveiros que partiam do cais do mercado.

DEUS SORRI COMO UM NEGRINHO

O MENINO ERA UMA TENTAÇÃO POR DEMAIS GRANDE.

Nem parecia um meio-dia de inverno. O sol deixava cair sobre as ruas uma claridade macia, que não queimava, mas cujo calor acariciava como a mão de uma mulher. No jardim próximo as flores desabrochavam em cores. Margaridas e onze-horas, rosas e cravos, dálias e violetas. Parecia haver na rua um perfume bom, muito sutil, mas que Pirulito sentia entrar nas suas narinas e como que embriagá-lo. Tinha comido na porta de uma casa de portugueses ricos as sobras de um almoço que fora quase um banquete. A criada, que lhe trouxera o prato cheio, dissera, mirando as ruas, o sol de inverno, os homens que passavam sem capa:

— Tá fazendo um dia lindo.

Essas palavras foram com Pirulito pela rua. Um dia lindo, e o menino ia despreocupado, assoviando um samba que lhe ensinara o Querido-de-Deus, recordando que o padre José Pedro prometera tudo fazer para lhe conseguir um lugar no seminário. Padre José Pedro lhe dissera que toda aquela beleza que caía envolvendo a terra e os homens era um presente de Deus e que era preciso agradecer a Deus. Pirulito mirou o céu azul onde Deus devia estar e agradeceu num sorriso e pensou que Deus era realmente bom. E pensando em Deus pensou também nos Capitães da Areia. Eles furtavam, brigavam nas ruas, xingavam nomes, derrubavam negrinhas no areal, por vezes feriam com navalhas ou punhal homens e polícias. Mas, no entanto, eram bons, uns eram amigos dos outros. Se faziam tudo aquilo é que não tinham casa, nem pai, nem mãe, a vida deles era uma vida sem ter comida certa e dormindo num casarão quase sem teto. Se não fizessem tudo aquilo morreriam de fome, porque eram raras as casas que davam de comer a um, de vestir a outro. E nem toda a cidade poderia dar a todos. Pirulito pensou que todos estavam condenados ao inferno. Pedro Bala não acreditava no inferno, Professor tampouco, riam dele. João Grande acreditava era em Xangô, em Omolu, nos deuses dos negros que vieram da África. O Querido-de-Deus, que era um pescador valente e um capoeirista sem igual, também acreditava neles, misturava-os com os santos dos brancos que tinham vindo da Europa. O padre José Pedro dizia que aquilo era superstição, que era coisa errada, mas que a culpa não era deles. Pirulito se entristeceu na beleza do dia. Estariam todos condenados ao inferno? O inferno era um lugar de fogo eterno, era um lugar onde os condenados ardiam uma vida que nunca acabava. E no inferno havia martírios desconhecidos mesmo na polícia, mesmo no reformatório de menores. Pirulito vira há poucos dias um frade alemão que descrevia o inferno num sermão na igreja da Piedade. Nos bancos, homens e mulheres recebiam as palavras de fogo do frade como chicotadas no lombo. O frade era vermelho e de seu rosto pingava o suor. Sua língua era atrapalhada e dela o inferno saía mais terrível ainda, as labaredas lambendo os corpos que foram lindos na terra e se entregaram ao amor, as mãos que foram ágeis e se entregaram ao furto, ao manejo do punhal e da navalha. Deus no sermão do frade era justiceiro e castigador, não era o Deus dos dias lindos do padre José Pedro. Depois explicaram a Pirulito que Deus era a suprema bondade, a suprema justiça. E Pirulito envolveu seu amor a Deus numa capa de temor a Deus e agora vivia entre os dois sentimentos. Sua vida era uma vida desgraçada de menino abandonado e por isso tinha que ser uma vida de pecado, de furtos quase diários, de mentiras nas portas das casas ricas. Por isso na beleza do dia Pirulito mira o céu com os olhos crescidos de medo e pede perdão a Deus tão bom (mas não tão justo também...) pelos seus pecados e os dos Capitães da Areia. Mesmo porque eles não tinham culpa. A culpa era da vida...

O padre José Pedro dizia que a culpa era da vida e tudo fazia para remediar a vida deles, pois sabia que era a única maneira de fazer com que eles tivessem uma existência limpa. Porém uma tarde em que estava o padre e estava o João de Adão, o doqueiro disse que a culpa era da sociedade mal organizada, era dos ricos...

Que enquanto tudo não mudasse, os meninos não poderiam ser homens de bem. E disse que o padre José Pedro nunca poderia fazer nada por eles porque os ricos não deixariam. O padre José Pedro naquele dia tinha ficado muito triste, e quando Pirulito o foi consolar, explicando que ele não ligasse ao que João de Adão dizia, o padre respondeu balançando a cabeça magra.

— Tem vezes que eu chego a pensar que ele tem razão, que isso tudo está errado. Mas Deus é bom e saberá dar o remédio...

Padre José Pedro achava que Deus perdoaria e queria ajudá-los. E como não encontrava meios, e sim uma barreira na sua frente (todos queriam tratar os Capitães da Areia ou como a criminosos ou como a crianças iguais àquelas que foram criadas com um lar e uma família), ficava como que desesperado, por vezes ficava atarantado. Mas esperava que Deus o inspirasse um dia e até lá ia acompanhando os meninos, conseguindo por vezes evitar atos de malvadeza das crianças. Fora mesmo ele um dos que mais concorreram para exterminar a pederastia no grupo. E isto foi uma das suas grandes experiências no sentido de como agir para tratar com os Capitães da Areia. Enquanto ele lhes disse que era necessário acabar com aquilo porque era um pecado, uma coisa imoral e feia, os meninos riram nas suas costas e continuaram a dormir com os mais novos e bonitos. Mas no dia em que o padre, desta vez ajudado pelo Querido-de-Deus, afirmou que aquilo era coisa indigna num homem, fazia um homem igual a uma mulher, pior que uma mulher, Pedro Bala tomou medidas violentas, expulsou os passivos do grupo. E por mais que o padre fizesse não os quis mais ali.

— Se eles voltar, a safadeza volta, padre.

Por assim dizer, Pedro Bala arrancou a pederastia de entre os Capitães da Areia como um médico arranca um apêndice doente do corpo de um homem. O difícil para o padre José Pedro era conciliar as coisas. Mas ia tenteando e por vezes sorria satisfeito dos resultados. A não ser quando João de Adão ria dele e dizia que só a revolução acertaria tudo aquilo. Lá em cima, na Cidade Alta, os homens ricos e as mulheres queriam que os Capitães da Areia fossem para as prisões, para o reformatório, que era pior que as prisões. Lá embaixo, nas docas, João de Adão queria acabar com os ricos, fazer tudo igual, dar escola aos meninos. O padre queria dar casa, escola, carinho e conforto aos meninos sem a revolução, sem acabar com os ricos. Mas de todos os lados era uma barreira. Ficava como perdido e pedia a Deus que o inspirasse. E com certo pavor via que, quando pensava no problema, dava, sem sequer o sentir, razão ao doqueiro João de Adão. Então era possuído de temor, porque não fora assim que lhe haviam ensinado, e rezava horas seguidas para que Deus o iluminasse.

Pirulito fora a grande conquista do padre José Pedro entre os Capitães da Areia. Tinha fama de ser um dos mais malvados do grupo, contavam dele que uma vez pusera o punhal na garganta de um menino que não queria lhe emprestar dinheiro e o fora enfiando devagarinho, sem tremer, até que o sangue começou a correr e o outro lhe deu tudo que queria. Mas contavam também que outra vez cortou de navalha a Chico Banha quando o mulato torturava um gato que se aventurara no trapiche atrás dos ratos. No dia que o padre José Pedro começou a falar de Deus, do céu, de Cristo, da bondade e da piedade, Pirulito começou a mudar. Deus o chamava e ele sentia sua voz poderosa no trapiche. Via Deus nos seus sonhos e ouvia o chamado de Deus de que falava o padre José Pedro. E se voltou de todo para Deus, ouvia a voz de Deus, rezava ante os quadros que o padre lhe dera. No primeiro dia começaram a mofar dele no trapiche. Ele espancou um dos menores, os outros se calaram. No outro dia o padre disse que ele fizera mal, que era preciso sofrer por Deus, e Pirulito então dera a sua navalha quase nova ao menino a que espancara. E não espancara mais nenhum, evitava as brigas e se não evitava os furtos era que aquilo era o meio de vida que eles tinham, não tinham mesmo outro. Pirulito sentia o chamado de Deus, que era intenso, e queria sofrer por Deus. Ajoelhava horas e horas no trapiche, dormia no chão nu, rezava mesmo quando o sono o queria derrubar, fugia das negrinhas que ofereciam o amor na areia quente do cais. Mas então amava Deus-pura-bondade e sofria para pagar o sofrimento que Deus passara na terra. Depois veio aquela revelação de Deus-justiça (para Pirulito ficou Deus-vingança) e o temor de Deus invadiu o seu coração e se misturou ao amor de Deus. Suas orações foram mais longas, o terror do inferno se misturava à beleza de Deus. Jejuava dias inteiros e sua face ficou macilenta como a de um anacoreta. Tinha olhos de místico e pensava ver Deus nas noites de sonho. Por isso conservava seus olhos afastados das nádegas e seios das negrinhas que andavam como que dançando ante os olhos de todos nas ruas pobres da cidade. Sua esperança era um dia ser sacerdote do seu Deus, viver só para a sua contemplação, viver só para Ele. A bondade de Deus fazia com que ele esperasse consegui-lo. O temor de Deus vingando-se dos pecados de Pirulito fazia com que ele desesperasse.

E é esse amor e esse temor que fazem Pirulito indeciso ante a vitrina nesta hora de meio-dia, cheia de beleza. O sol é brando e claro, as flores desabrocham no jardim, vem uma calma e uma paz de todos os lados. Mas, mais belo que tudo é a imagem da Conceição com o Menino, que está na prateleira daquela loja de uma só porta. Na vitrina, quadros de santos, livros de orações em encadernações luxuosas, terços de ouro, relicários de prata. Mas dentro, bem na ponta da prateleira que chega até a porta, a imagem da Virgem da Conceição estende o Menino para Pirulito. Pirulito pensa que a Virgem está a lhe entregar Deus, Deus criança e nu, pobre como Pirulito. O escultor fez o Menino magro e a Virgem triste da magreza do seu Menino, a mostrá-lo aos homens gordos e ricos. Por isso a imagem está ali e não se vende. O Menino nas imagens é sempre gordo, um ar de menino rico, um Deus rico. Ali é um Deus pobre, um menino pobre, mesmo igual a Pirulito, ainda mais igual àqueles mais novos do grupo, exatamente igual a um de colo, de poucos meses de idade, que ficou abandonado na rua no dia que sua mãe morreu de um ataque, quando o levava nos braços, e que João Grande trouxe para o trapiche, onde ficou até o fim da tarde (os meninos vinham e espiavam e riam do Professor e do Grande, afobados para arranjar leite e água para o bebê), quando a mãe-de-santo Don'Aninha viera e o levara consigo, recostado ao seu seio. Só que aquele era um menino negro e o Menino é branco. No mais a parecença é absoluta. Até uma cara de choro tem o Menino, magro e pobre, nos braços da Virgem. E esta o oferece a Pirulito, aos carinhos de Pirulito, ao amor de Pirulito. Lá fora o dia é lindo, o sol é brando, as flores desabrocham. Só o Menino tem fome e frio neste dia. Pirulito o levará consigo para o trapiche dos Capitães da Areia. Rezará para ele, cuidará dele, o alimentará com seu amor. Não veem que, ao contrário de todas as imagens, ele não está preso nos braços da Virgem, está solto nas suas mãos, ela o está oferecendo ao carinho de Pirulito? Ele dá um passo. Dentro da loja só uma senhorita espera os fregueses, pintando os lábios com uma nova marca de batom. É facílimo levar o Menino. Pirulito estende o pé noutro passo, mas o temor de Deus o assalta. E fica parado, pensando.

Ele tinha jurado a Deus, no seu temor, que só furtaria para comer ou quando fosse uma coisa ordenada pelas leis do grupo, um assalto para o qual fosse indicado por Pedro Bala. Porque ele pensava que trair as leis (nunca tinham sido escritas, mas existiam na consciência de cada um deles) dos Capitães da Areia era um pecado também. E agora ia furtar só para ter o Menino consigo, alimentá-lo com seu carinho. Era um pecado, não era para comer, para matar o frio, nem para cumprir as leis do grupo. Deus era justo e o castigaria, lhe daria o fogo do inferno. Suas carnes arderiam, suas mãos que levassem o Menino queimariam durante uma vida que nunca acabava. O Menino era do dono da loja. Mas o dono da loja tinha tantos Meninos, e todos gordos e rosados, não iria sentir falta de um só, e de um magro e friorento! Os outros estavam com o ventre envolto em panos caros, sempre panos azuis, mas de rica fazenda. Este estava totalmente nu, tinha frio no ventre, era magro, nem do escultor tivera carinho. E a Virgem o oferecia a Pirulito, o Menino estava solto nos braços dela... O dono da loja tinha tantos Meninos, tantos... Que falta lhe faria este? Talvez nem se importasse, talvez até se risse quando soubesse que haviam furtado aquele Menino que nunca tinha conseguido vender, que estava solto dos braços da Virgem, diante do qual as beatas que vinham comprar diziam horrorizadas:

— Este não... Ele é tão feio, Deus me perdoe... E ainda por cima solto dos braços de Nossa Senhora. Cai no chão e pronto. Esse não...

E o Menino ia ficando. A Virgem o oferecia ao carinho dos que passavam, mas ninguém o queria. As beatas não queriam levá-lo para seus oratórios, onde havia Meninos calçados de sandálias de ouro, com coroa de ouro na cabeça. Só Pirulito viu que o Menino tinha fome e sede, tinha frio também e quis levá-lo. Mas Pirulito não tinha dinheiro e tampouco tinha o costume de comprar as coisas. Pirulito podia levá-lo consigo, podia dar ao Menino que comer, que beber, que vestir, tudo tirado do seu amor a Deus. Mas se o fizesse, Deus o castigaria, o fogo do inferno comeria, durante uma vida que nunca acabava, suas mãos que levassem o Menino, sua cabeça que pensava em levar o Menino. Então Pirulito lembrou-se que só o pensar já era pecado. Que se pecava só de pensar em cometer o pecado. O frade alemão dissera que muitas vezes um estava pecando e nem o sabia, porque estava pecando com o pensamento. Pirulito estava pecando, sentiu que estava pecando, teve medo de Deus e deitou a correr para não continuar a pecar. Mas não correu muito, ficou na esquina, não pôde se afastar para longe da imagem. Olhou outras vitrines, assim não pecava. Meteu as mãos no bolso (prendia as mãos...), desviou o pensamento. Mas agora os homens que volviam ao trabalho após o almoço passavam na sua frente e um pensamento o assaltou: dentro em pouco os outros empregados da loja voltariam e então seria impossível levar o Menino. Seria impossível... E Pirulito voltou para a frente da loja de objetos religiosos.

Lá estava o Menino, e a Virgem o oferecia a Pirulito. Um relógio deu a primeira hora da tarde. Não tardariam a voltar os outros empregados. Quantos seriam? Mesmo que fosse somente um, a loja era tão pequena que ficaria impossível levar o Menino. Parece que é a Virgem que está lhe dizendo isso. Que é a Virgem a lhe dizer que se ele não levar o Menino agora não o poderá levar mais, parece que ela está mesmo dizendo isso. E com certeza foi ela, sim, foi ela quem fez com que a senhorita entrasse pela cortina que tem no fundo da loja e a deixasse sozinha. Sim, foi a Virgem, que agora estende o Menino para Pirulito o quanto podem seus braços e o chama com sua doce voz:

— Leve e cuide dele... Cuide bem...

Pirulito avança. Vê o inferno, o castigo de Deus, suas mãos e sua cabeça a arder uma vida que nunca acaba. Mas sacode o corpo como que jogando longe a visão, recebe o Menino que a Virgem lhe entrega, o encosta ao peito e desaparece na rua.

Não olha o Menino. Mas sente que agora, encostado ao seu peito, o Menino sorri, não tem mais fome nem sede nem frio. Sorri o Menino como sorria o negrinho de poucos meses quando se encontrou no trapiche e viu que João Grande lhe dava leite às colheradas com suas mãos enormes, enquanto o Professor o sustinha encostado ao calor do seu peito.

Assim sorri o Menino.

FAMÍLIA

Foi o Boa-Vida que contou a Pedro Bala que naquela casa da Graça tinha coisa de ouro de fazer medo. O dono da casa, pelo jeito, parecia colecionador, o Boa-Vida tinha ouvido um malandro dizer que na casa havia uma sala entupida de objetos de ouro e prata que no prego haviam de dar uma fortuna. À tarde Pedro Bala foi com o Boa-Vida ver a casa. Era um prédio moderno e elegante, jardim na frente, garagem ao fundo, espaçosa residência de gente rica. O Boa-Vida cuspiu por entre os dentes, desenhando uma flor no passeio com o cuspe, e disse:

— E dizer que nesse mundo só mora dois velhos, hein?

— Toca batuta... — comentou Pedro Bala.

Uma empregada abriu a porta da frente, saiu para o jardim. No hall, que ficou à vista, eles perceberam quadros pela parede, estatuetas sobre as mesas. Pedro Bala riu:

— Se o Professor visse isso ficava doidinho... Nunca vi tanto pegadio com livro e pintura.

— Ele vai fazer uma pintura como eu, deste tamanho... — e Boa-Vida mostrava o tamanho separando as mãos uma da outra.

Pedro Bala olhou mais uma vez a casa, se acercou um pouco do jardim, assoviando. A empregada colhia flores e os seios alvos apareciam sob o decote, pois ela estava curvada. Pedro Bala espiou. Eram seios alvos terminando em bicos vermelhos. Boa-Vida suspirou ao seu lado.

— Que montanha, Bala.

— Cala a boca.

Mas a empregada já os vira e os olhava como a perguntar o que desejavam. Pedro Bala sacou o boné e pediu:

— Podia dar uma caneca de água à gente, por favor? O sol tá encalistrando... — e sorria, limpando com o boné a testa, onde o suor corria. Estava muito vermelho sob o sol, seus cabelos loiros crescidos desabando sobre as orelhas em ondas maltratadas, e a empregada o mirou com simpatia. Ao lado Boa-Vida fumava uma ponta de charuto, com um pé em cima da gradezinha do jardim. A criada primeiro falou para Boa-Vida com desprezo:

— Tira esta pata daí de cima...

Depois sorriu para Pedro Bala:

— Trago a água já...

Voltou com dois copos d'água e eram copos como eles nunca tinham visto de tão bonitos. Beberam a água, Pedro Bala agradeceu:

— Muito obrigado... — e baixinho — lindeza.

A empregada falou também baixinho:

— Frangote atrevido...

— Que hora tu sai daqui?

— Te repara. Tenho meu homem. Ele me espera às nove horas da noite naquela esquina...

— Pois hoje tou na outra...

Saíram pela rua, Boa-Vida fumando sua ponta de charuto, abanando o rosto com o chapéu-coco que usava. Pedro Bala comentou:

— Eu sou é mesmo simpático... Aquela tá no papo...

Boa-Vida cuspiu novamente entre os dentes:

— Também com essa cabeleira de mulher, toda cheia de cachos...

Pedro Bala riu, mostrou o punho fechado ao Boa-Vida:

— Deixa de inveja, mulato pachola...

Boa-Vida desviou a conversa:

— E o ourame?

— É trabalho primeiro pro Sem-Pernas... Amanhã ele dá um jeito de embocar na casa e passar uns dias morando. Depois que ele souber onde fica os troço melhor a gente vem, uns cinco ou seis, tira o ourame...

— E tu perde a comida?

— A criada? Como hoje mesmo... Nove horas tou firme aí...

Voltou-se. Olhou a casa. A criada se debruçava na grade, Pedro Bala deu adeus. Ela respondeu, Boa-Vida cuspiu:

— Ó peste de sorte, nunca vi...

No outro dia, por volta de onze e meia da manhã, o Sem-Pernas apareceu em frente à casa. Quando ele tocou a campainha a empregada com certeza ainda pensava na noite que passara com Pedro Bala no seu quarto no Garcia, porque não ouviu o tilintar. O menino tocou de novo e na janela de um quarto do primeiro andar assomou a cabeça grisalha de uma senhora, que mirou com os olhos apertados ao Sem-Pernas:

— Que é, meu filho?

— Dona, eu sou um pobre órfão...

A senhora fez com a mão sinal que ele esperasse e dentro de poucos minutos estava no portão sem ouvir sequer as desculpas da empregada por não ter atendido à porta:

— Pode dizer, meu filho — olhava os farrapos do Sem--Pernas.

— Dona, eu não tenho pai, faz só poucos dias que minha mãe foi chamada pro céu — mostrava um laço preto no braço, laço que tinha sido feito com a fita do chapéu novo do Gato, que se danara. — Não tenho ninguém no mundo, sou aleijado, não posso trabalhar muito, faz dois dias que não vejo de comer e não tenho onde dormir.

Parecia que ia chorar. A senhora olhava muito impressionada:

— Você é aleijado, meu filho?

O Sem-Pernas mostrou a perna capenga, andou na frente da senhora forçando o defeito. Ela o fitava com compaixão:

— De que morreu sua mãe?

— Mesmo não sei. Deu uma coisa esquisita na pobre, uma febre de mau agouro, ela bateu a caçoleta em cinco dias. E me deixou só no mundo... Se eu ainda aguentasse o repuxo do trabalho, ia me arranjar. Mas com esse aleijão só mesmo numa casa de família... A senhora não tá precisando de um menino pra fazer compra, ajudar no trabalho da casa? Se tá, dona...

E como o Sem-Pernas pensasse que ela ainda estava indecisa, completou com cinismo, uma voz de choro:

— Se eu quisesse me metia aí com esses meninos ladrão. Com os tal de Capitães da Areia. Mas eu não sou disso, quero é trabalhar. Só que não aguento um trabalho pesado. Sou um pobre órfão, tou com fome...

Mas a senhora não estava indecisa. Estava era se lembrando de seu filho, que tinha morrido com a idade daquele e que ao morrer matara toda a sua alegria e a do marido. Este ainda tinha as suas coleções de obras de arte, mas ela tinha apenas a recordação daquele filho que a deixara tão cedo. Por isso olha o Sem-Pernas, esfarrapado, com um grande carinho e ao lhe falar sua voz tem uma doçura diferente da de sempre. Há como que um pouco de alegria na doçura da sua voz, e isso espanta a criada:

— Entre, meu filho. Deixe estar que vou arranjar um trabalho para você... — Pôs a mão fina e aristocrática, onde brilhava um solitário, na cabeça suja do Sem-Pernas e falou para a criada: — Maria José, prepare o quarto de cima da garagem para este menino. Mostre o banheiro a ele, dê um roupão de Raul, depois dê comida a ele...

— Antes de botar o almoço, dona Ester?

— Antes, sim. Faz dois dias que ele não come, pobrezinho...

O Sem-Pernas nada dizia, apenas secava com as costas da mão lágrimas fingidas.

— Não chore... — falou a senhora, e acariciou o rosto da criança.

— A senhora é tão boa. Deus lhe paga...

Depois perguntou como ele se chamava, e o Sem-Pernas deu o primeiro nome que lhe passou pela cabeça:

— Augusto... — e como repetia o nome para si mesmo, para não se esquecer que se chamava Augusto, não viu no primeiro momento a emoção da senhora, que murmurava:

— Augusto, o mesmo nome...

Disse em voz alta, porque agora o Sem-Pernas olhava seu rosto emocionado:

— Meu filho também se chamava Augusto... Morreu quando tinha assim o seu tamanho... Mas entre, meu filho, vá se lavar para comer.

Dona Ester o acompanhou comovida. Viu que a empregada mostrava o banheiro ao Sem-Pernas, dava-lhe um roupão e se dirigia para o quarto em cima da garagem para arrumá-lo (o chofer tinha se despedido, o quarto estava vazio). Dona Ester se aproximou, disse ao Sem-Pernas que parara na porta do banheiro:

— Pode jogar essas roupas fora. Maria José depois vai lhe trazer roupa...

O Sem-Pernas agora olhava a senhora que desaparecia, e tinha raiva, mas não sabia se era dela ou de si mesmo.

Dona Ester sentou-se em frente ao seu penteador, ficou com os olhos parados, quem a visse pensaria que ela olhava o céu através da janela. Porém, em verdade, ela nada olhava, nada via. Olhava, sim, para dentro de si, para as suas recordações de muitos anos, e via um menino da idade do Sem-Pernas, vestido com uma roupa de marinheiro, correndo no jardim da outra casa, da qual se mudaram depois que ele morreu. Era um menino cheio de vida e de alegria, gostava de rir e de saltar. Quando se cansava de correr com o gato, de montar na gangorra do jardim, de jogar a bola de borracha no quintal para o cão-lobo a apanhar, vinha e passava os braços em torno ao colo de dona Ester, a beijava no rosto e ficava com ela, vendo livros de figuras, aprendendo a ler e a desenhar as letras. Para tê-lo junto a si o maior tempo possível dona Ester e o marido resolveram ensinar ao filho as primeiras letras mesmo em casa. Um dia (e os olhos de dona Ester se enchem de lágrimas) veio a febre. Depois o pequeno caixão saiu pela porta e ela o olhava de olhos espantados, não podia compreender que seu filho houvesse morrido. O retrato dele ampliado num quadro está no seu quarto, mas uma cortina o cobre sempre, porque ela não gosta de rever a face do filho para não renovar sua angústia. Também as roupas que ele usou estão todas trancadas na sua pequena mala e jamais buliram nela. Mas agora dona Ester tira as chaves da sua caixa de joias.

E, lentamente, muito lentamente, se dirige para onde está a mala. Puxa uma cadeira na qual senta. Abre com mãos trêmulas a maleta. Mira as calças e blusas, a roupa de marinheiro, os pequenos pijamas e camisolas com que ele dormia. Aperta a roupa de marinheiro ao peito como se abraçasse seu filho. As lágrimas rebentam.

Agora um menino pobre e órfão viera bater à sua porta. Depois da morte de seu filho ela não quisera ter outro, não gostava mesmo de ver e brincar com crianças para não avivar a dor das suas recordações. Mas um, pobre e órfão, aleijado e triste, que se dissera chamar Augusto como seu filho, batera em sua porta pedindo pão, pousada e carinho. Por isso ela tem coragem de abrir a mala onde guarda as roupas que seu filho usou. Por isso tira esta roupa azul de marinheiro, a roupa da qual ele mais gostava. Porque para dona Ester seu filho voltou hoje na figura desta criança andrajosa e aleijada, sem pai, sem mãe. Seu filho voltou e suas lágrimas não são apenas de dor. Voltou seu filho macilento e esfomeado, com uma perna aleijada e vestido de farrapos. Mas em breve será novamente o Augusto alegre e feliz daqueles anos passados, e novamente virá e passará os braços em torno ao seu pescoço e lerá as grandes letras da cartilha.

Dona Ester se levanta. Leva consigo a roupa azul de marinheiro. E é vestido com ela que o Sem-Pernas come o melhor almoço da sua vida.

Se a roupa de marinheiro tivesse sido feita de propósito para ele não estaria tão bem. Estava perfeita no Sem-Pernas e quando ele se olhou no espelho da sala quase não se reconheceu. Estava lavado, a empregada tinha posto brilhantina no seu cabelo e perfume no seu rosto. A roupa de marinheiro era uma beleza. O Sem-Pernas se mirava no espelho. Passou a mão na cabeça, depois no peito alisando a roupa, sorriu pensando no Gato. Daria muito para que o Gato o visse tão elegante. Tinha também sapatos novos, mas a verdade é que os sapatos o desgostavam um pouco porque tinham um laço de fita, pareciam um pouco sapatos de mulher. O Sem-Pernas achava esquisito estar vestido de marinheiro com sapatos de mulher. Andou para o jardim, pois queria fumar, nunca tinha deixado de tragar o seu cigarro após o almoço. Por vezes não havia almoço, mas havia sempre uma ponta de cigarro ou de charuto. Ali era preciso cuidado, não podia fumar abertamente. Se o houvessem deixado na cozinha de mistura com a criadagem, como o deixavam nas outras casas onde penetrara para depois roubar, poderia fumar, conversar na língua de poucos termos dos Capitães da Areia. Mas desta vez o tinham lavado, vestido de novo, posto brilhantina no seu cabelo e perfume no rosto. Depois tinham lhe dado comida na sala de jantar. E durante o almoço a senhora conversara com ele como se ele fosse um menino bem-criado. Agora mandara que ele brincasse no jardim, onde o gato amarelo que se chamava Berloque esquentava ao sol. O Sem-Pernas chega para um banco, tira do bolso o maço de cigarros baratos. Quando mudara a roupa não se esquecera dos cigarros. Acende um e começa a saborear as tragadas, pensando na sua nova vida. Muitas vezes já fizera aquilo: penetrar em casa de uma família como um menino pobre, órfão e aleijado e neste título passar os dias necessários para fazer um reconhecimento completo da casa, dos lugares onde guardavam os objetos de valor, das saídas fáceis para uma fuga. Depois os Capitães da Areia invadiam a casa numa noite, levavam os objetos valiosos, e no trapiche o Sem-Pernas gozava invadido por uma grande alegria, alegria da vingança. Porque naquelas casas, se o acolhiam, se lhe davam comida e dormida, era como cumprindo uma obrigação fastidiosa. Os donos da casa evitavam se aproximar dele, e o deixavam na sua sujeira, nunca tinham uma palavra boa para ele. Olhavam-no sempre como a perguntar quando ele iria. E muitas vezes a senhora que se comovera com a sua história, contada na porta em voz soluçante, e o acolhera, mostrava evidentes sinais de arrependimento. Para o Sem-Pernas elas o acolhiam de remorso. Porque o Sem-Pernas achava que eles eram todos culpados da situação de todas as crianças pobres. E odiava a todos, com um ódio profundo. Sua grande e quase única alegria era calcular o desespero das famílias após o roubo, ao pensar que aquele garoto esfomeado a quem tinham dado comida fora quem fizera o reconhecimento da casa e indicara a outras crianças esfomeadas onde estavam os objetos de valor.

Mas desta vez estava sendo diferente. Desta vez não o deixaram na cozinha com seus molambos, não o puseram a dormir no quintal. Deram-lhe roupa, um quarto, comida na sala de jantar. Era como um hóspede, era como um hóspede querido. E fumando o seu cigarro escondido (o Sem-Pernas pergunta a si mesmo por que está se escondendo para fumar), o Sem-Pernas pensa sem compreender. Não compreende nada do que se passa. Sua cara está franzida. Lembra os dias da cadeia, a surra que lhe deram, os sonhos que nunca deixaram de persegui-lo. E, de súbito, tem medo de que nesta casa sejam bons para ele. Sim, um grande medo de que sejam bons para ele. Não sabe mesmo por quê, mas tem medo. E levanta-se, sai do seu esconderijo e vai fumar bem por baixo da janela da senhora. Assim verão que ele é um menino perdido, que não merece um quarto, roupa nova, comida na sala de jantar. Assim o mandarão para a cozinha, ele poderá levar para diante sua obra de vingança, conservar o ódio no seu coração. Porque se esse ódio desaparecer, ele morrerá, não terá nenhum motivo para viver. E diante dos seus olhos passa a visão do homem de colete que vê os soldados a espancar o Sem-Pernas e ri numa gargalhada brutal. Isso há de impedir sempre o Sem-Pernas de ver o rosto bondoso de dona Ester, o gesto protetor das mãos do padre José Pedro, a solidariedade dos músculos grevistas do estivador João de Adão. Será sozinho e seu ódio alcança a todos, brancos e negros, homens e mulheres, ricos e pobres. Por isso teme que sejam bons para consigo.

Pela tarde o dono da casa, Raul, chegou do seu escritório. Era um advogado de muito nome, enriquecera na profissão, era catedrático na faculdade de direito, mas antes de tudo era um colecionador. Tinha uma boa galeria de quadros e tinha moedas antigas, obras raras de arte. O Sem-Pernas viu quando ele entrou. Neste momento o Sem-Pernas via as gravuras de um livro para crianças e ria sozinho do elefante tolo a quem o macaco enganava. Raul não o viu, subiu as escadas. Mas logo depois a empregada veio chamar o Sem-Pernas e o levou ao quarto de dona Ester. Raul ali estava de manga de camisa, fumando um cigarro e olhou o menino com um sorriso divertido, já que o Sem-Pernas mostrava uma cara muito atrapalhada na entrada do quarto:

— Passe...

O Sem-Pernas entrou capengando, não tinha onde botar as mãos. Dona Ester falou com bondade:

— Sente, meu filho, não tenha medo, não...

O Sem-Pernas sentou-se na ponta de uma cadeira e ficou esperando. O advogado o estudava, mirando seu rosto, mas era com simpatia, e o Sem-Pernas preparava as respostas para as inevitáveis perguntas. Contou novamente a história inventada pela manhã, mas quando começou a chorar abundantes lágrimas o advogado mandou que ele parasse e se levantou, dirigindo-se à janela. O Sem-Pernas compreendeu que ele estava comovido, e este resultado da sua "arte" o fez ficar orgulhoso. Sorriu só para si. Mas agora o advogado se aproximava de dona Ester e a beijava na testa e depois nos lábios. O Sem-Pernas baixou os olhos. Raul andou até ele, botou a mão no seu ombro e falou:

— Deixe estar, que agora você não passa mais fome. Vá... Vá brincar, vá ver os livros. À noite nós vamos ao cinema. Você gosta de cinema?

— Gosto, sim senhor.

O advogado o despedia com um gesto. O Sem-Pernas saiu, mas ainda viu Raul se aproximar de dona Ester e dizer:

— És uma santa. Vamos fazer dele um homem...

Era a hora do crepúsculo, as luzes se acendiam e o Sem-Pernas pensou que nesta hora os Capitães da Areia percorriam a cidade procurando o que comer.

Pena que no cinema não pudesse gritar quando o mocinho surrava o vilão, como fazia nas vezes que conseguira penetrar no galinheiro do Olímpia ou do cinema de Itapagipe. Ali, no Guarani, luxuoso e de cômodas cadeiras, tinha que ouvir o filme em silêncio e num momento que não se conteve e soltou um assovio, Raul o olhou. É verdade que sorria, mas também é certo que fez um gesto para que o Sem-Pernas não assoviasse mais.

Depois o levaram a tomar sorvete no bar que havia em frente ao cinema. O Sem-Pernas, enquanto tomava seu gelado, pensava em que ia cometendo uma irremediável tolice quando o advogado perguntara o que ele queria. Estivera para pedir uma cerveja bem geladinha. Mas se contivera em tempo e pedira o sorvete.

No automóvel o advogado foi na frente guiando e o Sem-Pernas foi atrás com dona Ester, que conversava com ele. A conversa era difícil para o Sem-Pernas, que tinha que controlar sua terminologia, que era escassa e repleta de palavrões. Dona Ester perguntava coisas de sua mãe, o Sem-Pernas respondia como podia, fazendo grande esforço para reter os detalhes que inventava para posteriormente não cair em contradição. Por fim chegaram na casa da Graça e dona Ester conduziu o Sem-Pernas para o quarto em cima da garagem:

— Não tem medo de dormir aí sozinho?

— Não, senhora...

— Isso é por poucos dias. Depois lhe porei lá em cima, no quarto que foi de Augusto...

— Não precisa, dona Ester, aqui tá muito bom.

Ela se acercou dele e o beijou na face:

— Boa noite, meu filho.

Saiu, cerrando a porta. O Sem-Pernas ficou parado, sem um gesto, sem responder sequer o boa-noite, a mão no rosto, no lugar em que dona Ester o beijara. Não pensava, não via nada. Só a suave carícia do beijo, uma carícia como nunca tivera, uma carícia de mãe. Só a suave carícia no seu rosto. Era como se o mundo houvesse parado naquele momento do beijo e tudo houvesse mudado. Só havia no universo inteiro a sensação suave daquele beijo maternal na face do Sem-Pernas.

Depois foi o horror dos sonhos da cadeia, o homem de colete que ria brutalmente, os soldados que surravam o Sem-Pernas, que corria com a perna aleijada em volta da saleta. Mas de repente chegou dona Ester e o homem de colete e os soldados morreram entre infinitas torturas, porque agora o Sem-Pernas estava vestido com uma roupa de marinheiro e tinha um chicote na mão como o mocinho do cinema.

*

Oito dias se passaram. Pedro Bala por várias vezes já andara em frente da casa para saber notícias do Sem-Pernas, que tardava a voltar ao trapiche. Já havia tempo mais que suficiente para que o Sem-Pernas soubesse onde se quedavam todos os objetos facilmente transportáveis da casa e as saídas que podiam auxiliar a fuga. Mas em vez de ver o Sem-Pernas, Pedro Bala via era a empregada, que pensava que ele vinha por ela. Certo dia em que conversava com a empregada, Pedro Bala tocou com muito jeito no assunto do Sem-Pernas:

— A moça daí tem um filho, não tem?

— É um menino que ela tá criando. Muito bonzinho.

Pedro Bala sorriu, porque sabia que o Sem-Pernas, quando queria, se fazia passar pelo melhor menino do mundo. A empregada continuou:

— É um pouco mais moço que você, mas é mesmo um menino. Não é assim um perdido como você, que até já dorme com mulher... — e ria para Pedro Bala.

— Foi tu que tirou meu cabaço...

— Não diga coisa feia. Demais é mesmo mentira.

— Juro.

Ela gostaria que fosse, e se bem desconfiasse muito que não, gostava que ele lhe dissesse aquilo. Se sentia não só como amante do menino, mas um pouco como mãe também.

— Vem hoje, que eu te ensino um modo gostoso...

— De noite, na esquina... Mas diz um troço: tu não trepa com esse menino daqui?

— Esse nem sabe que é isso... É um tolinho. Menino mimado. Tu tá feito bobo. Não vê que eu não me passo...

De outra vez Pedro Bala conseguiu ver o Sem-Pernas. Este estava estirado no jardim (o gato roncava ao seu lado), espiando um livro de figuras, e Pedro Bala ficou espantadíssimo quando o viu vestido com uma calça de casimira cinza e uma blusa de seda. Até o cabelo do Sem-Pernas estava penteado, e Pedro Bala quedou um momento boquiaberto, sem sequer assoviar para o Sem-Pernas.

Afinal voltou a si e assoviou. O Sem-Pernas se pôs logo de pé, viu o Bala do outro lado da rua. Fez um sinal para que ele o esperasse, saiu pelo portão, após ver que ninguém da casa estava próximo.

Pedro Bala andava para a esquina, e Sem-Pernas o acompanhou. Quando chegou perto, ainda mais se espantou Pedro Bala:

— Peste! Tu tá até cheirando, Sem-Pernas.

O Sem-Pernas fez uma cara de aborrecimento, mas Bala continuou:

— Tu tá dez vez mais elegante que o Gato. Puxa! Se tu aparecer assim na toca — assim tratavam o trapiche — os outros vai dar em cima de tu. Tu tá mesmo uma teteia...

— Não chateia... Tou vendo as coisas. Não demora dou o fora, tu pode vim com os outros.

— Desta vez tu tá demorando...

— É que os troço melhor tão trancado — mentiu o Sem-Pernas.

— Vê se tu te arranja.

Depois lembrou-se:

— O Gringo andou ruim. Quase bate o trinta-e-sete. Andou por pouco. Se não fosse Don'Aninha, que deu beberagem a ele que botou ele em pé, tu não via mais ele. Tá mais magro que um espeto...

E com essa notícia se despediu, dando mais uma vez pressa ao Sem-Pernas.

O Sem-Pernas voltou a se estender no jardim. Mas agora não via as figuras do livro. Via era o Gringo. O Gringo fora um dos mais perseguidos pelo Sem-Pernas no grupo. Filho de árabes, falava com uma pronúncia esquisita, e isso dava lugar a piadas consecutivas do Sem-Pernas. O Gringo não era forte e nunca conseguira ser importante entre os Capitães da Areia, se bem Pedro Bala e Professor procurassem dar lugar a isso. Gostavam de ter entre eles um estrangeiro ou quase estrangeiro. Mas o Gringo se contentava com pequenos furtos, evitava os assaltos arriscados e ideava um baú cheio de bugigangas para vender nas ruas às criadas das casas ricas. O Sem-Pernas o maltratava sem piedade, burlando dele, do seu falar arrevesado, da sua falta de coragem. Mas agora, deitado sobre a grama macia do jardim rico, vestido com boa roupa, penteado e com perfume, um livro de figuras ao lado, o Sem-Pernas pensava no Gringo quase morrendo, enquanto ele comia bem e vestia bem. Não só o Gringo estivera quase morrendo. Durante aqueles oito dias os Capitães da Areia continuaram malvestidos, mal alimentados, dormindo sob a chuva no trapiche ou embaixo das pontes. Enquanto isso, o Sem-Pernas dormia em boa cama, comia boa comida, tinha até uma senhora que o beijava e o chamava de filho. Se sentiu como um traidor do grupo. Era igual àquele doqueiro do qual fala João de Adão cuspindo no chão e passando o pé em cima com desprezo. Aquele doqueiro que na greve grande se passara para o outro lado, para o lado dos ricos, furara a greve, fora contratar homens de fora para trabalhar nas docas. Nunca mais um homem do cais apertou sua mão, nunca mais um o tratou como amigo. E se para alguém o Sem-Pernas abria exceção no seu ódio, que abrangia o mundo todo, era para as crianças que formavam os Capitães da Areia. Estes eram seus companheiros, eram iguais a ele, eram as vítimas de todos os demais, pensava o Sem-Pernas. E agora sentia que os estava abandonando, que estava passando para o outro lado. Com este pensamento se sobressaltou, sentou-se. Não, ele não os trairia. Antes de tudo estava a lei do grupo, a lei dos Capitães da Areia. Os que a traíam eram expulsos e nada de bom os esperava no mundo. E nunca nenhum a havia traído do modo como o Sem-Pernas a ia trair. Para virar menino mimado, para virar uma daquelas crianças que eram eterno motivo de galhofa para eles. Não, não os trairia. Teriam bastado três dias para ele localizar os objetos de valor da casa. Mas a comida, a roupa, o quarto, e mais que a comida, a roupa e o quarto, o carinho de dona Ester tinham feito que ele passasse já oito dias. Tinha sido comprado por este carinho como o estivador fora comprado por dinheiro. Não, não trairia. Mas aí pensou se não ia trair dona Ester. Ela confiara nele. Ela também na sua casa tinha uma lei como os Capitães da Areia: só castigava quando havia erro, pagava o bem com o bem. O Sem-Pernas ia trair essa lei, ia pagar o bem com o mal. Lembrou-se que das outras vezes, quando dava o fora de uma casa para ela ser assaltada, era uma grande alegria que o invadia. Desta vez não tinha alegria nenhuma.

Seu ódio para todos não desaparecera, é verdade. Mas abrira uma exceção para a gente daquela casa, porque dona Ester o chamava de filho e o beijava na face. O Sem-Pernas luta consigo mesmo. Gostaria de continuar naquela vida. Mas que adiantaria isso para os Capitães da Areia? E ele era um deles, nunca poderia deixar de ser um deles porque uma vez os soldados o prenderam e o surraram enquanto um homem de colete ria brutalmente. E o Sem-Pernas se decidiu. Mas olhou com carinho as janelas do quarto de dona Ester e ela, que o espiava, notou que ele chorava:

— Está chorando, meu filho? — e desapareceu da janela para vir para junto dele.

Só então o Sem-Pernas viu que estava mesmo chorando, limpou as lágrimas, mordeu a mão. Dona Ester chegava para junto dele:

— Está chorando, Augusto? Aconteceu alguma coisa?

— Não, senhora. Não estou chorando, não...

— Não minta, meu filho. Bem que eu vejo... O que passou? Está se lembrando da sua mãe?

E o trouxe para junto de si, sentou-se no banco, encostou a cabeça do Sem-Pernas no seu seio maternal.

— Não chore por sua mãe. Agora você tem outra mãezinha que lhe quer bem e fará tudo para substituir a que você perdeu... (...e ele faria tudo para substituir o filho que ela perdera, ouviu o Sem-Pernas dentro de si).

Dona Ester o beijou na face onde as lágrimas corriam:

— Não chore, que sua mãezinha fica triste.

Então os lábios do Sem-Pernas se descerraram e ele soluçou, chorou muito encostado ao peito de sua mãe. E enquanto a abraçava e se deixava beijar, soluçava porque a ia abandonar e, mais que isso, a ia roubar. E ela talvez nunca soubesse que o Sem-Pernas sentia que ia furtar a si próprio também. Como não sabia que o choro dele, que os soluços dele eram um pedido de perdão.

Os acontecimentos se precipitaram, porque Raul teve que fazer uma viagem ao Rio de Janeiro, a negócios importantes de advocacia. E o Sem-Pernas achou que não havia melhor ocasião para o assalto.

Na tarde em que se foi, mirou a casa toda, acariciou o gato Berloque, conversou com a criada, olhou os livros de gravura. Depois foi ao quarto de dona Ester, disse que ia até o Campo Grande passear. Ela então lhe contou que Raul traria uma bicicleta do Rio para ele e então todas as tardes ele andaria nela pelo Campo Grande, em vez de passear a pé. O Sem-Pernas baixou os olhos, mas antes de sair veio até dona Ester e a beijou. Era a primeira vez que a beijava, e ela ficou muito alegre. Ele disse baixinho, arrancando as palavras de dentro de si:

— A senhora é muito boa. Eu nunca vou esquecer...

Saiu e não voltou. Essa noite dormiu no seu canto no trapiche. Pedro Bala tinha ido com um grupo para a casa. Os outros tinham rodeado o Sem-Pernas, admirando suas roupas, seu cabelo assentado, o perfume que evolava do seu corpo. Mas o Sem-Pernas meteu o braço em um, foi resmungando para seu canto. E ali ficou mordendo as unhas, sem dormir, angustiado, até que Pedro Bala voltou com os outros, trazendo os resultados do assalto. Comunicou ao Sem-Pernas que fora a coisa mais canja do mundo, que ninguém dera fé na casa, que todos tinham continuado dormindo. Talvez que nem no dia seguinte descobrissem o roubo. E mostrava os objetos de ouro e de prata:

— Amanhã Gonzales dá uma dinheirama por isso...

O Sem-Pernas fechava os olhos para não ver. Depois que todos foram dormir, ele se aproximou do Gato:

— Tu quer fazer um negócio comigo?

— Que é?

— Eu dou essa roupa, tu me dá a sua...

O Gato olhou cheio de espanto. A sua roupa era a melhor do grupo, sem dúvida. Mas era roupa velha, estava muito longe de valer a boa roupa de casimira que o Sem-Pernas vestia. "Tá doido", pensou o Gato enquanto respondia:

— Se topo? Nem se pergunta.

Trocaram a roupa. O Sem-Pernas voltou ao seu canto, procurou dormir.

Na rua vinha dr. Raul com dois guardas. Eram os mesmos soldados que o haviam espancado na cadeia. O Sem-Pernas corria, mas dr. Raul o apontava e os soldados o levavam para a mesma sala. A cena era a mesma de sempre: os soldados que se divertiam a fazê-lo correr com sua perna capengando e o espancavam e o homem de colete que ria. Só que na sala estava também dona Ester, que o olhava com os olhos tristes e dizia que ele não era mais seu filho, era um ladrão. E os olhos de dona Ester o faziam sofrer mais que as pancadas dos soldados, mais que o riso brutal do homem.

Acordou molhado de suor, fugiu da noite do trapiche, a madrugada o encontrou vagando no areal.

No outro dia, à noite, Pedro Bala viera trazer o dinheiro da sua parte no furto. Mas o Sem-Pernas o recusou sem dar explicações. Depois Volta Seca chegou com um jornal que trazia notícias de Lampião. Professor leu a notícia para Volta Seca e ficou vendo as outras coisas que o jornal trazia. Então chamou:

— Sem-Pernas! Sem-Pernas!

O Sem-Pernas veio. Outros vieram com ele e formaram um círculo. Professor disse:

— Isso aqui é com tu, Sem-Pernas...

E leu uma notícia no jornal:

> Ontem desapareceu da casa número... da rua..., Graça, um filho dos donos da casa, chamado Augusto. Deve ter se perdido na cidade que pouco conhecia. É coxo de uma perna, tem treze anos de idade, é muito tímido, veste roupa de casimira cinza. A polícia o procura para o entregar aos seus pais aflitos, mas até agora não o encontrou. A família gratificará bem quem der notícias do pequeno Augusto e o conduza a sua casa.

O Sem-Pernas ficou calado. Mordia o lábio. Professor disse:

— Ainda não descobriram o furto...

Sem-Pernas fez que sim com a cabeça. Quando descobrissem

o furto não o procurariam mais como a um filho desaparecido. Barandão fez uma cara de riso e gritou:

— Tua família tá te procurando, Sem-Pernas. Tua mamãe tá te procurando pra dar de mamar a tu...

Mas não disse mais nada, porque o Sem-Pernas já estava em cima dele e levantava o punhal. E esfaquearia sem dúvida o negrinho se João Grande e Volta Seca não o tirassem de cima dele. Barandão saiu amedrontado. O Sem-Pernas foi indo para o seu canto, um olhar de ódio para todos. Pedro Bala foi atrás dele, botou a mão em seu ombro:

— São capazes de não descobrir nunca o roubo, Sem-Pernas. Nunca saber de você... Não se importe, não.

— Quando doutor Raul chegar vão saber...

E rebentou em soluços, que deixaram os Capitães da Areia estupefatos. Só Pedro Bala e o Professor compreendiam, e este abanava as mãos porque não podia fazer nada. Pedro Bala puxava uma conversa comprida sobre um assunto muito diferente. Lá fora o vento corria sobre a areia e seu ruído era como uma queixa.

MANHÃ COMO UM QUADRO

Pedro Bala, enquanto sobe a ladeira da montanha, vai pensando que não existe nada melhor no mundo que andar assim, ao azar, nas ruas da Bahia. Algumas destas ruas são asfaltadas, mas a grande, a imensa maioria é calçada de pedras negras. Moças se debruçam nas janelas dos casarões antigos e ninguém pode saber se é uma costureira que romanticamente espera casar com noivo rico ou se é uma prostituta que o mira de um balcão velhíssimo, enfeitado apenas de flores. Entram mulheres de negros véus nas igrejas. O sol bate nas pedras ou no asfalto do calçamento, ilumina os telhados das casas. Na sacada de um sobradão, flores medram em pobres latas. São de diversas cores e o sol lhes dá seu diário alimento de luz. Os sinos da igreja da Conceição da Praia chamam as mulheres de véu que passam apressadas. No meio da ladeira um preto e um mulato estão curvados sobre uns dados que o preto acabou de jogar. Pedro Bala, ao passar, cumprimenta o negro:

— Como vai, Coruja Branca?

— E tu, Bala? Como vai essa prosopopeia?

Mas o mulato já atirou os dados e o negro se volta todo para o jogo. Pedro Bala continua seu caminho. O Professor vai com ele. Sua figura magra se atira para a frente como se lhe fosse difícil vencer a ladeira. Mas sorri da festa do dia. Pedro Bala vira-se para ele e surpreende seu sorriso. A cidade está alegre, cheia de sol. "Os dias da Bahia parecem dias de festa", pensa Pedro Bala, que se sente invadido também pela alegria. Assovia com força, bate risonhamente no ombro de Professor. E os dois riem, e logo a risada se transforma em gargalhada. No entanto, não têm mais que uns poucos níqueis no bolso, vão vestidos de farrapos, não sabem o que comerão. Mas estão cheios da beleza do dia e da liberdade de andar pelas ruas da cidade. E vão rindo sem ter do quê, Pedro Bala com o braço passado no ombro de Professor. De onde estão podem ver o Mercado e o cais dos saveiros e mesmo o velho trapiche onde dormem. Pedro Bala se recosta no muro da ladeira e diz a Professor:

— Tu devia fazer uma pintura disto... É porreta.

A fisionomia do Professor se fecha:

— Eu sei que nunca há de ser...

— Quê?

— Tem vez que me topo pensando... — E Professor mira o cais lá embaixo, os saveiros parecendo brinquedos, os homens miúdos carregando sacos nas costas.

Continua com a voz áspera como se alguém o tivesse batido:

— Eu penso fazer um dia um bocado de pintura daqui...

— Tu tem jeito. Se tu tivesse andado pela escola...

— ...mas nunca pode ser um troço alegre, não... (Professor parece não ter ouvido a interrupção de Pedro Bala. Agora está com os olhos longe e parece ainda mais fraco.)

— Por quê? — Pedro Bala está espantado.

— Tu não vê que tudo é mesmo uma beleza? Tudo alegre...

Pedro Bala apontou os telhados da Cidade Baixa:

— Tem mais cores que o arco-íris...

— É mesmo... Mas tu espia os homem, tá tudo triste. Não tou falando dos rico. Tu sabe. Falo dos outros, dos das docas, do mercado. Tu sabe... Tudo com cara de fome, eu nem sei dizer. É um troço que sinto...

Pedro Bala não estava mais espantado:

— Por isso João de Adão já fez um bocado de greve nas docas. Ele diz que um dia as coisas vira, tudo vai ser de vice-versa...

— Também já li um livro... Um livro de João de Adão. Se eu tivesse tado numa escola como tu diz, tinha sido bom. Eu um dia ia fazer muito quadro bonito. Um dia bonito, gente alegre andando, rindo, namorando assim como aquela gente de Nazaré, sabe? Mas cadê escola? Eu quero fazer um desenho alegre, sai o dia bonito, tudo bonito, mas os homens sai triste, não sei não... Eu queria fazer uma coisa alegre.

— Quem sabe se não é melhor mesmo fazer uma coisa como tu faz? Pode até dá mais bonito, mais vistoso.

— Que é que tu sabe? Que é que eu sei? A gente nunca andou em escola... Eu tenho vontade de fazer a cara dos homens, a figura das ruas, mas nunca tive na escola, tem um bocado de coisa que eu não sei...

Fez uma pausa, olhou Pedro Bala que o escutava, continuou:

— Tu já deu uma espiada na Escola de Belas-Artes? É um belezame, rapaz. Um dia andei de penetra, me meti numa sala. Tava tudo vestido de camisão, nem me viram. E tavam pintando uma mulher nua... Se um dia eu pudesse...

Pedro Bala ficou pensativo. Olhava Professor como que pensando. Logo falou com um ar muito sério:

— Tu sabe o preço?

— Que preço?

— De pagar na escola? O professor?

— Que história é essa?

— A gente se reunia, pagava pra tu...

Professor riu:

— Tu nem sabe... Tem tanta complicação... Não pode não, deixa de tolice.

— João de Adão disse que um dia a gente pode ter escola...

Saíram andando. Professor parecia ter perdido a alegria do dia. Como que ela se afastara para longe dele. Então Pedro Bala deu-lhe um soco de leve:

— Um dia tu ainda bota um bocado de pintura numa sala da rua Chile, mano. Sem escola sem nada. Nenhum destes bananas da escola faz uma cara como tu... Tu tem é jeito...

Professor riu. Pedro Bala riu também:

— E tu faz meu retrato, hein. Bota o nome embaixo, não bota? Capitão Pedro Bala, macho valente.

Tomou uma atitude de lutador, um braço estirado. Professor riu, Bala também riu, logo o riso se transformou em gargalhada. E só pararam de gargalhar para aderir a um grupo de desocupados que se reunira em torno a um tocador de violão. O homem tocava e cantava uma moda da cidade da Bahia:

Quando ela disse adeus...
meu peito em cruz transformou...

Eles aderiram. Pouco depois cantavam junto ao homem. E com eles cantavam todos e eram saveiristas, malandros, doqueiros, até uma prostituta cantava. O homem do violão estava todo entregue a sua música, não via mesmo ninguém.

Se o homem não se levantasse para ir embora, ainda tocando seu violão e cantando, eles teriam se esquecido de continuar a caminhada para a Cidade Alta. Mas o homem foi embora levando a alegria da sua música. O grupo se dispersou, um vendedor de jornais passou apregoando os diários da manhã. Professor e Pedro Bala continuaram a subir a ladeira. Do largo do Teatro subiram para a rua Chile. Professor tirou o giz do bolso, sentou-se no passeio. Pedro Bala ficou a seu lado. Quando viram vir o casal, Professor começou a desenhar. Fez um desenho o mais rápido que pôde. O casal estava muito perto já, Professor agora fazia as caras. A moça sorria, sem dúvida seriam noivos. Mas iam tão entretidos na sua conversa que nem notaram o desenho. Foi preciso que Pedro Bala se adiantasse até eles:

— Não pise na cara da moça, senhor...

O homem olhou para Pedro Bala e já ia dizer um desaforo quando a moça viu o desenho do Professor e chamou sua atenção:

— Que bom... — e batia as mãos como uma menina a quem tivessem dado uma boneca de presente.

O rapaz espiou e sorriu. Voltou-se para Pedro Bala:

— Foi você quem desenhou, garoto?

— Foi aqui o meu companheiro, o pintor Professor...

Professor dava os últimos retoques no bigode elegantíssimo do homem. Depois passou a aperfeiçoar a figura da moça. Ela então ficou no jeito de quem estava posando. Riam os dois, ela se dependurava no braço do amado. O homem puxou a carteira de níqueis, atirou uma prata de dois mil-réis, que Pedro Bala apanhou no ar. Seguiram. O desenho ficou no meio do passeio. Umas senhoritas que vinham das compras o viram de longe e uma disse:

— Vamos depressa, que aquilo parece que é um anúncio do novo filme de Barrymore... Dizem que é um amor... E ele é tão forte...

Pedro Bala e Professor ouviram e abriram na gargalhada. E abraçados seguiram juntos na liberdade das ruas.

Quase junto do palácio do governo pararam novamente. Professor ficou de giz na mão esperando que saísse do ponto do bonde um "pato". Pedro Bala assoviava ao seu lado. Breve teriam o dinheiro para um bom almoço e ainda para levar um presente para Clara, a amante do Querido-de-Deus, que fazia anos naquele dia.

Uma velhota deu dez tostões por seu desenho. A velhota era feia e Professor tinha conservado sua feiura no desenho. Pedro Bala notou:

— Se tu tivesse feito ela mais bonita e mocinha, ela te dava mais.

Professor riu. Assim passaram a manhã, Professor fazendo a cara dos que vinham pela rua, Pedro Bala recolhendo as pratas ou os níqueis que jogavam. Quase meio-dia veio um homem que fumava numa piteira que parecia cara. Pedro Bala correu para avisar ao Professor:

— Faz deste que parece que é um pato cheio da nota...

Professor começou a desenhar a figura magra do homem. A piteira longa, os cabelos encaracolados que apareciam sob o chapéu. O homem trazia também um livro na mão e Professor teve um desejo irresistível de fazer o desenho do homem lendo o livro. O homem ia passando, Pedro Bala chamou sua atenção:

— Olhe seu retrato, senhor.

O homem tirou a longa piteira da boca, perguntou a Bala:

— O quê, meu filho?

Pedro Bala apontou o desenho em que o Professor trabalhava. O homem aparecia sentado (se bem não houvesse cadeira nem nada, estava sentado no ar), fumando sua piteira e lendo seu livro.

O cabelo encaracolado voava sob o chapéu. O homem examinou o desenho atentamente, foi espiá-lo em diversos ângulos, nada dizia. Quando o Professor deu o trabalho por concluído, ele perguntou:

— Onde você aprendeu desenho, meu caro?

— Em lugar nenhum...

— Em lugar nenhum? Como?

— É, sim senhor...

— E como desenha?

— Me dá vontade, pego, desenho.

O homem estava um pouco incrédulo, mas sem dúvida recordou outros exemplos no fundo da sua memória:

— Quer dizer que você nunca estudou desenho?

— Nunca, não senhor.

— Posso garantir — falou Pedro Bala. — Nós mora junto, eu sei.

— Então é uma verdadeira vocação... — murmurou o homem.

Voltou a examinar o desenho. Tirou uma longa fumaçada da sua piteira. Os dois meninos olhavam para a piteira encantados. O homem perguntou ao Professor:

— Por que você me retratou sentado e lendo o livro?

Professor coçou a cabeça como se fosse uma coisa difícil de responder. Pedro Bala quis falar, mas nada disse, estava atarantado. Por fim Professor explicou:

— Pensei que sentava melhor pro senhor... — Coçou de novo a cabeça. — Não sei mesmo...

— É uma verdadeira vocação... — murmurou o homem em voz mais baixa, assim com o jeito de quem havia feito uma descoberta.

Pedro Bala esperava o níquel, mesmo porque o guarda já os olhava desconfiado da esquina. Professor espiava a piteira do homem, longa, desenhada a fogo, uma maravilha. Mas o homem continuou:

— Onde você mora?

Pedro Bala não deu tempo a que Professor respondesse. Foi ele quem falou:

— A gente mora na Cidade de Palha...

O homem meteu a mão no bolso e tirou um cartão:

— Você sabe ler?

— A gente sabe, sim senhor — respondeu Professor.

— Aí está meu endereço. Eu quero que você me procure. Talvez possa fazer alguma coisa por você.

Professor tomou o cartão. O guarda se encaminhava para eles. Pedro Bala se despediu:

— Até logo, doutor.

O homem ia puxando a carteira de níqueis, mas viu o olhar do Professor na sua piteira. Jogou o cigarro fora, entregou a piteira ao menino.

— Isso é pelo meu retrato. Vá a minha casa...

Mas os dois desabaram pela rua Chile, porque o guarda já estava quase junto a eles. O homem olhava meio sem compreender quando ouviu a voz do guarda:

— Lhe roubaram alguma coisa, senhor?

— Não. Por quê?

— Porque como aqueles malandrins estavam aqui junto ao senhor...

— Eram duas crianças... Por sinal que uma com maravilhosa inclinação para a pintura.

— São ladrões — retrucou o guarda. — São dos Capitães da Areia.

— Capitães da Areia? — fez o homem se recordando. — Já li algo... Não são crianças abandonadas?

— Ladronas, isso são... Tenha cuidado, senhor, quando eles se aproximarem do senhor. Veja se não lhe falta nada...

O homem fez que não com a cabeça e olhou a rua. Mas não havia nem rastro dos dois meninos. O homem agradeceu ao guarda, afirmando mais uma vez que não tinha sido furtado, e desceu a rua, murmurando:

— Assim que se perdem os grandes artistas. Que pintor não seria!

O guarda o espiava. Depois comentou para os botões da farda:

— Bem dizem que estes poetas são doidos...

*

Professor exibia a piteira. Estava agora nos fundos de um arranha-céu, onde existia um restaurante chique. Pedro Bala sabia como conseguir do cozinheiro os restos do menu. Esperavam o almoço na rua deserta. Depois que comeram, Pedro Bala ofereceu cigarros e o Professor se dispôs a fumar na piteira que o homem lhe dera. Procurou limpá-la:

— O bicho era magro como um espeto. É capaz de ser tutu…

Como não achou coisa melhor com que limpar, fez do cartão do homem um palito e o enfiou na piteira. Quando terminou, jogou o cartão na rua. Pedro Bala perguntou:

— Por que tu não guarda?

— Pra que quero? — e o Professor riu, Pedro Bala riu também, e por um momento as suas gargalhadas encheram a rua. Riam assim sem motivo, pelo prazer de rir.

Mas Pedro Bala se fez sério:

— O homem parece que era bem capaz de ajudar a tu ser um pintor… — apanhou o cartão e leu o nome do homem. — Tu devia guardar. Quem sabe?

Professor baixou a cabeça:

— Deixa de ser besta, Bala. Tu bem sabe que do meio da gente só pode sair ladrão… Quem é que quer saber da gente? Quem? Só ladrão, só ladrão… — e sua voz se elevava, agora gritava com ódio.

Pedro Bala fez que sim com a cabeça, sua mão soltou o cartão, que caiu na sarjeta. Agora não riam mais e estavam tristes na alegria da manhã cheia de sol, da manhã igual a um quadro de um pintor das Belas-Artes.

Operários passavam para o trabalho, após o almoço pobre, e era tudo que eles viam, que eles conseguiam ver na manhã.

ALASTRIM

Omolu mandou a bexiga negra para a cidade. Mas lá em cima os homens ricos se vacinaram, e Omolu era um deus das florestas da África, não sabia destas coisas de vacina. E a varíola desceu para a cidade dos pobres e botou gente doente, botou negro cheio de chaga em cima da cama. Então vinham os homens da saúde pública, metiam os doentes num saco, levavam para o lazareto distante. As mulheres ficavam chorando, porque sabiam que eles nunca mais voltariam.

Omolu tinha mandado a bexiga negra para a Cidade Alta, para a cidade dos ricos. Omolu não sabia da vacina, Omolu era um deus das florestas da África, que podia saber de vacinas e coisas científicas? Mas como a bexiga já estava solta (e era a terrível bexiga negra), Omolu teve que deixar que ela descesse para a cidade dos pobres. Já que a soltara, tinha que deixar que ela realizasse sua obra. Mas como Omolu tinha pena dos seus filhinhos pobres, tirou a força da bexiga negra, virou em alastrim, que é uma bexiga branca e tola, quase um sarampo. Apesar disto, os homens da saúde pública vinham e levavam os doentes para o lazareto. Ali as famílias não podiam ir visitá-los, eles não tinham ninguém, só a visita do médico. Morriam sem ninguém saber e quando um conseguia voltar era mirado como um cadáver que houvesse ressuscitado. Os jornais falavam da epidemia de varíola e da necessidade da vacina. Os candomblés batiam noite e dia, em honra a Omolu, para aplacar a fúria de Omolu. O pai-de-santo Paim, do Alto do Abacaxi, preferido de Omolu, bordou uma toalha branca de seda, com lantejoulas, para oferecer a Omolu e aplacar sua raiva. Mas Omolu não quis, Omolu lutava contra a vacina.

Nas casas pobres as mulheres choravam. De medo do alastrim, de medo do lazareto.

*

Almiro foi o primeiro dos Capitães da Areia que caiu com alastrim. Uma noite, quando o negrinho Barandão o procurou no seu canto para fazer o amor (aquele amor que Pedro Bala proibira no trapiche), Almiro lhe disse:

— Tou com uma coceira danada.

Mostrou os braços já cheios de bolhas a Barandão:

— Parece que também tou queimando de febre.

Barandão era um negrinho corajoso, todo o grupo sabia disto. Mas da bexiga, da moléstia de Omolu, Barandão tinha um medo doido, um medo que muitas raças africanas tinham acumulado dentro dele. E sem se preocupar que descobrissem suas relações sexuais com Almiro saiu gritando entre os grupos:

— Almiro tá com bexiga... Gentes, Almiro tá com bexiga.

Os meninos foram se levantando aos poucos e se afastando receosos do lugar onde estava Almiro. Este começou a soluçar. Pedro Bala não tinha chegado ainda. Professor, o Gato e João Grande também andavam por fora. Daí ter sido o Sem-Pernas quem dominou a situação. O Sem-Pernas nestes últimos tempos andava cada vez mais arredio, quase não falava com ninguém. Fazia espantosas burlas de todo mundo, por tudo puxava uma briga, só respeitava mesmo Pedro Bala. Pirulito rezava por ele mais que por nenhum, e por vezes pensava que Satanás tinha se metido no corpo do Sem-Pernas. O padre José Pedro era paciente com ele, mas também do padre o Sem-Pernas se afastara. Não queria saber de ninguém, conversa em que ele se metia era conversa que terminava em briga.

Quando o Sem-Pernas passou entre os grupos, todos se afastaram. Quase o temiam tanto quanto à bexiga. O Sem-Pernas tinha arranjado por aqueles dias um cachorro ao qual se dedicava inteiramente. A princípio, quando o cão aparecera no trapiche, esfomeado, Sem-Pernas o maltratou quanto pôde. Mas terminou por acarinhá-lo e o tomar para si. Agora como que vivia inteiramente para o cachorro. E por isso voltou só para levar o cão, que o acompanhara, para longe de Almiro. Depois andou novamente para onde estavam os meninos. Estes cercavam Almiro de longe. Apontavam as bolhas que apareciam no peito do menino. Antes de tudo, Sem-Pernas falou com sua voz fanhosa para Barandão:

— Agora tu vai ter bexiga na piroca, negro burro.

Barandão o olhou assustado. Depois, Sem-Pernas falou para todos, apontando Almiro com o dedo:

— Ninguém aqui vai ficar bexiguento só por causa deste fresco.

Todos o olhavam, esperando o que ele diria. Almiro soluçava, as mãos no rosto, encolhido na parede. Sem-Pernas falava:

— Ele vai sair daqui agorinha mesmo. Vai se meter em qualquer canto da rua até que os mata-cachorro da saúde pegue ele e leve pro lazareto.

— Não. Não — rugiu Almiro.

— Vai, sim — fez Sem-Pernas. — A gente não vai chamar os mata-cachorro aqui pra toda polícia saber onde a gente se acoita. Tu vai por bem ou por mal e leva teus trapos. Vai pro inferno, que a gente não vai ficar com bexiga por você. Por amor de você, xibungo...

Almiro fazia que não, que não, e seus soluços enchiam o trapiche. O negrinho Barandão tremia, Pirulito clamava que era castigo de Deus por causa dos pecados deles, os outros não sabiam que fazer. Sem-Pernas se preparava para forçar sua ideia. Pirulito se abraçou com um quadro de Nossa Senhora e disse:

— Vamos rezar todo mundo, que isto é um castigo de Deus pros pecados da gente. A gente peca muito, Deus tá castigando. Vamos pedir perdão... — e sua voz era como um clamor, soava anunciando vinganças.

Alguns juntaram as mãos e Pirulito chegou a iniciar um padre-nosso. Mas Sem-Pernas o afastou com uma das mãos:

— Sai, sacrista...

Pirulito ficou rezando em voz baixa ainda atracado com o santo. Parecia um quadro estranho. Ao fundo, Almiro soluçava e dizia que não. Pirulito rezava, os outros estavam indecisos, não sabiam o que fazer. Barandão tremia de medo, pensando que estava contagiado. Sem-Pernas voltou a falar:

— Gente, se ele não quiser sair, a gente bota ele pra fora debaixo de porrada. Senão, tudo vai morrer de bexiga, tudo... Vocês não vê, desgraçados? A gente bota ele pra fora até uma rua onde levem ele pro lazareto.

— Não. Não — fazia Almiro. — Pelo amor de Deus.

— Isso é castigo... — fez Pirulito.

— Cala a boca, filho de padre — Sem-Pernas continuava. — Vamos levar ele, gente, já que ele não quer ir por bem.

Como via que os outros ainda estavam irresolutos, marchou para o lado de Almiro e estendeu o pé para lhe dar uma pancada:

— Assim tu vai embora, bexiguento.

Almiro se encolheu mais:

— Não. Tu não pode fazer isso. Eu sou um do grupo. Espera Bala chegar.

— É castigo... É castigo... — a voz de Pirulito ainda irritou mais o Sem-Pernas, que descarregou um pontapé em Almiro.

— Dá o fora, bexiguento. Dá o fora, fresco.

Mas neste instante uma mão o pegou e o sacudiu longe. Volta Seca se plantou entre Almiro e o Sem-Pernas. O mulato levava um revólver na mão e os seus olhos fuzilavam:

— Juro que tem bala e que como um que toque em Almiro. — Olhou para todos com sua cara sombria.

— Que é que tu tem que fazer aqui, cangaceiro? — Sem-Pernas queria recuperar o domínio da situação.

— Ele não é um soldado de polícia pra gente tratar ele assim. É um do grupo, ele falou direito. Vamos esperar Pedro Bala chegar. Ele resolve. E se alguém tocar nele eu queimo igual que fosse um macaco da polícia — e segurava o revólver.

Os outros se afastaram aos poucos. Sem-Pernas cuspiu:

— Tudo é uns covarde... — e seguiu para onde o cachorro o esperava. Se deitou ao seu lado e os que ficaram mais perto dele o ouviam murmurar: "Covardes, covardes".

Volta Seca ficou diante de Almiro com o revólver na mão. Almiro soluçava, e mais alto gritava quando olhava as bolhas que se estendiam pelo seu corpo. Pirulito rezava, pedia a Deus que voltasse a ser suprema bondade, não fosse suprema justiça.

*

Depois Pirulito se lembrou de chamar o padre José Pedro. Escapuliu pela porta do trapiche, se dirigiu à casa do padre. Mas pelo caminho ainda ia rezando, os olhos dilatados cheios do temor de Deus.

Pedro Bala chegou acompanhado do Professor e de João Grande. Voltavam de um negócio que tinham resolvido bem e comentavam o sucesso entre gargalhadas. O Gato tinha ido com eles, mas não voltara. Ficara em casa de Dalva. Os três entraram no trapiche e a primeira coisa que enxergaram foi Volta Seca com o revólver na mão.

— Que é isso? — perguntou Pedro Bala.

Sem-Pernas se levantou do seu canto, o cachorro o acompanhou:

— Este besta metido a cangaceiro não quer deixar que a gente faça o que resolveu — e apontava Almiro. — Aquele fresco tá com a bexiga...

João Grande se encolheu. Pedro Bala olhou Almiro, o Professor andou para onde estava Volta Seca. O mulato não largava o revólver. Pedro perguntou então:

— Como foi, Volta Seca?

— Este tá com a maldita... — mostrou o menino que soluçava. — E aquele macaco mesmo que um soldado quis botar ele no meio da rua pra assistência levar ele pro lazareto. Eu não tava me metendo. Mas ele não quis ir. Aí eles todos juntos — cuspiu — quis dar nele pra obrigar ele ir. Foi quando ele falou que era do grupo, que eles esperasse que tu chegasse. Eu achei que ele falou direito, fiquei do lado dele... Ele não é um soldado de polícia pra tratar ele assim...

— Tu fez direito, Volta Seca — Pedro Bala bateu no ombro do mulato. Depois olhou Almiro: — Tu tá mesmo com ela?

O menino inclinou a cabeça e rebentou em soluços. Sem-Pernas gritou:

— Só tem mesmo que fazer o que eu disse. Não pode chamar a assistência aqui que todo mundo fica sabendo onde a gente se acoita. Só tem mesmo que deixar ele numa rua onde passe gente. Vamos fazer, tu queira ou não...

Pedro Bala gritou:

— Quem é o chefe daqui, é tu ou eu? Tu quer que eu te rebente?

Sem-Pernas saiu murmurando. O cachorro veio lamber seus pés, mas ele deu-lhe um pontapé. Logo depois se arrependeu, porém, e começou a acarinhar o cão, enquanto espiava os outros.

Pedro Bala andou até Almiro. João Grande queria vencer o medo e ir para junto de Almiro também. Mas o medo da bexiga era uma coisa enorme nele, era quase maior que sua bondade. Só Professor estava junto de Pedro Bala. Este disse a Almiro:

— Deixe eu ver...

Almiro mostrou os braços cheios de bolhas. Professor disse:

— É alastrim. Bexiga negra fica logo preta...

Pedro Bala ficou pensando. Ia um silêncio pelo trapiche. João Grande conseguiu vencer o medo e se aproximou. Mas ia com passos arrastados. Parecia violentar sua própria vontade para chegar até junto de Almiro. Foi quando entrou Pirulito acompanhado do padre José Pedro. O padre deu boas-noites e perguntou quem era o doente. Pirulito apontou Almiro, o padre se dirigiu para ele, chegou perto, pegou no braço, examinou. Depois disse a Pedro Bala:

— É preciso levar para a assistência...

— Pro lazareto?

— Sim.

— Não, não vai, não — fez Pedro Bala.

O Sem-Pernas se levantou outra vez, veio para junto deles:

— Tou dizendo isso há muito tempo. Tem que ir pro lazareto.

— Não vai — repetiu Pedro Bala.

— Por quê, meu filho? — perguntou o padre José Pedro.

— Tu sabe, padre, que ninguém volta do lazareto. Ninguém volta. E ele é um da gente, um do grupo. A gente não pode fazer isso...

— Mas é a lei, filho...

— Morrer?

O padre mirou Pedro Bala com os olhos abertos. Aqueles meninos viviam a lhe dar surpresas, sempre mais adiantados em inteligência do que ele pensava. E, no fundo, o padre sabia que eles tinham razão.

— Não vai, não, padre... — afirmou Pedro Bala.

— Então que é que você vai fazer, meu filho?

— Tratar dele aqui...

— Mas como?

— Chamo Don'Aninha...

— Mas ela não sabe tratar de ninguém.

Pedro Bala ficou confuso. Passado um momento, disse:

— É melhor que morra aqui que no lazareto.

Sem-Pernas se meteu de novo:

— Vai pegar bexiga em todo mundo... — se dirigia aos outros. — Vai pegar em todo mundo. A gente não pode deixar.

— Cala a boca, desgraçado, senão eu te arrombo — disse Pedro.

Mas o padre interveio:

— Ele tem razão, Bala.

— Não vai pro lazareto, padre. O senhor é bom, bem sabe que ele não pode ir. Lá é uma miséria, tudo morre.

O padre bem sabia que era verdade, calou. Foi quando João Grande falou:

— Mas ele não tem casa?

— Quem?

— Almiro. Tem sim.

— Não quero ir para lá... — soluçou Almiro. — Eu tinha fugido.

Pedro Bala se aproximou dele e falou com voz muito mansa:

— Deixa estar, Almiro. Primeiro eu vou lá, falo com tua mãe. Depois a gente leva você. Tu lá fica bem, não tem que ir pro lazareto. E o padre arranja um médico pra cuidar de tu, não arranja, padre?

— Levo, sim — prometeu o padre José Pedro.

*

Havia uma lei que obrigava os cidadãos a denunciarem à saúde pública os casos de varíola que conhecessem, para o imediato recolhimento dos variolosos aos lazaretos. O padre José Pedro conhecia a lei, mas, mais uma vez, ficou com os Capitães da Areia contra a lei.

Pedro Bala foi à casa de Almiro, a mãe do menino ficou feito louca, era uma lavadeira amigada com um pequeno lavrador além da Cidade de Palha. Foram buscar Almiro e o padre o visitou e depois levou um médico. Mas acontece que o médico estava cavando um lugar na saúde pública e denunciou o caso de varíola. Almiro foi mesmo levado para o lazareto e o padre ficou em maus lençóis, pois o médico (que se dizia livre-pensador, mas em verdade era espírita) denunciou o padre também como encobridor do caso. As autoridades não agiram contra o padre, mas se queixaram ao arcebispado. E o padre José Pedro foi chamado à presença do cônego secretário do arcebispado. Ficou amedrontado.

Pesadas cortinas, cadeiras de alto espaldar, um retrato de santo Inácio numa parede. Na outra, um crucifixo. Uma grande mesa, custosos tapetes. O padre José Pedro entrou na sala com o coração batendo muito. Não tinha absoluta certeza do motivo por que recebera aquela comunicação do cônego secretário do arcebispado para comparecer ao Palácio Episcopal. No primeiro momento lembrou-se da paróquia que esperava inutilmente havia dois anos. Seria sua paróquia? Sorriu com alegria. Então, sim, iria ser um verdadeiro sacerdote, iria ter almas entregues a si, à sua guia. Serviria a Deus. Mas certa tristeza o invadiu: e suas crianças, as crianças abandonadas das ruas da Bahia, principalmente os Capitães da Areia, como ficariam? Ele era um dos seus poucos amigos. Nunca um outro padre se voltara para aqueles meninos. Se contentavam em ir celebrar de quando em vez uma missa no reformatório, o que os tornava mais antipáticos aos meninos porque atrasava o magro café. O padre José Pedro, enquanto esperava sua paróquia, se dedicara aos meninos abandonados. Não podia dizer que os resultados tivessem sido grandes. Mas era preciso compreender que ele estava fazendo uma experiência, que muitas vezes tinha que voltar atrás. Fazia pouco tempo que o padre captara de todo a confiança dos meninos. Estes já o tratavam como amigo, mesmo quando não o levavam a sério como sacerdote. O padre tivera de passar por cima de muita coisa para conseguir a confiança dos Capitães da Areia. Mas José Pedro pensava que só Pirulito e a sua vocação pagavam a pena. O padre tivera que fazer muita coisa contra o que lhe haviam ensinado. Pactuara mesmo com coisa que a Igreja condenaria. Mas era o único jeito... Aí o padre lembrou-se que bem podia ser por causa daquilo que o haviam chamado. Devia ter sido por aquilo. Muitas beatas já murmuravam por causa das suas relações com as crianças que viviam do furto. E havia aquele caso de Almiro. Devia ser por aquilo. O primeiro sentimento do padre José Pedro quando descobriu o motivo da comunicação foi um grande temor. Ia ser castigado com certeza, perderia toda esperança de uma paróquia. E o padre José Pedro necessitava de uma paróquia. Sustentava uma mãe velha, uma irmã na escola normal. Logo depois pensou que muito possivelmente tudo o que fizera fora errado, seus superiores não aprovariam. E, no seminário, lhe tinham ensinado a obedecer. Mas pensou nos meninos. Na sua memória passaram as figuras de Pirulito, Pedro Bala, Professor, Sem-Pernas, Boa-Vida, o Gato. Era preciso salvar aqueles pequeninos... As crianças eram a maior ambição de Cristo. Devia se fazer tudo para salvar aquelas crianças. Não era culpa deles se estavam perdidos...

O cônego entrou. Nos seus pensamentos o padre nem vira que muitos minutos de espera tinham se passado. Não viu tampouco quando o cônego entrou com um passo manso. Era alto e muito magro, anguloso, com a batina muito limpa, os raros cabelos que lhe restavam muito bem penteados. Os lábios tinham uma linha dura. Um rosário descia-lhe em torno ao pescoço. Se bem sua figura desse uma impressão de pureza, essa impressão não fazia seus traços mais doces. Não havia nenhuma simpatia humana na sua figura, nos seus traços duros. Como que a pureza era uma couraça que o afastava do mundo. Diziam que era inteligentíssimo, grande orador sacro, célebre pela rigidez dos seus costumes. Ali estava parado diante do padre José Pedro, olhando com olhos observadores a figura baixa do padre, a sua batina suja e remendada em dois lugares, o seu ar de medo, a falta de inteligência que de mistura com a bondade se refletia na cara do padre. Estudou o padre uns poucos minutos. O bastante para penetrar a fundo na alma sem complicações de José Pedro. Tossiu. O padre o viu, levantou-se, beijou humildemente sua mão:

— Cônego...

— Sente-se, padre. Temos que conversar.

Olhava com os olhos sem expressão o padre. Sentou-se, cruzou as mãos com grande cuidado, afastou sua reluzente batina da batina suja do padre José Pedro. Sua voz contrastava com sua pessoa. Podia-se dizer que era uma voz doce, quase feminina, se não fosse um acento de decisão que a cada passo surgia nela. O padre José Pedro baixou a cabeça e esperou que o cônego falasse. Este começou:

— Este arcebispado tem graves queixas contra o senhor, padre.

Padre José Pedro quis figurar uma cara de quem não entendia. Mas a malícia era superior à sua inteligência e naquele momento ele pensava nos Capitães da Areia. O cônego sorriu ligeiramente.

— Creio que o senhor já sabe do que se trata...

O padre olhou com uns olhos abertos, mas logo baixou a cabeça:

— Só se é as crianças...

— O pecador não pode esconder seu pecado, ele está visível na sua consciência... — e a voz do cônego tinha perdido aquela nota de doçura.

O padre José Pedro ouviu com pavor. Era o que ele temia. Os seus superiores, aqueles que tinham inteligência para compreender os desejos de Deus, não estavam de acordo com os métodos que ele empregara junto aos Capitães da Areia. Vinha um temor de dentro dele, não propriamente um temor do cônego, do arcebispo, mas um temor de ter ofendido a Deus. E até suas mãos tremiam ligeiramente.

A voz do cônego retomou sua doçura. Era como uma voz de mulher, doce e suave, mas que negava a um homem suas carícias:

— Têm-nos chegado bastantes queixas, padre José Pedro. O arcebispado tem fechado os olhos na esperança de que o senhor conhecesse seu erro e se emendasse...

Olhou o padre com olhos duros. José Pedro baixou a cabeça.

— Não faz muito tempo a viúva Santos queixou-se. O senhor ajudou uma corja de moleques, numa praça, a vaiá-la. Melhor, incitou os moleques a que a vaiassem... Que tem a dizer, padre?

— Não é verdade, cônego.

— O senhor quer dizer que a viúva mentiu?

Fuzilou o padre com os olhos. Mas desta vez José Pedro não baixou a cabeça, apenas repetiu:

— O que ela disse não é verdade...

— O senhor sabe que a viúva Santos é uma das melhores protetoras da religião na Bahia? Não sabe dos donativos...

— Eu posso lhe narrar o fato...

— Não me interrompa... No seminário não lhe ensinaram a ser humilde e respeitoso com seus superiores? Se bem o senhor não tivesse sido um aluno dos mais brilhantes...

O padre José Pedro sabia daquilo. Não era preciso que lhe repetissem que fora um dos piores alunos do seminário em matéria de estudos. Por isso mesmo tinha tanto medo de ter errado, de ter ofendido a Deus. O cônego devia ter razão, era muito mais inteligente, estava muito mais próximo de Deus, que é a suprema inteligência.

O cônego fez um gesto com a mão, como quem relegava para longe aquele incidente da viúva, e a sua voz se fez doce novamente:

— Porém agora há coisa muito mais grave. Por sua causa, padre, este arcebispado foi procurado pelas autoridades. O senhor sabe o que fez? Sabe?

O padre não tentou negar:

— Foi o caso do menino com alastrim?

— Um menino com varíola, sim senhor. E o senhor escondeu o caso das autoridades sanitárias...

O padre José Pedro tinha confiança na bondade de Deus. Muitas vezes pensara que Deus aprovava o que ele estava fazendo. Agora pensava isto também. Aquele pensamento tinha enchido seu coração de repente. Levantou o busto, fixou a vista no cônego:

— O senhor sabe o que é o leprosário?

O cônego não respondeu.

— Pois é raro o homem que volta de lá. Quanto mais uma criança... Mandar uma criança para lá é cometer um assassinato...

— Isso não é conosco — respondeu o cônego com voz inexpressiva mas cheia de decisão. — Isto é com a saúde pública. Mas o nosso papel é respeitar as leis.

— Mesmo quando atentam contra a lei da bondade de Deus?

— Que sabe o senhor da bondade de Deus? Que grande inteligência tem para saber dos desígnios de Deus? O demônio da vaidade o dominou?

O padre José Pedro tentou explicar:

— Eu sei que sou um padre ignorante e indigno de servir ao Senhor. Mas estas crianças nunca tinham tido ninguém que olhasse por elas. Eu tive a intenção...

— A boa intenção não desculpa os maus atos... — cortou o cônego com voz muito doce ao enunciar a sentença.

O padre José Pedro se sentiu novamente em dúvida. Mas elevou o pensamento a Deus, voltou parte da sua confiança:

— Teriam sido maus? Eram uns meninos que nunca tinham ouvido falar seriamente de Deus. Misturam Deus com os santos dos negros, não têm nenhuma ideia de religião. Eu quis ver se salvava aquelas almas...

— Já lhe disse que suas intenções foram boas, mas suas ações não corresponderam às intenções...

— É que o senhor não conhece estes meninos... — O cônego lhe deitou um olhar duro. — São meninos iguais a homens. Vivem como homens, conhecem a vida toda, tudo... É preciso tratar com jeito, fazer concessões.

— Por isso o senhor faz o que eles querem...

— Às vezes tenho que fazer para conseguir um bom resultado...

— Compactua com os roubos, com os crimes destes perversos...

— Que culpa eles têm? — O padre se lembrava de João de Adão. — Quem cuida deles? Quem os ensina? Quem os ajuda? Que carinho eles têm? — Estava exaltado e o cônego se afastou mais dele, enquanto o fitava com os olhinhos duros. — Roubam para comer porque todos estes ricos que têm para botar fora, para dar para as igrejas, não se lembram que existem crianças com fome... Que culpa...

— Cale-se — a voz do cônego era cheia de autoridade. — Quem o visse falar diria que é um comunista que está falando. E não é difícil. No meio dessa gentalha o senhor deve ter aprendido as teorias deles... O senhor é um comunista, um inimigo da Igreja...

O padre o olhou horrorizado. O cônego levantou-se, estendeu a mão para o padre:

— Que Deus seja suficientemente bom para perdoar seus atos e suas palavras. O senhor tem ofendido a Deus e à Igreja. Tem desonrado as vestes sacerdotais que leva. Violou as leis da Igreja e do Estado. Tem agido como um comunista. Por isso nos vemos obrigados a não lhe dar tão cedo a paróquia que o senhor pediu. Vá (agora sua voz voltava a ser doce, mas de uma doçura cheia de resolução, uma doçura que não admitia réplicas), penitencie-se dos seus pecados, dedique-se aos fiéis da igreja em que trabalha e esqueça essas ideias comunistas, senão, teremos que tomar medidas mais sérias. O senhor pensa que Deus aprova o que está fazendo? Lembre-se que a sua inteligência é muito pequena, o senhor não pode penetrar nos desígnios de Deus...

Virou as costas ao padre e foi saindo. O padre José Pedro deu dois passos até ele, falou com voz estrangulada:

— Se tem um até que quer ser padre...

O cônego voltou-se:

— A entrevista está terminada, padre José Pedro. Pode se retirar e que Deus o ajude a pensar melhor...

Mas o padre ainda ficou parado uns minutos, querendo dizer alguma coisa. Mas não dizia nada, estava como que apatetado, olhando a porta por onde o cônego tinha saído. Naquele momento não podia pensar em nada. Estava cômico com a mão ainda estendida, o corpo meio caído para um lado, a batina suja e remendada, os olhos abertos, apavorados, os lábios tremendo como que querendo falar. As pesadas cortinas impediam que a luz entrasse na sala. O padre ainda se demorou na obscuridade.

Um comunista... Uma orquestra vagabunda, porém afinada, tocava uma velha valsa na rua:

Fiquei sem alegria, senhor meu Deus...

O padre José Pedro ia encostado à parede. O cônego dissera que ele não podia compreender os desígnios de Deus. Não tinha inteligência, estava falando igual a um comunista. Era aquela palavra que mais perseguia o padre. De todos os púlpitos todos os padres tinham falado contra aquela palavra. E agora ele... O cônego era muito inteligente, estava próximo de Deus pela inteligência, era-lhe fácil ouvir a voz de Deus. Ele estava errado, perdera aqueles dois anos de tanto trabalho. Pensara levar tantas crianças a Deus... Crianças extraviadas... Será que elas tinham culpa? Deixai vir a mim as criancinhas... Cristo... Era uma figura radiosa e moça. Os sacerdotes também disseram que ele era um revolucionário. Ele queria as crianças... Ai de quem faça mal a uma criança... A viúva Santos era uma protetora da Igreja... Será que ela também ouvia a voz de Deus? Dois anos perdidos... Fazia concessões, sim, fazia. Senão, como tratar com os Capitães da Areia? Não eram crianças iguais às outras... Sabiam tudo, até os segredos do sexo. Eram como homens, se bem fossem crianças... Não era possível tratá-los como aos meninos que vão ao colégio dos jesuítas fazer a primeira comunhão. Aqueles têm mãe, pai, irmãs, padres confessores e roupas e comida, têm tudo... Mas não seria ele quem podia dar lições ao cônego... O cônego sabia de tudo, era muito inteligente. Podia ouvir a voz de Deus... Estava próximo de Deus... Não foi dos alunos mais brilhantes... Tinha sido dos piores... Deus não ia falar a um padre ignorante... Ouvia João de Adão. Um comunista como João de Adão... Mas os comunistas são maus, querem acabar tudo... João de Adão era um homem bom... Um comunista... E Cristo? Não, não podia pensar que Cristo fosse um comunista... O cônego devia entender melhor que um pobre padre de batina suja... O cônego era inteligente e Deus é a suprema inteligência... Pirulito queria ser padre. Queria ser padre, sim, a sua vocação era verdadeira. Mas pecava todos os dias, roubava, assaltava. Não era culpa deles... Está falando como um comunista... Por que este vai num automóvel, fuma um charuto? Falando como um comunista. O cônego disse, será que Deus o perdoa?

O padre José Pedro vai encostado à parede. As últimas notas da orquestra distante chegam aos seus ouvidos. Os olhos do padre estão esbugalhados.

Sim, padre José Pedro, Deus às vezes fala aos mais ignorantes. Aos mais ignorantes... Ele era ignorante... Mas, Deus, ouvi... São uns pobres meninos... Que sabem eles do bem e do mal? Se ninguém nunca lhes ensinou nada? Nunca u'a mão de mãe nas suas cabeças. Uma palavra boa de um pai. Senhor, eles não sabem o que fazem... Por isso estive com eles, fiz como eles queriam muitas vezes...

O padre aperta as mãos, as eleva para o céu.

Será que um comunista age assim? Dar um pouco de conforto àquelas pequenas almas. Salvá-las, melhorar seus destinos... Antes dali só saíam ladrões, batedores de carteira, vigaristas, os melhores eram os malandros... A profissão mais digna... Queria que agora saíssem homens para o trabalho, honestos, dignos... Tinha que ir aos poucos... Do reformatório saíam piores... Não é com castigo brutal, Deus, ouvi... Lá o castigo é brutal... Só com paciência, com bondade... Cristo também pensava assim... Por que como um comunista?... Deus pode falar a um ignorante... Abandonar as crianças? A paróquia está perdida... Mãe velha que soluçará... E a carreira da irmã na escola normal? Também ela quer ensinar a crianças... Mas serão outras crianças, crianças com livros, com pai, com mãe... Não serão iguais a estas abandonadas na rua, dormindo sob a lua, nas pontes, nos trapiches... Não pode abandoná-las. Com quem estará Deus? Com o cônego ou com o pobre padre? A viúva... Não, Deus está com o padre... Está com o padre... Sou muito ignorante para ouvir a voz de Deus... (Se esconde na porta de uma igreja.) Mas por vezes Deus fala aos ignorantes... (Sai da porta da igreja, continua a caminhada encostado na parede.) Continuará, sim. Se estiver errado, Deus o perdoará... "As boas intenções não desculpam os maus atos." Mas Deus é a suprema bondade... Continuará... Os Capitães da Areia talvez não deem só ladrões... E não seria uma grande alegria para Cristo?... Sim, Cristo sorri. É uma figura radiosa. Sorri para o padre José Pedro. Obrigado, meu Deus, obrigado.

O padre ajoelha na rua, levanta as mãos para o céu. Mas olha a gente que sorri. Se põe de pé espantado, salta num bonde cheio de vergonha.

Um homem comenta:

— Olha um padre bêbado. Que descarado...

Todos riem no ponto de bondes.

Boa-Vida meteu a unha negra, rasgou a bolha. Depois espiou o braço: estava cheio. Por isso sentia tanto calor, um amolecimento no corpo. Era a febre da bexiga. A cidade pobre estava assolada de bexiga. Os médicos diziam que a epidemia já estava declinando, mas ainda assim eram muitos os casos, todos os dias ia gente para o lazareto. Gente que não voltava, pensou Boa-Vida. Até Almiro, por cuja causa se armara tão grande barulho no trapiche, fora para o lazareto. E não voltara... Era um menino bonito. Havia quem dissesse que ele e Barandão... Mas não era ruim, não aborrecia ninguém. Sem-Pernas armara um escândalo. Depois que soubera que ele morrera ficara ainda mais retraído, parecia o culpado da morte de Almiro. Não conversava com ninguém. Só com o cachorro que arranjara.

— Acaba doido... — pensou Boa-Vida.

Acendeu um cigarro. Andou para o trapiche. Só o Professor estava. Àquelas horas da tarde era difícil que estivesse alguém no trapiche. Professor viu quando ele entrou:

— Passa um cigarro, Boa-Vida.

Boa-Vida jogou um. Chegou no seu canto, fez uma trouxa com seus trapos. Professor ficou espiando aquele movimento:

— Tu vai embora?

Boa-Vida andou até ele com a trouxa debaixo do braço:

— Tu não diz a ninguém... Só a Bala...

— Pra onde tu vai?

O mulato riu:

— Pro lazareto...

Professor olhou os braços cheios de bolhas, o peito.

— Tu não vai, Boa-Vida...

— Por quê, mano?

— Tu sabe... É buraco na certa...

— Tu pensa que eu vou ficar aqui pra pegar nos outros?

— A gente trata de tu...

— Morria tudo. Almiro tinha casa, tá certo. Eu não tenho ninguém.

Professor calou-se. Queria dizer muita coisa. O mulato estava na sua frente, a trouxa debaixo do braço cheio de bolha de bexiga. Boa-Vida falou:

— Tu diz a Pedro Bala. Os outros não precisa.

Professor só soube dizer:

— Tu vai mesmo?

Boa-Vida fez que sim, saíram do trapiche. Boa-Vida olhou a cidade, fez um gesto com a mão. Era como um adeus. Boa-Vida era malandro e ninguém ama sua cidade como os malandros. Olhou o Professor:

— Quando tu fizer meu retrato... Tu ainda vai fazer?

— Vou, Boa-Vida... (Vontade de dizer palavras carinhosas como a um irmão.)

— Não me faz cheio de bexiga, não...

Seu vulto desapareceu no areal. Professor ficou com as palavras presas, um nó na garganta. Mas também achava bonito Boa-Vida andar assim para a morte para não contaminar os outros. Os homens assim são os que têm uma estrela no lugar do coração. E quando morrem o coração fica no céu, diz o Querido-de-Deus. Boa-Vida era um menino, não era um homem. Mas já tinha uma estrela no lugar do coração. Já desapareceu o seu vulto. E então a certeza de que não mais verá seu amigo encheu o coração do Professor. A certeza de que o outro ia para a morte.

Nas macumbas em honra de Omolu, o povo negro, castigado com a bexiga, cantava:

Cambono,
azuela engoma!
Quero vê couro zoá!
Omolu vai pro sertão
Bexiga vai espalhá.

Omolu espalhara a bexiga na cidade. Era uma vingança contra a cidade dos ricos. Mas os ricos tinham a vacina, que sabia Omolu de vacinas? Era um pobre deus das florestas d'África. Um deus dos negros pobres. Que podia saber de vacinas? Então a bexiga desceu e assolou o povo de Omolu. Tudo que Omolu pôde fazer foi transformar a bexiga de negra em alastrim, bexiga branca e tola. Assim mesmo morrera negro, morrera pobre. Mas Omolu dizia que não fora o alastrim que matara. Fora o lazareto. Omolu só queria com o alastrim marcar seus filhinhos negros. O lazareto é que os matava. Mas as macumbas pediam que ele levasse a bexiga da cidade, levasse para os ricos latifundiários do sertão. Eles tinham dinheiro, léguas e léguas de terra, mas não sabiam tampouco da vacina. O Omolu diz que vai pro sertão. E os negros, os ogãs, as filhas e pais-de-santo cantam:

Ele é mesmo nosso pai
e é quem pode nos ajudar...

Omolu promete ir. Mas para que seus filhos negros não o esqueçam avisa no seu cântico de despedida:

Ora, adeus, ó meus filhinhos,
Qu'eu vou e torno a vortá...

E numa noite que os atabaques batiam nas macumbas, numa noite de mistério da Bahia, Omolu pulou na máquina da Leste Brasileira e foi para o sertão de Juazeiro. A bexiga foi com ele.

Boa-Vida voltou magro, a roupa dançando no seu corpo. A cara agora estava toda picada. Os outros o olharam ainda com receio quando naquela noite ele entrou no trapiche. Mas Professor andou logo para ele:

— Ficou bom, mulato?

Boa-Vida sorriu. Vinham apertar a mão dele, Pedro Bala lhe deu um abraço:

— Mulato bom. Mulato batuta.

Até Sem-Pernas veio, João Grande ficou junto de Boa-Vida. O mulato olhou os amigos. Pediu um cigarro. Sua mão estava descarnada, o rosto ossudo. Ficou calado, olhando com amor o velho trapiche, os meninos, o cachorro que estava deitado no colo do Sem-Pernas. Então João Grande perguntou:

— Como era o lazareto?

Boa-Vida se voltou rápido. Seu rosto tomou uma expressão amarga de desgosto. Demorou um pouco a responder. Depois as palavras saíram com dificuldade:

— Ninguém sabe dizer, não. É uma coisa por demais... Uma nojeira. A gente quando entra é igual um que entra no caixão...

Olhou os outros, que estavam suspensos das suas palavras. Sua voz era amarga:

— Igual que entrasse pro caixão pra ir pro cemitério... Igual...

Não achou mais que dizer. Sem-Pernas perguntou entre dentes:

— Que mais?

— Nada. Nada. Não sei, não... Por Deus, não pergunte... — baixou a cabeça, que balançava para todos os lados. Sua voz saiu muito baixa, como que ainda amedrontada: — É mesmo que ir pro cemitério. Tudo já está morto.

Olhou como se pedisse que não lhe perguntassem mais nada. João Grande disse para os outros:

— A gente não devia perguntar nada...

Boa-Vida apoiou com um gesto da mão. Disse baixinho:

— Nada... É ruim demais...

Professor olhou o peito de Boa-Vida. Estava todo picado da varíola. Mas no lugar do coração Professor viu uma estrela.

Uma estrela no lugar do coração.

DESTINO

OCUPARAM A MESA DO CANTO. O GATO PUXOU o baralho. Mas nem Pedro Bala, nem João Grande, nem Professor, tampouco Boa-Vida se interessaram. Esperavam o Querido-de-Deus na Porta do Mar. As mesas estavam cheias. Muito tempo a Porta do Mar andara sem fregueses. A varíola não deixava. Agora que ela tinha ido embora, os homens comentavam as mortes. Alguém falou no lazareto. "É uma desgraça ser pobre", disse um marítimo.

Numa mesa pediram cachaça. Houve um movimento de copos no balcão. Um velho então disse:

— Ninguém pode mudar o destino. É coisa feita lá em cima — apontava o céu.

Mas João de Adão falou de outra mesa:

— Um dia a gente muda o destino dos pobres...

Pedro Bala levantou a cabeça, Professor ouviu sorridente. Mas João Grande e Boa-Vida pareciam apoiar as palavras do velho, que repetiu:

— Ninguém pode mudar, não. Está escrito lá em cima.

— Um dia a gente muda... — disse Pedro Bala, e todos olharam para o menino.

— Que é que tu sabe, frangote? — perguntou o velho.

— É filho do Loiro, fala a voz do pai — respondeu João de Adão olhando com respeito. — O pai morreu pra mudar o destino da gente.

Olhou para todos. O velho calou e também olhava com respeito. A confiança foi de novo chegando para todos. Lá fora um violão começou a tocar.

NOITE DA GRANDE PAZ, DA GRANDE PAZ DOS TEUS OLHOS

FILHA DE BEXIGUENTO

A MÚSICA JÁ RECOMEÇARA NO MORRO. Os malandros voltavam a tocar violão, a cantar modinhas, a inventar sambas que depois vendiam aos sambistas célebres da cidade. Na venda de Deoclécio novamente ficava um grupo todas as tardes. Durante algum tempo tudo cessara no morro para dar lugar ao choro e lamentações das mulheres e crianças. Os homens passavam de cabeça baixa para as suas casas ou para o trabalho. E os caixões negros de adultos, os caixões brancos de virgens, os pequenos caixões de crianças desciam as ásperas ladeiras do morro para o cemitério distante. Isso quando não eram sacos que desciam com os variolosos ainda vivos que eram levados para o lazareto. A família chorava como choraria a um morto, pela certeza de que eles não voltariam jamais. Nem a música de um violão. Nem a voz cheia de um negro cortava então a tristeza do morro. Só a reza das sentinelas, o choro convulsivo das mulheres.

Assim estava o morro quando Estêvão foi levado para o lazareto. Não voltou, certa tarde Margarida soube que ele morrera por lá. Nesta tarde ela já estava com febre. Mas o alastrim parecia ser dos mais mansos no corpo da lavadeira e ela escondeu de todos a notícia, conseguiu não ser metida num saco. Aos poucos foi melhorando. Os dois filhos andavam pela casa, fazendo o que ela mandava. Zé Fuinha era um bocado inútil, ainda não sabia fazer nada, com seus seis anos. Mas Dora tinha treze para catorze anos, os seios já haviam começado a surgir sob o vestido, parecia uma mulherzinha, muito séria, a buscar os remédios para a mãe, a tratar dela. Margarida melhorou quando já os violões recomeçavam a tocar no morro, porque a epidemia de varíola tinha se acabado. A música voltou a dominar as noites do morro e Margarida, se bem ainda não estivesse completamente boa, foi à casa de algumas de suas freguesas em busca de roupa. Voltou com a trouxa nas costas, se atirou para a fonte. Trabalhou o dia todo, sob o sol e a chuva que caiu pela tarde. No outro dia não voltou ao trabalho porque recaiu do alastrim e a recaída é sempre terrível. Dois dias depois descia do morro o último caixão feito pela varíola. Dora não soluçava. Corriam as lágrimas pelo seu rosto, mas enquanto o caixão descia ela pensava era em Zé Fuinha, que pedia o que comer. O irmãozinho chorava de dor e de fome. Era muito menino para compreender que tinha ficado sem ninguém na imensidão da cidade.

Os vizinhos deram jantar aos órfãos nesta tarde. No outro dia pela manhã o árabe que era dono dos barracões do morro mandou derramar álcool no de Margarida para desinfetar. E logo o alugou, pois era um barracão bem situado, bem no alto da ladeira. E enquanto os vizinhos discutiam o problema dos órfãos, Dora tomou o irmão pela mão e desceu para a cidade. Não se despediu de ninguém, era como uma fuga. Zé Fuinha ia sem saber para onde, arrastado pela irmã. Dora marchava tranquila. Na cidade havia de encontrar quem lhes desse de comer, quem pelo menos tomasse conta de seu irmão. Ela arranjaria um emprego de copeira numa casa. Ainda era uma menina, mas havia muitas casas que preferiam mesmo uma menina porque o ordenado era menor. Sua mãe certa vez falara em a empregar de copeira na casa de uma freguesa. Dora sabia onde era e se dirigiu para lá. O morro, a música dos violões, o samba que um negro cantava ficaram para trás. Os pés descalços de Dora se queimam no asfalto ardente. Zé Fuinha vai alegre, vendo a cidade para ele desconhecida, os bondes que passam repletos, as marinetes que buzinam, a multidão que corta as ruas. Dora fora com Margarida certa vez à casa desta freguesa. É na Barra, elas tinham ido num bonde bagageiro, levando a trouxa de roupa lavada. A dona da casa fizera festa a Dora, perguntara se ela queria vir trabalhar ali. Margarida ficara de trazê-la quando ela estivesse mais crescida. Era para lá que Dora pensava ir. E perguntando a um e a outro tomou o caminho da Barra. A caminhada era grande, o sol no asfalto queimava seus pés sem sapato. Zé Fuinha começou a pedir de comer e a se queixar do cansaço. Dora o acalentou com promessas e seguiram. Mas no Campo Grande Zé Fuinha não pôde mais. A caminhada era demasiada para ele, para os seus seis anos. Então Dora entrou numa padaria, trocou os únicos quinhentos réis que possuía, comprou dois pães dormidos, deixou Zé Fuinha sentado num banco com os pães:

— Tu come e me espera, tá ouvindo? Eu vou ali, volto já. Mas não vá sair daqui, senão você se perde...

Zé Fuinha prometeu com uma cara muito séria, dando dentadas nos pães duros. Ela o beijou e seguiu.

O guarda que a informou olhou para os seus seios que nasciam. O cabelo loiro dela, maltratado, voava com o vento. Sentia queimaduras nas solas dos pés e um cansaço no corpo todo. Mas seguiu. O número era 611. Quando chegou ao 53 parou um pouco para descansar e pensar o que diria à dona da casa. Depois retomou a caminhada. Agora a fome ajudava a magoar seu corpo, a fome terrível das crianças de treze anos, uma fome que exige comida imediatamente. Dora tinha vontade de chorar, de se deixar cair na rua, sob o sol, e não fazer movimentos. Uma saudade dos pais mortos a invadiu. Mas reagiu contra tudo e continuou.

O 611 era uma casa grande, quase um palacete, com árvores na frente. Numa mangueira, um balanço onde uma menina da idade de Dora se divertia. Um rapazote dos seus dezessete anos a balançava e riam os dois. Eram os filhos do dono da casa. Dora ficou a olhá-los com inveja uns minutos. Depois tocou a campainha. O rapaz olhou, mas continuou a balançar a irmã. Dora tocou novamente, a empregada veio. Ela explicou que queria falar com dona Laura, a patroa. A empregada a olhou com desconfiança. Mas o rapazola deixou de balançar a irmã e andou até o portão. Espiava os seios mal nascidos de Dora, os pedaços de coxas que apareciam sob o vestido. Perguntou:

— O que é que você quer?

— Eu queria falar com dona Laura. Sou filha de Margarida, que foi lavadeira dela... Não vê que ela morreu...

O rapaz não despregava os olhos dos seios de Dora. Era bonita a menina, de olhos grandes, cabelo muito loiro, neta de italiano com uma mulata. Margarida dizia que ela puxara ao avô, que também tinha cabelos muito loiros e um bigodão bem tratado. Dora baixou os olhos porque o rapaz não tirava os dele dos seus peitos. Ele também se desconcertou, falou para a empregada:

— Vá chamar mamãe...

— Sim, senhor.

O rapaz puxou um cigarro, acendeu. Jogou a fumaça para cima, estendendo o beiço, deu mais uma espiada para os peitos de Dora:

— Você está procurando emprego?

— Tou, sim senhor.

O vento levantou um pouco o vestido dela. Ele teve pensamentos canalhas ao ver o pedaço de coxa. Já se sonhava na cama, Dora trazendo o café pela manhã, a safadeza que se seguiria.

— Vou ver se mamãe arranja um lugar pra você...

Ela agradeceu. Mas estava um pouco assustada, se bem lhe escapasse muito da malícia dos olhares dele. Dona Laura chegou, os cabelos grisalhos, a filha atrás dela, espiando Dora com olhos compridos. Era sardenta, mas tinha certa graça.

Dora contou que a mãe tinha morrido:

— A senhora tinha me prometido um emprego...

— De que foi que Margarida morreu?

— De bexiga, sim senhora.

Dora não sabia que dizendo aquilo tinha perdido a possibilidade do emprego.

— De varíola?

A mocinha se afastou receosa. Até o rapaz se desviou um pouco, pensou nos seios pequenos de Dora marcados de varíola. Cuspiu com nojo. Dona Laura tomou um tom triste:

— É que já tomei outra empregada. Agora não tenho necessidade...

Dora pensou em Zé Fuinha:

— A senhora não tem precisão de um menino pequeno pra fazer compra, recados, estas coisas? É meu irmão...

— Não, minha filha, não tenho.

— Não sabe de ninguém?

— Não. Se soubesse recomendaria você...

Queria acabar a conversa. Voltou-se para o filho:

— Você tem dois mil-réis aí, Emanuel?

— Pra quê, mamãe?

— Me dê.

O rapaz deu, ela pôs em cima da grade. Tinha medo de tocar em Dora, queria que fosse dali, antes de contagiar a casa.

— Leve isso para você. Que Deus lhe ajude...

Dora voltou a descer a rua. O rapaz ainda espiou as nádegas que apareciam redondas sob o vestido apertado. Mas a voz de dona Laura o interrompeu. Ela falava para a empregada:

— Dos Reis, passe um pano com álcool no portão, onde esta menina pegou. Não é bom brincar com varíola...

O rapaz voltou a balançar a irmã sob as mangueiras. Mas de vez em quando suspirava para si mesmo: "Tinha uns peitos muito bons...".

Zé Fuinha não estava no banco. Dora levou um susto. Era capaz que o irmão tivesse saído andando pela cidade e se perdesse. E como ela o iria encontrar, ela que tão pouco conhecia a cidade? Demais um grande cansaço a invadia, um desânimo, saudade da mãe morta, vontade de chorar. Os pés doíam e ela tinha fome. Pensou em comprar pão (agora possuía dois mil e quatrocentos), mas em vez disto saiu em busca do irmão. Foi encontrá-lo embaixo das árvores do jardim comendo "ameixas" verdes. Dora deu-lhe uma pancada na mão:

— Tu não sabe que isso faz dor de barriga?

— Tou com fome...

Ela comprou pão, comeram. A tarde toda foi uma caminhada de um lado para outro à procura de emprego. Em todas as casas diziam que não, o medo da varíola era maior que qualquer bondade. No começo da noite Zé Fuinha não se aguentava mais de cansado. Dora estava triste e pensava em voltar ao morro. Ia ser uma carga para os vizinhos pobres. Não queria voltar. Do morro sua mãe tinha saído num caixão, seu pai metido num saco. Mais uma vez deixou Zé Fuinha sozinho num jardim para ir comprar o que comer numa padaria, antes que fechasse. Gastou os últimos níqueis. As luzes se acenderam e ela achou a princípio muito bonito. Mas logo depois sentiu que a cidade era sua inimiga, que apenas queimara os seus pés e a cansara. Aquelas casas bonitas não a quiseram. Voltou curvada, afastando com as costas das mãos as lágrimas. E novamente não encontrou Zé Fuinha. Depois de andar em volta do jardim foi dar com o irmão, que espiava um jogo de gude entre dois garotos: um negro forte e um magrelo branco. Dora sentou num banco, chamou o irmão. Os garotos que jogavam se levantaram também. Ela desembrulhou os pães, deu um a Zé Fuinha. Os garotos a olhavam. O preto estava com fome, ela bem viu. Ofereceu do pão a eles. Ficaram os quatro comendo o pão dormido (era mais barato) em silêncio. Quando terminaram, o preto bateu as mãos uma na outra, falou:

— Teu irmão disse que a mãe de você morreu de bexiga...

— Papai também...

— Lá também morreu um...

— Teu pai?

— Não. Foi Almiro, um do grupo.

O branco magrelo, que tinha estado calado, perguntou:

— Você arranjou onde trabalhar?

— Ninguém quer filha de bexiguento...

Agora chorava. Zé Fuinha brincava no chão com as bolas que os outros tinham deixado perto das árvores. O preto coçava a cabeça. O magrelo olhou para ele, depois para Dora:

— Tu tem onde dormir?

— Não.

O magrelo falou para o negro:

— A gente leva ela pro trapiche...

— Uma menina... O que é que Bala vai dizer?

— Tá chorando — disse o magrelo em voz muito baixa.

O negro olhou. Evidentemente estava atarantado. O branco coçou o pescoço, espantando uma mosca. Botou a mão no ombro de Dora muito devagarinho, como se tivesse medo de a tocar:

— Vem com a gente. A gente dorme num trapiche...

O preto fez esforço para sorrir:

— Não é um palacete, mas é melhor que a rua...

Andaram. João Grande e Professor iam na frente. Ambos tinham vontade de conversar com Dora, mas nenhum sabia o que dizer, não tinham se visto ainda num apuro assim. A luz das lâmpadas batia nos cabelos loiros dela. O preto disse:

— É uma lindeza.

— Batuta — fez Professor.

Mas não olhavam nem os seios, nem as coxas. Olhavam o cabelo loiro batido pela luz das lâmpadas elétricas.

No areal Zé Fuinha não pôde mais ir andando. O negro João Grande pegou a criança (apesar de ser também criança...) e a botou nas costas. Professor ia junto de Dora, mas estavam calados na noite.

Entraram no trapiche meio desconfiados. João Grande arriou Zé Fuinha no chão, ficou parado, esperando que o Professor e Dora entrassem. Foram todos para o canto do Professor, que acendeu a vela. Os outros espiavam para o canto com surpresa. O cachorro do Sem-Pernas latiu.

— Gente nova... — murmurou o Gato, que ia sair.

Gato andou até onde eles estavam:

— Quem é, Professor?

— A mãe e o pai morreu de bexiga. Tavam na rua, sem ter onde dormir.

Gato olhou para Dora ensaiando seu melhor sorriso. Fez uma espécie de saudação (tinha visto num cinema um galã fazendo) com o corpo, ensaiou uma frase que tinha ouvido certa vez:

— Boas-vindas, madame...

Não se lembrou do resto, ficou meio encabulado, foi embora ver Dalva. Mas os demais já se aproximavam. Sem-Pernas e Boa-Vida vinham na frente. Dora olhava assustada. Zé Fuinha dormia de cansaço. João Grande se pôs na frente de Dora. A luz da vela iluminava o cabelo loiro da menina, de quando em vez pousava nos seios. Professor se levantou, encostou-se na parede. Agora a lua aparecia pelos buracos do teto.

Boa-Vida estava diante deles. Sem-Pernas vinha coxeando, e os outros logo atrás, os olhos estirados para Dora. Boa-Vida falou:

— Quem é essa lasca?

Professor se adiantou:

— Tava com fome. Ela e o irmão. A bexiga matou o pai e a mãe...

Boa-Vida riu um riso largo. Empinou o corpo:

— É um peixão...

Sem-Pernas riu seu riso burlão, apontou os outros:

— Tá tudo como urubu em cima da carniça...

Dora se chegou para junto de Zé Fuinha, que acordara e tremia de medo. Uma voz disse entre os meninos:

— Professor, tu tá pensando que a comida é só pra tu e pra João Grande? Deixa pra nós também...

Outro gritou:

— Já tou com o ferro em brasa...

Muitos riram. Um se adiantou, mostrou o sexo a João Grande:

— Vê como a bichinha está, Grande. Doidinha...

João Grande se pôs na frente de Dora. Não dizia nada, mas puxou o punhal. Sem-Pernas gritou:

— Tu assim não arranja nada. Ela tem que ser pra todos.

Professor replicou:

— Não tão vendo que é uma menina...

— Já tem peito! — gritou uma voz.

Volta Seca saiu de entre o grupo. Trazia os olhos muito excitados, um riso no rosto sombrio:

— Lampião também não respeita cara. Dá ela pra gente, Grande...

Sabiam que Professor era fraco, não aguentava pancada. Estavam doidamente excitados, mas ainda temiam João Grande, que segurava o punhal. Volta Seca se via como no meio do grupo de Lampião, pronto para deflorar junto com todos uma filha de fazendeiro. A vela iluminava os cabelos loiros de Dora. Ia um pavor pelo rosto dela.

João Grande não dizia nada, mas segurava o punhal na mão. Professor abriu a navalha, ficou junto dele. Então Volta Seca também puxou do punhal, começou a avançar. Os outros vinham por detrás dele, o cachorro latia. Boa-Vida falou mais uma vez:

— Desaparta, Grande. É melhor...

Professor pensava que, se o Gato estivesse ali, estaria do lado deles, porque o Gato já tinha mulher. Mas o Gato já tinha saído.

Dora via o grupo avançar. O medo foi vencendo o desânimo e o cansaço em que estava. Zé Fuinha chorava. Dora não tirava os olhos de Volta Seca. A cara sombria do mulato estava aberta em desejo, um riso nervoso a sacudia. Viu também os sinais da varíola no rosto de Boa-Vida quando este passou em frente da vela, e então se lembrou da mãe morta. Um soluço a sacudiu e deteve um momento os meninos. Professor disse:

— Não vê que ela tá chorando.

Eles pararam um momento. Mas Volta Seca falou:

— E nós com isso? A babaca é a mesma...

Continuaram avançando. Iam vagarosamente, os olhos fixos ora em Dora, ora no punhal que João Grande tinha na mão. De repente se apressaram, chegaram muito mais perto. João Grande falou pela primeira vez:

— Furo o primeiro...

Boa-Vida riu, Volta Seca manejou o punhal. Zé Fuinha chorava, Dora o olhou com os olhos apavorados. Se abraçou nele, viu João Grande derrubar Boa-Vida. A voz de Pedro Bala, que entrava, fez com que parassem:

— Que diabo é isso?

Professor levantou-se. Volta Seca o soltou, já o havia cortado no braço. Boa-Vida ficou deitado como estava, um talho no rosto. João Grande continuou em guarda na frente de Dora. Pedro Bala se adiantou:

— Que é isso?

Boa-Vida falou do chão mesmo:

— Estes frescos arranjaram uma comida e quer que seja para eles só. A gente também tem direito...

— Também. Eu pelo menos quero trepar hoje... — esganiçou Sem-Pernas.

Pedro Bala olhou para Dora. Viu os peitos, o cabelo loiro.

— Tão com o direito... — falou. — Arreda, João Grande.

O negro olhou Pedro Bala espantado. O grupo avançava novamente, agora chefiado por Pedro Bala. João Grande estendeu os braços, gritou:

— Bala, eu como o primeiro que chegar aqui.

Pedro Bala adiantou mais um passo:

— Sai, Grande.

— Tu não tá vendo que é uma menina? Tu não tá vendo?

Pedro Bala parou, o grupo parou atrás dele. Agora Pedro Bala olhava Dora com outros olhos. Via o terror no rosto dela, as lágrimas que caíam dos olhos. Ouviu o choro de Zé Fuinha. João Grande falava:

— Eu sempre tive contigo, Bala. Sou teu amigo, mas ela é uma menina, fui eu e Professor que trouxe ela. Eu sou teu amigo, mas se tu vier eu te mato. É uma menina, ninguém faz mal a ela...

— A gente te derruba e depois... — disse Volta Seca.

— Cala a boca — gritou Pedro Bala.

João Grande continuou:

— O pai dela, a mãe dela morreu de bexiga. A gente encontrou ela, não tinha onde dormir, a gente trouxe ela. Não é uma puta, é uma menina, não vê que é uma menina? Ninguém toca nela, Bala.

Pedro Bala disse baixinho:

— É uma menina...

Pulou para o lado de João Grande e de Professor.

— Tu é um negro bom. Tu tá com o direito... — Voltou-se para os outros. — Quem quiser vir, venha...

— Tu não pode fazer isso, Bala... — e Boa-Vida passava a mão no talho. — Tu agora quer comer ela só com o Grande e Professor...

— Juro que não quero comer ela, nem eles quer. É uma menina. Mas ninguém toca nela. Quem quiser que venha...

Os menores e mais medrosos foram se afastando. Boa-Vida se levantou, foi para seu canto, limpando o sangue. Volta Seca falou para Pedro Bala devagar:

— Eu não vou não é de medo. É que tu disse que é uma menina.

Pedro Bala se aproximou de Dora:

— Tem medo, não. Ninguém toca em você.

Ela saiu do seu canto, arrancou um pedaço da fralda, começou a ver a ferida do Professor. Depois marchou para onde estava Boa-Vida (que se encolheu todo), molhou a ferida do malandro, botou um pano em cima. Todo o temor, todo o cansaço tinham desaparecido. Porque confiava em Pedro Bala. Depois perguntou a Volta Seca:

— Também tá ferido?

— Não... — fez o mulato sem compreender. E fugiu para seu canto. Parecia ter medo de Dora.

Sem-Pernas espiava. O cachorro saiu do colo dele, veio lamber os pés de Dora. Ela o acarinhou, perguntou ao Sem-Pernas:

— É teu?

— É, sim. Mas pode ficar com ele.

Ela sorriu. Pedro Bala andou ao léu no trapiche. Depois disse para todos:

— Amanhã ela vai embora. Não quero menina aqui.

— Não — disse Dora. — Eu fico, ajudo vocês... Eu sei cozinhar, coser, lavar roupa.

— Por mim pode ficar — falou Volta Seca.

Dora olhou Pedro Bala:

— Tu disse que ninguém me fazia mal?...

Pedro Bala olhou os cabelos loiros. A lua entrava pelo trapiche.

DORA, MÃE

O GATO VEIO GINGANDO O CORPO NAQUELE seu caminhar característico. Andara procurando enfiar a linha na agulha uma imensidade de tempo. Dora fizera Zé Fuinha dormir, agora se preparava para ouvir Professor ler aquela história tão bonita que estava no livro de capa azul. O Gato veio gingando o corpo, se aproximou devagar:

— Dora...

— Que é, Gato?

— Tu quer fazer uma coisa?

Mirava a agulha e a linha que tinha na mão. Parecia estar diante de um problema grave. Não sabia como se arranjar. Professor parou a leitura, Gato mudou de conversa:

— Tu ainda fica cego de tanto lê, Professor... Se ainda fosse luz elétrica... — olhou Dora sem se resolver.

— Que é, Gato?

— Esse diabo desta linha... Nunca vi coisa mais difícil. Meter isso no rabo desta agulha...

— Dê cá...

Enfiou a linha, deu um nó numa das pontas. Gato disse para Professor:

— Só mulher é que sabe fazer esse troço...

Estendeu a mão para receber a agulha, mas Dora não entregou. Perguntou o que é que Gato tinha que coser. Gato mostrou o paletó roto no bolso. Era aquela roupa de casimira que fora do Sem-Pernas quando ele andara feito menino rico numa casa da Graça:

— É uma roupa porreta! — fez o Gato.

— Boa mesmo — apoiou Dora. — Tira o casaco.

Professor e Gato ficaram vendo ela coser. Em verdade não era uma maravilha de costura, mas eles nunca tinham tido ninguém que remendasse suas roupas. E somente Gato e Pirulito tinham costume de remendar eles mesmos as suas. Gato porque era metido a elegante e tinha uma amante, Pirulito porque gostava de andar limpo. Os outros deixavam que os farrapos que arranjavam se esfarrapassem ainda mais, até se tornarem trapos inúteis. Então mendigavam ou furtavam outra calça e outro paletó. Dora acabou o serviço:

— Tem mais?

Gato alisou o cabelo cheio de brilhantina:

— As costas da camisa...

Virou-se. A camisa estava rasgada de cima a baixo. Dora mandou que ele sentasse, começou a coser no corpo dele mesmo. Quando os dedos dela tocaram pela primeira vez nas costas de Gato, ele sentiu um arrepio. Como quando Dalva passava as unhas crescidas e tratadas, arranhando suas costas e dizendo:

— A gatinha arranha o gatinho...

Mas Dalva não cosia suas roupas, talvez nem soubesse enfiar uma linha no fundo de uma agulha. Gostava era de se bater com ele na cama, arranhar suas costas, mas de propósito, pra o arrepiar e o excitar, para que o amor se fizesse ainda melhor. E Dora, não. Não era de propósito. A mão dela (unhas maltratadas e sujas, roídas a dente) não queria excitar, nem arrepiar. Passava como a mão de uma mãe que remendava camisas do filho. A mãe do Gato morrera cedo. Era uma mulher frágil e bonita. Também tinha as mãos maltratadas, que esposa de operário não tem manicura. E era dela também aquele gesto de remendar as camisas de Gato, mesmo nas costas de Gato. A mão de Dora o toca de novo. Agora a sensação é diferente. Não é mais um arrepio de desejo. É aquela sensação de carinho bom, de segurança que lhe davam as mãos de sua mãe. Dora está por detrás dele, ele não vê. Imagina então que é sua mãe que voltou. Gato está pequenino de novo, vestido com um camisolão de bulgariana e nas brincadeiras pelas ladeiras do morro o rompe todo. E sua mãe vem, faz com que ele se sente na sua frente e suas mãos ágeis manejam a agulha, de quando em vez o tocam e lhe dão aquela sensação de felicidade absoluta. Nenhum desejo. Somente felicidade. Ela voltou, remenda as camisas do Gato. Uma vontade de deitar no colo de Dora e deixar que ela cante para ele dormir, como quando era pequenino. Se recorda que ainda é uma criança. Mas só na idade, porque no mais é igual a um homem, furtando para viver, dormindo todas as noites com uma mulher da vida, tomando dinheiro dela. Mas nesta noite é totalmente criança, esquece Dalva, suas mãos que o arranham, lábios que prendem os seus em beijos longos, sexo que o absorve. Esquece sua vida de pequeno batedor de carteiras, de dono de um baralho marcado, jogador desonesto. Esquece tudo, é apenas um menino de catorze anos com uma mãezinha que remenda suas camisas. Vontade de que ela cante para ele dormir... Uma daquelas cantigas de ninar que falam em bicho-papão. Dora morde a linha, se inclina para ele. Os cabelos loiros dela tocam no ombro do Gato. Mas ele não tem outro desejo senão que ela continue a ser sua mãezinha. Sua felicidade naquele momento é quase absurda. É como se não houvesse existido toda a sua vida depois da morte da sua mãe. É como se tivesse se conservado uma criança igual a todas. Porque nesta noite sua mãe voltou. Por isso a inconsciente carícia dos cabelos loiros de Dora não excita seu desejo. Mas aumenta sua felicidade. E a voz dela que diz: "Tá pronto, Gato", soa aos seus ouvidos direitinho a voz doce e musical de sua mãe que cantava, a cabeça do Gato recostada no seu colo, cantigas de ninar.

Levanta, olha Dora com olhos agradecidos:

— Você é a mãezinha da gente, agora... — mas fica encabulado do que diz, pensa que Dora não compreenderá mesmo porque ela está rindo com seu rosto sério de quase mulherzinha. Mas Professor compreende, e Gato, na frente de Dora, falando numa voz feliz, mas sem desejo, chamando-a de mãe, e ela sorrindo com seu ar maternal de quase mulherzinha, fica gravado na cabeça de Professor como um quadro.

Gato joga o paletó nas costas e sai com seu passo gingado. Sente que há qualquer coisa de novo no trapiche: eles encontraram mãe, carinho e cuidados de mãe. Dalva o estranha nesta noite:

— Que foi que Gatinho teve? Que foi?

Mas ele guarda seu segredo. É uma coisa tão grande demais encontrar na terra uma mãe que já morreu. Dalva não o entenderia.

*

Quando Professor estava começando a história, João Grande chegou e sentou-se ao lado deles. A noite era chuvosa. Na história que Professor lia, a noite era chuvosa também e o navio estava em grande perigo. Os marinheiros apanhavam de chicote, o capitão era um malvado. O barco a vela parecia soçobrar a cada momento, o chicote dos oficiais caía sobre as costas nuas dos marinheiros. João Grande tinha uma expressão de dor no rosto. Volta Seca chegou com um jornal, mas não interrompeu a história, ficou ouvindo. Agora o marinheiro John apanhava chibatadas porque escorregara e caíra no meio do temporal. Volta Seca interrompeu:

— Se Lampião tivesse aí, já tinha comido esse capitão no fuzil...

Foi o que fez o marinheiro James, um homenzarrão. Se atirou em cima do capitão, a revolta estalou no buque. Lá fora chovia. Chovia na história também, era a história de um temporal e de uma revolta. Um dos oficiais ficou do lado dos marinheiros.

— É do balacobaco... — disse João Grande.

Amavam o heroísmo. Volta Seca espiou Dora. Os olhos dela brilhavam, ela amava o heroísmo também. Isso agradou ao sertanejo. Depois o marinheiro James sustentou uma luta feroz. Volta Seca assoviou como um passarinho de tanto contentamento. Dora riu também, satisfeita. Riram os dois juntos, logo foi uma gargalhada dos quatro, como era costume dos Capitães da Areia. Gargalharam alguns minutos, outros se aproximaram, a tempo de ouvir o resto da história. Olhavam o rosto sério de Dora, rosto de uma quase mulherzinha que os fitava com carinho de mãe. Sorriam e, quando o marinheiro James jogou o capitão do navio num barco salva-vidas e o chamou de "cobra sem veneno", eles todos gargalharam junto com Dora, e a olharam com amor. Como crianças olham a mãe muito amada. Quando a história acabou, eles voltaram para os seus cantos entre comentários:

— Porreta...

— Macho bamba...

— Também era um prensa...

— O capitão fez uma cara, hein?

Volta Seca espichou o jornal para Professor. Dora olhou o mulato, ele sorriu meio confuso:

— É que traz notícias de Lampião... — seu rosto sombrio clareava. — Tu sabe que Lampião é meu padrim?

— Padrinho?

— Pois é... Foi minha mãe que tomou, porque Lampião é um macho de verdade, não respeita cara... Minha mãe era uma mulher valente, uma mulher capaz de aguentar um fuzil. Um dia fez correr dois soldados que se fizeram de besta. Era um mulherão... Valia um homem.

Dora ouvia encantada. Seu rosto sério fitava com a maior simpatia o rosto sombrio do mulato. Volta Seca ficou calado, mas num jeito de quem queria dizer alguma coisa. Por fim falou:

— Tu também é valente... Sabe? Minha mãe era um mulherão destas grandes. Era mulata, não tinha cabelo loiro, tinha uma carapinha danada... Não era mais menina também, podia ser tua avó... Mas tu parece com ela...

Olhou Dora, mas baixou a cabeça:

— Parece mentira, mas tu me lembra ela. Parece mentira, mas tu parece com ela...

Professor olhou com seus olhos de míope. Volta Seca quase gritava, seu rosto sombrio tinha a alegria de uma descoberta. "Também ele descobriu sua mãe", pensou Professor. Dora estava séria, mas seu olhar era carinhoso. Volta Seca riu, ela riu, virou logo gargalhada. Mas Professor não os acompanhou na gargalhada. Começou a ler muito rápido o relato do jornal.

Lampião fora pegado de surpresa ao entrar numa vila. O chofer de um caminhão que o vira na estrada com o grupo tocara para a vila e avisara. Dera tempo de pedirem reforços de vilas próximas e a coluna volante também veio. Quando Lampião entrou na vila encontrou foi bala muita pela frente, bala que ele não esperava. O tiroteio foi grande, Lampião só pôde mesmo abrir para a caatinga, que é sua casa. Um dos homens do grupo ficou estirado com um balaço no peito. Cortaram a cabeça dele, que foi enviada para a Bahia em triunfo. Vinha a fotografia no jornal. A boca aberta, os olhos furados, um homem segurando pela carapinha rala. Tinham cortado o pescoço a facão. Dora comentou:

— Coitado dele... Que judiaria!

Volta Seca olhou agradecido. Seus olhos estavam injetados, seu rosto todavia mais sombrio. Dolorosamente sombrio.

— Filho de uma égua... — disse baixo. — Filho de uma égua de chofer... Se um dia eu te pegar...

A notícia adiantava que Lampião devia ter outros homens feridos, pois a retirada do grupo fora por demais rápida. Volta Seca falou em surdina. Era como se falasse para si mesmo...

— Já tá em tempo d'eu ir...

— Pra onde? — perguntou Dora.

— Pra junto de meu padrim. Ele tá precisando de mim...

Ela o olhou com tristeza:

— Tu vai mesmo, Volta Seca?

— Vou, sim.

— E se a polícia te matar, cortar tua cabeça?

— Juro que eu eles não topa vivo. Vou com um, mas eu eles não topa vivo... Não tem medo, não...

Afirmava à sua mãe, forte e valente mulata sertaneja, capaz de brigar com soldados, comadre de Lampião, amásia de cangaceiro, que podia confiar nele, que não o pegariam vivo, que lutaria até morrer... Dora ouvia com orgulho.

Professor apertou os olhos e viu também, em lugar de Dora, uma sertaneja forte, defendendo seu pedaço de terra contra os coronéis, com a ajuda amiga dos cangaceiros. Viu a mãe de Volta Seca. E era o que o mulato via. Os cabelos loiros eram carapinha rala, os olhos doces eram os olhos achinesados da sertaneja, o rosto grave era o rosto sombrio da camponesa explorada. E o sorriso era o mesmo sorriso de orgulho de mãe para filho.

Pirulito a viu chegar com desconfiança. Para ele Dora era o pecado. Havia bastante tempo que ele desistira das negrinhas do areal e da quentura dos corpos se embolando no areal. Se despia aos poucos dos seus pecados para aparecer puro aos olhos de Deus e poder merecer a graça de se vestir com as vestes dos sacerdotes. Pensava mesmo em arranjar um lugar de vendedor de jornais para fugir do pecado diário do furto.

Olhava Dora com receio: a mulher era o pecado. Em verdade ela era apenas uma criança, uma criança abandonada como eles. Não ria como as negrinhas do areal um riso insolente de convite, um riso de dentes apertados pelo desejo. Seu rosto era sério, parecia o rosto de uma mulherzinha muito digna. Mas os pequenos seios que nasciam se empinavam no vestido, o pedaço de coxa que aparecia era branco e redondo. Pirulito tinha medo. Não tanto da tentação de Dora. Ela não parecia das que tentavam, era uma criança, era muito cedo para isto. Mas tinha medo da tentação que vinha dentro dele, que o demônio punha dentro dele. E procurava rezar em voz baixa enquanto ela se aproximava.

Dora ficou olhando os quadros de santo. Professor parou atrás dela, olhava também. Havia flores sob a imagem do Menino Deus que Pirulito furtara um dia. Dora chegou mais perto:

— É uma beleza...

O medo começou a desaparecer do coração do Pirulito. Ela se interessava pelos seus santos, santos para os quais ninguém ligava no trapiche. Dora perguntou:

— É tudo teu?

Pirulito fez que sim com a cabeça e sorriu. Se adiantou, mostrou tudo que possuía. Os quadros, o catecismo, o terço, tudo. Ela olhava com satisfação. Sorria também enquanto Professor a espiava com os olhos míopes. Pirulito contava a história de santo Antônio, que tinha estado em dois lugares ao mesmo tempo. Isso para salvar seu pai da forca, para a qual fora condenado injustamente. Contava do mesmo modo como Professor lia histórias heroicas de marinheiros corajosos e revoltosos. Dora escutava com a mesma atenção e a mesma simpatia. Conversavam os dois, Professor calado, ouvindo. Pirulito contou coisas da sua religião, milagres de santos, a bondade do padre José Pedro:

— Quando tu conhecer ele, vai gostar...

Ela disse que com certeza. Ele já havia esquecido que ela podia trazer a tentação nos seios de menina, nas coxas gordas, na cabeleira loira, agora falava como a uma mulher mais velha que o ouvia com carinho. Como a uma mãe. Só então compreendeu. Porque naquele momento lhe veio uma vontade de contar a ela que queria ser sacerdote, que queria seguir aquela vocação, que sentia o chamado de Deus. Só à sua mãe teria coragem de contar isso. E ela está na sua frente. Ele fala:

— Tu sabe que eu quero ser padre?

— Que bom... — fez ela.

O rosto de Pirulito se iluminou. Olhou para Dora, falou com a voz exaltada:

— Tu pensa que eu mereço? Deus é bom, mas também sabe castigar...

— Por quê? — Havia espanto na pergunta de Dora.

— Tu não vê que a vida da gente é cheia de pecado?... Todo dia...

— A culpa não é da gente... — esclareceu Dora. — A gente não tem ninguém.

Mas agora Pirulito tinha a ela. A sua mãe. Riu satisfeito:

— Padre José Pedro também já disse isso. É capaz...

Riu mais, ela sorriu também animando.

— ...é capaz de que um dia eu seja padre.

— Tu vai ser, sim.

— Tu quer esse Deus Menino pra tu? — perguntou ele de repente.

Era como um filho que levasse parte da sua guloseima para sua mãe, que lhe dera o níquel para que comprasse.

E Dora aceitou, como uma mãe aceita parte da guloseima do filho querido para que este fique satisfeito.

Professor via a mãe de Pirulito, que não sabia como era, como fora. Mas a via ali no lugar de Dora. Sentiu inveja da felicidade de Pirulito.

Encontraram Pedro Bala estendido na areia. O chefe dos Capitães da Areia não entrara para o trapiche nesta noite. Ficara espiando a lua, deitado na quentura boa da areia. A chuva tinha cessado e o vento que corria agora era morno. Professor deitou também, Dora sentou entre os dois. Pedro Bala a espiou pelo canto dos olhos, puxou o boné mais para a cara. Dora disse voltada para ele:

— Tu ontem foi bom comigo e meu irmão...

— Tu devia ir embora... — respondeu Bala.

Ela não disse nada, mas ficou triste. Professor então falou.

— Não, Bala. É como uma mãe... Como uma mãe, sim. Pra todos...

Repetia:

— É como uma mãe... Como uma mãe...

Pedro Bala olhou os dois. Suspendeu o boné, sentou na areia. Mas Dora o olhava com carinho. Para ele... Para ele era tudo: esposa, irmã e mãe. Sorriu confuso para Dora:

— Pensei que fosse ser uma tentação pra todos...

Ela fez que não, ele continuou:

— Depois podiam aproveitar uma hora que a gente não estava...

Riram. Professor repetiu mais uma vez:

— Não. É como uma mãezinha...

— Tu pode ficar — disse Pedro Bala, e Dora sorriu para ele, era o seu herói, uma figura que ela nunca tinha imaginado, mas que um dia haveria de imaginar. Amava-o como a um filho sem carinho, um irmão corajoso, um amado tão belo como não havia outro.

Mas Professor viu os sorrisos dos dois. E disse ainda uma vez com voz sombria:

— É como mãe!

Dizia com voz soturna, porque, para ele, ela também não era mãe. Também para o Professor ela era a amada.

DORA, IRMÃ E NOIVA

COMO O VESTIDO DIFICULTAVA SEUS MOVIMENTOS e como ela queria ser totalmente um dos Capitães da Areia, o trocou por umas calças que deram a Barandão numa casa da Cidade Alta. As calças tinham ficado enormes para o negrinho, ele então as ofereceu a Dora. Também estavam grandes para ela, teve que as cortar nas pernas para que dessem. Amarrou com cordão, seguindo o exemplo de todos, o vestido servia de blusa. Se não fosse a cabeleira loira e os seios nascentes, todos a poderiam tomar como um menino, um dos Capitães da Areia.

No dia em que, vestida como um garoto, ela apareceu na frente de Pedro Bala, o menino começou a rir. Chegou a se enrolar no chão de tanto rir. Por fim conseguiu dizer:

— Tu tá gozada...

Ela ficou triste, Pedro Bala parou de rir.

— Não tá direito que vocês me dê de comer todo dia. Agora eu tomo parte no que vocês fizer.

O assombro dele não teve limites:

— Tu quer dizer...

Ela o olhava calma, esperando que ele concluísse a frase.

— ...que vai andar com a gente pela rua, batendo coisas...

— Isso mesmo — sua voz estava cheia de resolução.

— Tu endoidou...

— Não sei por quê.

— Tu não tá vendo que tu não pode? Que isso não é coisa pra menina. Isso é coisa pra homem.

— Como se vocês fosse tudo uns homão. É tudo uns menino.

Pedro Bala procurou o que responder:

— Mas a gente veste calça, não é saia.

— Eu também — e mostrava as calças.

De momento ele não encontrou nada que dizer. Olhou para ela pensativo, já não tinha vontade de rir. Depois de algum tempo falou:

— Se a polícia pegar a gente não tem nada. Mas se pegar tu?

— É igual.

— Te metem no orfanato. Tu nem sabe o que é...

— Tem nada, não. Eu agora vou com vocês.

Ele encolheu os ombros num gesto de quem não tinha nada com aquilo. Havia avisado. Mas ela bem sabia que ele estava preocupado. Por isso ainda disse:

— Tu vai ver como eu vou ser igual a qualquer um...

— Tu já viu uma mulher fazer o que um homem faz? Tu não aguenta um empurrão...

— Posso fazer outras coisa.

Pedro Bala se conformou. No fundo gostava da atitude dela, se bem tivesse medo dos resultados.

Andava com eles pelas ruas, igual a um dos Capitães da Areia. Já não achava a cidade inimiga. Agora a amava também, aprendia a andar nos becos, nas ladeiras, a pongar nos bondes, nos automóveis em disparada. Era ágil como o mais ágil. Andava sempre com Pedro Bala, João Grande e Professor. João Grande não a largava, era como uma sombra de Dora, e se babava de satisfação quando ela o chamava com sua voz amiga de "meu irmão". O negro a seguia como um cachorro e se dedicara totalmente a ela. Vivia num assombro das qualidades de Dora. Quase a achava tão valente como Pedro Bala. Dizia ao Professor num espanto:

— É valente como um homem...

Professor preferia que não fosse assim. Sonhava com um olhar de carinho dos olhos da Dora. Mas não daquele carinho maternal que ela tinha para os menores e para os mais tristes, Volta Seca, Pirulito. Tampouco um olhar fraternal, como os que ela lançava a João Grande, a Sem-Pernas, a Gato, a ele mesmo. Queria um daqueles olhares plenos de amor que ela lançava a Pedro Bala quando o via na carreira, fugindo da polícia ou de um homem que dizia na porta de uma loja:

— Ladrão! Ladrão! Me furtaram...

Daqueles olhares ela só tinha para Pedro Bala, e este nem reparava. Professor ouve os elogios de João Grande mas não sorri.

Pedro Bala naquela noite chegou no trapiche com um olho inchado e o lábio roxo, sangrando. Topara com Ezequiel, chefe de outro grupo de meninos mendigos e ladrões, grupo muito menor que o dos Capitães da Areia e muito mais sem ordem. Ezequiel vinha com uns três do grupo, inclusive um que fora expulso dos Capitães da Areia por ter sido pegado furtando um companheiro. Pedro Bala tinha ido deixar Dora e Zé Fuinha no pé da ladeira do Taboão para que eles fossem para o trapiche. João Grande tinha um serviço a fazer e não pudera ir com Dora. Pedro Bala pensou em ir com ela, em não deixá-la sozinha no areal. Mas como ainda não caíra a noite, não havia perigo de um negro dar em cima dela. Demais ele tinha que ir receber uns cobres da mão de Gonzales do 14, dinheiro que era devido a uma batida que o grupo fizera nuns objetos de ouro de um árabe rico.

Enquanto andava para o 14, Pedro Bala pensava em Dora. No cabelo loiro que caía no pescoço, nos olhares dela. Era bonita, era igual a uma noiva. Noiva... Nem podia pensar nisso. Não queria que os outros do grupo se sentissem com direito de pensar em safadezas com ela. E se ele dissesse a Dora que ela era como uma noiva para ele, outro poderia se julgar no direito de também dizer. E então não haveria mais lei nem direito entre os Capitães da Areia. Pedro Bala se recorda de que é o chefe...

Vai tão distraído que quase esbarra com Ezequiel. Estão os quatro parados diante dele. Ezequiel é um mulato alto, fuma uma ponta de charuto. Pedro Bala fica parado também, esperando. Ezequiel cospe:

— Não vê onde pisa?... Agora anda cego?

— O que é que tu quer?

O menino que fora dos Capitães da Areia pergunta:

— Como vão aqueles frescos?

— Tu ainda se lembra da surra que apanhou lá? Tu ainda deve guardar a marca.

O menino range os dentes, quer avançar. Mas Ezequiel faz um gesto com a mão e avisa a Pedro Bala:

— Um dia destes vou fazer uma visita a vocês.

— Uma visita? — pergunta Bala desconfiado.

— Diz-que agora vocês têm uma putinha lá pra todo mundo...

— Dobre a língua, filho-da-mãe.

Com o soco Ezequiel rolou. Mas os outros três já estavam em cima de Pedro Bala. Ezequiel meteu o pé na cara de Bala. O que fora dos Capitães da Areia gritou:

— Segura ele bem — e meteu um soco na boca de Pedro.

Ezequiel deu dois pontapés na cara de Bala:

— Fique sabendo que sou teu patrão.

— Quatro... — começou a xingar Pedro Bala, mas um soco o calou.

O guarda vinha marchando para eles, debandaram. Pedro Bala apanhou o boné, as lágrimas de raiva desciam junto com sangue. Estendeu a mão fechada para o lado por onde Ezequiel e os seus haviam desaparecido. O guarda falou:

— Desaperta, corneta. Dá o fora antes que lhe leve pro xilindró.

Pedro Bala cuspiu puro sangue. Desceu a ladeira devagar, nem pensou em ir buscar o dinheiro de Gonzales. Descia resmungando consigo mesmo: "Só são homem quatro contra um". E pensava vinganças.

Entrou no trapiche, Dora estava sozinha com o irmão, que dormia. Os últimos raios do sol entravam pelo teto, dando uma estranha claridade ao casarão. Dora o viu entrar e andou para ele:

— Segurou os cobres?...

Mas enxergou o olho inchado de Pedro, o beiço partido:

— Que foi, meu irmão?

— Ezequiel mais três. Só são homem de quatro pra cima...

— Fez isso em tu?

— Foi quatro. Assim mesmo porque me pegaram desprevenido. Eu caí na besteira de pensar que Ezequiel vinha só. Era quatro.

Ela o sentou, foi ao canto de Pirulito, trouxe água. Com um pedaço de pano limpou as feridas dele. Pedro arquitetava plano de vingança. Ela apoiou:

— A gente acaba com eles desta vez.

Pedro riu:

— Tu vai também?

— Se vou...

Agora limpava os lábios dele, estava curvada na sua frente, seu rosto bem próximo do de Bala, os cabelos loiros misturados com os dele.

— Por que foi a briga?

— Por nada.

— Diga...

— Ele disse umas coisas...

— Foi por causa de mim, não foi?

Ele abanou a cabeça afirmando. Então ela chegou os lábios para junto dos de Pedro Bala, os beijou e depois fugiu. Ele saiu correndo atrás dela, mas ela se escondia, não se deixava pegar. Aos poucos foram chegando os outros. Ela de longe sorria para Pedro Bala. Não havia nenhuma malícia no seu sorriso. Mas seu olhar era diferente do olhar de irmã que lançava aos outros. Era um doce olhar de noiva, de noiva ingênua e tímida. Talvez mesmo não soubessem que era amor. Apesar de não ser noite de lua, havia um romântico romance no casarão colonial. Ela sorria e baixava os olhos, por vezes piscava com um olho porque pensava que isto era namorar. E seu coração batia rápido quando o olhava. Não sabia que isso era amor. Por fim a lua veio, estendeu sua luz amarela no trapiche. Pedro Bala se deitou na areia e mesmo de olhos fechados via Dora. Sentiu quando ela chegou e deitou a seu lado. Disse:

— Tu agora é minha noiva. Um dia a gente se casa.

Continuou de olhos fechados. Ela disse baixinho:

— Tu é meu noivo.

Mesmo não sabendo que era amor, sentiam que era bom.

*

Quando Sem-Pernas e João Grande chegaram, Pedro Bala se levantou da areia e reuniu os chefes. Foram para junto da vela do Professor. Dora veio também e sentou entre João Grande e Boa-Vida. O malandro acendeu um cigarro, falou para Dora:

— Tou aprendendo tocar um samba porreta. E tou cavando um violão, irmã.

— Tu tá tocando batuta mesmo, mano.

— É um tal de sucesso nas festa...

Pedro Bala interrompeu a conversa. Olhavam para o lábio dele, o olho inchado. Ele narrou o caso:

— Quatro contra um...

— Precisa duma lição — falou Sem-Pernas rindo. — Eu não vou com aquele cara.

Formaram um plano de batalha. E pelo meio da noite saíram uns trinta. O grupo de Ezequiel dormia para as bandas do Porto da Lenha, nuns barcos virados e na ponte. Dora foi junto a Pedro Bala e levava uma navalha também. Sem-Pernas disse:

— Até parece Rosa Palmeirão.

Nunca houvera mulher tão valente como Rosa Palmeirão. Dera em seis soldados de uma vez. Todo marítimo sabe o seu abc no cais da Bahia. Por isso Dora gosta da comparação e sorri:

— Obrigado, mano.

Irmão... É uma palavra boa e amiga. Se acostumaram a chamá-la de irmã. Ela também os trata de mano, de irmão. Para os menores é como uma mãezinha, igual a uma mãezinha. Cuida deles. Para os mais velhos é como uma irmã que diz palavras boas e brinca inocentemente com eles e com eles passa os perigos da vida aventurosa que levam. Mas nenhum sabe que para Pedro Bala ela é a noiva. Nem mesmo o Professor sabe. E dentro do seu coração Professor também a chama de noiva.

O cachorro que o Sem-Pernas arranjou vai latindo. Volta Seca imita o latir de um cachorro, todos riem. João Grande assovia um samba. Boa-Vida começa a cantá-lo em voz alta:

Vão alegres. Levam navalhas e punhais nas calças. Mas só os sacarão se os outros puxarem. Porque os meninos abandonados também têm uma lei e uma moral, um sentido de dignidade humana.

De repente João Grande grita:

— É ali.

Com a algazarra que fazem, Ezequiel sai de sob um barco:

— Quem vem lá?

— Os Capitães da Areia, que não engole desaforo... — respondeu Pedro Bala.

E arrancaram para cima dos outros.

A volta foi um triunfo. Apesar do Sem-Pernas ter um talho e Barandão vir quase nos braços de tanta pancada (um grandão do grupo de Ezequiel o surrara até que Volta Seca o rebentou), voltavam todos alegres, comentando a vitória. Os que tinham ficado no trapiche deram vivas. Ainda demoraram muito conversando, comentando. Falavam na coragem de Dora, que brigara igual a um menino. "Igual a um homem", dizia João Grande. Era como uma irmã, exatamente igual a uma irmã...

Igual a uma noiva, exatamente igual a uma noiva, pensava Pedro Bala, estendido na areia. A lua amarelava o areal, as estrelas se refletiam no mar azul da Bahia. Ela veio, deitou ao lado dele. E começaram a falar de coisas tolas. Igual a uma noiva. Não se beijaram, não se abraçaram, o sexo não os chamava naquele momento. Só de leve o loiro cabelo dela tocava em Pedro Bala.

— Tu tem um cabelo bonito... — disse ele.

Ela riu, olhou o cabelo dele:

— O teu também.

Riram os dois e logo foi uma gargalhada. Era um hábito dos

Capitães da Areia. Ela começou a contar coisas do morro, histórias dos vizinhos, ele relembrava fatos da vida agitada do grupo:

— Vim pra rua com cinco anos. Menor que teu irmão...

Riam inocentemente, felizes de estarem um ao lado do outro. Depois o sono veio. Estavam separados, Pedro tomou a mão dela, segurou. Dormiram como dois irmãos.

REFORMATÓRIO

O *Jornal da Tarde* trouxe a notícia em grandes títulos. Uma manchete ia de lado a lado na primeira página:

PRESO O CHEFE DOS CAPITÃES DA AREIA

Depois vinham os títulos que estavam em cima de um clichê, onde se viam Pedro Bala, Dora, João Grande, Sem-Pernas e Gato cercados de guardas e investigadores:

UMA MENINA NO GRUPO • A SUA HISTÓRIA • RECOLHIDA A UM ORFANATO • O CHEFE DOS CAPITÃES DA AREIA É FILHO DE UM GREVISTA • OS OUTROS CONSEGUEM FUGIR • "O REFORMATÓRIO O ENDIREITARÁ", NOS AFIRMA O DIRETOR.

Sob o clichê vinha esta legenda:

Após ser batida esta chapa o chefe dos peraltas armou uma discussão e um barulho que deu lugar a que os demais moleques presos pudessem fugir. O chefe é o que está marcado com a cruz e ao seu lado vê-se Dora, a nova gigolete dos moleques baianos.

Vinha a notícia:

Ontem a polícia baiana lavrou um tento. Conseguiu prender o chefe do grupo de menores delinquentes conhecidos pelo nome de Capitães da Areia. Por mais de uma vez este jornal tratou do problema dos menores que viviam nas ruas da cidade dedicados ao furto.

Por várias vezes também noticiamos os assaltos levados a efeito por este mesmo grupo. Realmente a cidade vivia sob o temor constante destes meninos, que ninguém sabia onde moravam, cujo chefe ninguém conhecia. Há alguns meses tivemos ocasião de publicar cartas do dr. chefe de polícia, do dr. juiz de menores e do diretor do Reformatório Baiano sobre este problema. Todos eles prometiam incentivar a campanha contra os menores delinquentes e em particular contra os Capitães da Areia.

Esta campanha tão meritória deu os seus primeiros frutos ontem com a prisão do chefe desta malta e de vários do grupo, inclusive uma menina. Infelizmente, devido a uma sagaz burla de Pedro Bala, o chefe, os demais conseguiram escapar de entre as mãos dos guardas. Em todo caso, a polícia já conseguiu muito prendendo o chefe e a romântica inspiradora dos roubos: Dora, uma figura interessantíssima de menor delinquente. Feitos estes comentários, narremos os fatos:

A TENTATIVA DE FURTO

Ontem, às últimas horas da tarde, cinco meninos e uma menina penetraram no palacete do dr. Alcebíades Menezes, na ladeira de São Bento. Foram porém pressentidos pelo filho do dono da casa, estudante de medicina, que deixou que eles penetrassem num quarto, onde os trancou. Chamou então os guardas e investigadores, a quem os entregou.

A reportagem do *Jornal da Tarde*, informada do fato, partiu para a casa do dr. Alcebíades. Lá chegando, encontrou os menores que eram levados à chefia de polícia. Pedimos então para tirar um retrato do grupo. A polícia muito gentilmente consentiu. Pois no momento em que o fotógrafo acabava de fazer funcionar o magnésio e bater a chapa, Pedro Bala, o temível chefe dos Capitães da Areia, facilitou a

EVASÃO

Pondo em prática uma agilidade incomum Pedro Bala se livrou dos braços do investigador que o segurava e com um golpe de capoeira o derrubou. No entanto não fugiu. É claro que os demais guardas e investigadores se precipitaram em cima dele para impedir a sua fuga. Só então foi possível compreender o plano do chefe dos Capitães da Areia pois este gritou para os companheiros presos.

— Arriba, pessoal.

Um único guarda ficara a tomar conta dos outros, e um deles, muito ágil, o derrubou também com um golpe de capoeira. E desabaram para a ladeira da Montanha.

NA POLÍCIA

Na chefia de polícia quisemos ouvir Pedro Bala. Mas ele nada nos disse, como tampouco quis declarar às autoridades o lugar onde dormiam e guardavam seus furtos os Capitães da Areia. Só declarou seu nome, disse que era filho de um antigo grevista que foi morto num *meeting* na célebre greve das docas de 191..., que não tinha ninguém no mundo. Quanto a Dora, é filha de uma lavadeira que morreu de varíola quando da epidemia que alastrou a cidade. Não faz senão quatro meses que está entre os Capitães da Areia, mas já tomou parte em muitos assaltos. E parece ter uma grande honra nisso.

NOIVOS

Dora declarou à nossa reportagem que era noiva de Pedro Bala e que iam se casar. É uma menina ainda ingênua, mais digna de piedade que de castigo. Fala no seu noivado com a maior das ingenuidades. Não tem mais de catorze anos, enquanto Pedro Bala anda pelos seus dezesseis. Dora foi levada ao Orfanato Nossa Senhora da Piedade. Neste santo ambiente não tardará a esquecer Pedro Bala, o romântico noivo-bandido, e a sua vida criminosa entre os Capitães da Areia.

Quanto a Pedro Bala, será recolhido ao reformatório de menores logo que a polícia consiga que ele declare qual o local onde se esconde o grupo. A polícia tem grandes esperanças de consegui-lo ainda hoje.

OUVINDO O DIRETOR DO REFORMATÓRIO

O diretor do Reformatório Baiano de Menores Abandonados e Delinquentes é um velho amigo do *Jornal da Tarde*. Certa vez uma reportagem nossa desfez um círculo de calúnias jogadas contra aquele estabelecimento de educação e seu diretor. Hoje ele se achava na polícia esperando poder levar consigo o menor Pedro Bala. A uma pergunta nossa, respondeu:

— Ele se regenerará. Veja o título da casa que dirijo: reformatório. Ele se reformará.

E a outra pergunta nossa, sorriu:

— Fugir? Não é fácil fugir do reformatório. Posso lhe garantir que não o fará.

Professor, à noite, leu a notícia para todos. Sem-Pernas disse:

— Ele já tá no reformatório. Eu vi quando saiu da polícia.

— E ela no orfanato... — completou João Grande.

— A gente livra eles — afirmou Professor. Depois virou-se para o Sem-Pernas. — Até Pedro Bala chegar tu fica como chefe, Sem-Pernas.

João Grande estendeu os braços para os outros, falou:

— Gentes, até Bala voltar Sem-Pernas é o chefe...

Sem-Pernas disse:

— Ele ficou pra livrar a gente. É preciso que a gente livre ele. Não é direito?

Todos estavam decididos.

Quando o levaram para aquela sala Pedro Bala calculava o que o esperava. Não veio nenhum guarda. Vieram dois soldados de polícia, um investigador, o diretor do reformatório. Fecharam a sala. O investigador disse numa voz risonha:

— Agora os jornalistas já foram, moleque. Tu agora vai dizer o que sabe queira ou não queira.

O diretor do reformatório riu:

— Ora, se diz...

O investigador perguntou:

— Onde é que vocês dormem?

Pedro Bala o olhou com ódio:

— Se tá pensando que eu vou dizer...

— Se vai...

— Pode esperar deitado.

Virou as costas. O investigador fez um sinal para os soldados. Pedro Bala sentiu duas chicotadas de uma vez. E o pé do investigador na sua cara. Rolou no chão, xingando.

— Ainda não vai dizer? — perguntou o diretor do reformatório. — Isso é só o começo.

— Não — foi tudo o que Pedro Bala disse.

Agora davam-lhe de todos os lados. Chibatadas, socos e pontapés. O diretor do reformatório levantou-se, sentou-lhe o pé, Pedro Bala caiu do outro lado da sala. Nem se levantou. Os soldados vibraram os chicotes. Ele via João Grande, Professor, Volta Seca, Sem-Pernas, o Gato. Todos dependiam dele. A segurança de todos dependia da coragem dele. Ele era o chefe, não podia trair. Lembrou-se da cena da tarde. Conseguira dar fuga aos outros, apesar de estar preso também. O orgulho encheu seu peito. Não falaria, fugiria do reformatório, libertaria Dora. E se vingaria... Se vingaria...

Grita de dor. Mas não sai uma palavra dos seus lábios. Vai se fazendo noite para ele. Agora já não sente dores, já não sente nada. No entanto, os soldados ainda o surram, o investigador o soqueia. Mas ele não sente mais nada.

— Desmaiou — diz o investigador.

— Deixe ele por minha conta — explica o diretor do reformatório. — Eu levo ele pro reformatório, lá ele abre a boca. Garanto. E eu dou o aviso a vocês.

O investigador assentiu. Com a promessa de no dia seguinte mandar buscar Pedro Bala, o diretor retirou-se.

Na madrugada, quando Pedro acordou, os presos cantavam. Era uma moda triste. Falava do sol que havia nas ruas, em quanto é grande e bela a liberdade.

*

O bedel Ranulfo, que o tinha ido buscar na polícia, o levou à presença do diretor. Pedro Bala sentia o corpo todo doer das pancadas do dia anterior. Mas ia satisfeito, porque nada tinha dito, porque não revelara o lugar onde os Capitães da Areia viviam. Lembrava-se da canção que os presos cantavam na madrugada que nascia. Dizia que a liberdade é o bem maior do mundo. Que nas ruas havia sol e luz e nas células havia uma eterna escuridão porque ali a liberdade era desconhecida. Liberdade. João de Adão, que estava nas ruas, sob o sol, falava nela também. Dizia que não era só por salários que fizera aquelas greves nas docas e faria outras. Era pela liberdade que os doqueiros tinham pouca. Pela liberdade o pai de Pedro Bala morrera. Pela liberdade — pensava Pedro — dos seus amigos, ele apanhara uma surra na polícia. Agora seu corpo estava mole e dolorido, seus ouvidos cheios da moda que os presos cantavam. Lá fora, dizia a velha canção, é o sol, a liberdade e a vida. Pela janela Pedro Bala vê o sol. A estrada passa adiante do grande portão do reformatório. Aqui dentro é como se fosse uma eterna escuridão. Lá fora é a liberdade e a vida. "E a vingança", pensa Pedro Bala.

O diretor entra. O bedel Ranulfo o cumprimenta e mostra Bala. O diretor sorri, esfrega as mãos uma na outra, senta ante uma alta secretária. Olha Pedro Bala uns minutos:

— Afinal... Faz bastante tempo que espero este pássaro, Ranulfo.

O bedel sorri aprovando as palavras do diretor.

— É o chefe dos tais de Capitães da Areia. Veja... O tipo do criminoso nato. É verdade que você não leu Lombroso... Mas se lesse, conheceria. Traz todos os estigmas do crime na face. Com esta idade já tem uma cicatriz. Espie os olhos... Não pode ser tratado como um qualquer. Vamos lhe dar honras especiais...

Pedro Bala o espia com os olhos injetados. Sente cansaço, uma vontade doida de dormir. Bedel Ranulfo aventura uma pergunta:

— Levo pra junto dos outros?

— O quê? Não. Para começar, meta-o na cafua. Vamos ver se ele sai um pouco mais regenerado de lá...

O bedel cumprimenta e vai saindo com Pedro Bala. O diretor ainda recomenda:

— Regime número 3.

— Água e feijão... — murmura Ranulfo. Dá uma espiada em Pedro Bala, balança a cabeça. — Vai sair bem mais magro.

Lá fora é a liberdade e o sol. A cadeia, os presos na cadeia, a surra ensinaram a Pedro Bala que a liberdade é o bem maior do mundo. Agora sabe que não foi apenas para que sua história fosse contada no cais, no mercado, na Porta do Mar, que seu pai morrera pela liberdade. A liberdade é como o sol. É o bem maior do mundo.

Ouviu o bedel Ranulfo fechar o cadeado por fora. Fora atirado dentro da cafua. Era um pequeno quarto, por baixo da escada, onde não se podia estar em pé, porque não havia altura, nem tampouco estar deitado ao comprido, porque não havia comprimento. Ou ficava sentado, ou deitado com as pernas voltadas para o corpo numa posição mais que incômoda. Assim mesmo Pedro Bala se deitou. Seu corpo dava uma volta e seu primeiro pensamento era que a cafua só servia para o homem-cobra que vira, certa vez, no circo. Era totalmente cerrado o quarto, a escuridão era completa. O ar entrava pelas frestas finas e raras dos degraus da escada. Pedro Bala, deitado como estava, não podia fazer o menor movimento. Por todos os lados as paredes o impediam. Seus membros doíam, ele tinha uma vontade doida de esticar as pernas. Seu rosto estava cheio de equimoses das pancadas na polícia, e desta vez Dora não estava ali para trazer um pano frio e cuidar do seu rosto ferido. A liberdade era Dora também. Não era só o sol, andar livre nas ruas, rir no cais a grande gargalhada dos Capitães da Areia. Era também sentir junto a si o cabelo loiro de Dora, ouvir ela contar coisas do morro, sentir os lábios dela sobre os seus lábios feridos. Noiva. Também ela estava sem liberdade. Os membros de Pedro Bala doem e agora dói sua cabeça também. Dora está como ele, sem sol, sem liberdade. Foi levada para um orfanato. Noiva. Antes que ela aparecesse ele nunca pensara nesta palavra: noiva. Gostava de derrubar negrinhas no areal. De encostar peito com peito, cabeça com cabeça, pernas com pernas, sexo com sexo. Mas nunca pensara em deitar na areia ao lado de uma menina, menina como ele, e conversar de coisas tolas e correr picula como os outros meninos, sem a derrubar para fazer o amor. Era outra maneira do amor, pensava numa confusão. Ele nunca tivera uma ideia perfeita do amor. Que era ele, senão uma criança abandonada nas ruas, que pela força e agilidade e coragem conseguira chefiar o grupo mais valente de meninos abandonados, os Capitães da Areia? Que podia saber de amor? Sempre pensara que o amor fosse o momento gostoso em que uma negrinha ou uma mulata gemia sob seu corpo no areal do cais. Isto cedo aprendeu, quando não tinha ainda treze anos. Isto sabiam todos os Capitães da Areia, mesmo os mais pequenos, aqueles que ainda não tinham forças para derrubar uma cabrocha. Mas já o sabiam, e pensavam com alegria no dia em que o fariam. Os membros e a cabeça de Pedro Bala doem. Tem sede, ainda não bebeu nem comeu neste dia. Com Dora foi diferente. Logo que ela chegou, tanto ele como todos os que estavam no trapiche pensaram em a derrubar, em a possuir, em praticar com ela, que era bonita, o único amor de que tinham notícia. Mas como era apenas uma menina, eles a tinham respeitado. Depois ela foi como uma mãe para todos. E como uma irmã também, João Grande dizia certo. Mas para ele desde o primeiro momento fora diferente. Fora também uma companheira de brinquedos como para os demais, irmã querida. Mas fora também uma alegria diversa da que dá uma irmã. Noiva. Gostaria, sim. Mesmo quando quer negar a si próprio não pode. É verdade que nada faz para isso, que se contenta de conversar com ela, de ouvir a sua voz, pegar timidamente na sua mão. Mas gostaria de possuí-la também, de vê-la gemer de amor. Não, porém, por uma noite. Por todas as noites de toda uma vida. Como outros têm esposa, esposa que é mãe, irmã e amiga. Ela era mãe, irmã e amiga dos Capitães da Areia. Para Pedro Bala é noiva, um dia será esposa. Não a podem ter num orfanato como uma menina sem ninguém. Ela tem um noivo, uma legião de irmãos e de filhos de quem cuidar. O cansaço desaparece dos membros de Pedro Bala. Ele precisa de movimento, de andar, de correr, para poder conceber um plano para livrar Dora. Ali naquela escuridão é que não pode. Fica inútil pensando que ela está talvez numa cafua também. Senta-se como pode. Ratos correm na cafua. Mas ele está por demais acostumado com os ratos, não liga. Mas Dora terá medo deste ruído contínuo. É de enlouquecer um que não seja o chefe dos Capitães da Areia. Quanto mais uma menina... É verdade que Dora é a mais valente de quantas mulheres já nasceram na Bahia, que é a terra das mulheres valentes. Mais valente mesmo que Rosa Palmeirão, que deu em seis soldados, que Maria Cabaçu, que não respeitava cara, que a companheira de Lampião, que maneja um fuzil igual a um cangaceiro. Mais valente porque é apenas uma menina, apenas está começando a viver. Pedro Bala sorri com orgulho, apesar das dores, do cansaço, da sede que aos poucos o aperta. Como seria bom um copo d'água! Diante do areal do trapiche é o mar, um nunca acabar de água. Mar que o Querido-de-Deus, o grande capoeirista, corta com seu saveiro para as pescarias nos mares do sul. O Querido-de-Deus é um bom sujeito. Se Pedro Bala não houvesse aprendido com ele o jogo da capoeira de Angola, a luta mais bonita do mundo, porque é também uma dança, não teria podido dar fuga a João Grande, Gato e Sem-Pernas. Agora ali, na cafua, sem poder se mexer, a capoeira não vai lhe servir de nada. Gostaria era de beber água. Será que Dora também tem sede a estas horas? Deve estar também numa cafua, Pedro Bala imagina o orfanato igualzinho ao reformatório. A sede é pior que uma cobra cascavel. Faz mais medo que a bexiga. Porque vai apertando a garganta de um, vai fazendo os pensamentos confusos. Um pouco de água. Um pouco de luz também. Porque se houver um pouco de luz, talvez ele veja o rosto de Dora risonho. Assim na escuridão ele o vê cheio de sofrimento, cheio de dor. Uma raiva surda, impotente, cresce dentro dele. Levanta-se um pouco, a cabeça encosta nos degraus da escada que lhe serve de teto. Esmurra a porta da cafua. Mas parece que lá fora não tem ninguém que o ouça. Vê a cara malvada do diretor. Enterrará seu punhal até o mais fundo do coração do diretor. Sem que sua mão trema, sem remorsos, gozando. Seu punhal ficou na polícia. Mas Volta Seca lhe dará o seu, ele tem uma pistola. Volta Seca quer ir para o bando de Lampião, que é seu padrinho. Lampião mata soldado, mata homem ruim. Pedro Bala neste momento ama Lampião como a um seu herói, a um seu vingador. É o braço armado dos pobres no sertão. Um dia ele poderá ser do grupo de Lampião também. E quem sabe se não poderiam invadir a cidade da Bahia, abrir a cabeça do diretor do reformatório? Que cara ele não faria quando visse Pedro Bala entrar no reformatório na frente de uns cangaceiros... Soltaria a garrafa de pinga, presente de um amigo de Santo Amaro, e Pedro Bala lhe abriria a cabeça. Não. Antes o deixaria naquela mesma cafua, sem ter o que comer, sem ter o que beber. Sede... A sede o maltrata. Faz com que ele veja na escuridão da parede o rosto triste e doloroso de Dora. Aquela certeza de que ela está sofrendo... Fecha os olhos. Procura pensar em Professor, Volta Seca, João Grande, Gato, Sem-Pernas, Boa-Vida, todos os do trapiche salvando Dora. Mas não pode. Mesmo de olhos fechados vê o rosto dela, amargurado pela sede. Esmurra a porta novamente.

Grita, xinga nomes. Ninguém o atende, ninguém o vê, ninguém o ouve. Assim deve ser o inferno. Pirulito tem razão de ter medo do inferno. É por demais terrível. Sofrer sede e escuridão. A canção dos presos dizia que lá fora é a liberdade e o sol. E também a água, os rios correndo muito alvos sobre pedras, as cascatas caindo, o grande mar misterioso. Professor, que sabe muitas coisas, porque à noite lê livros furtados, à luz de uma vela (está comendo os olhos...), lhe disse certa vez que tem mais água no mundo que terra. Tinha lido num livro. Mas nem um pingo de água na sua cafua. Na de Dora não deve ter também. Para que esmurrar a porta como o faz neste momento? Ninguém o atende, suas mãos já doem. Na véspera o surraram na polícia. Suas costas estão negras, seu peito ferido, o rosto inchado. Por isso o diretor disse que ele tinha cara de criminoso. Não tem, não. Ele quer é liberdade. Um dia um velho disse que não se mudava o destino de ninguém. João de Adão disse que se mudava, sim, ele acreditara em João de Adão. Seu pai morrera para mudar o destino dos doqueiros. Quando ele sair, irá ser doqueiro também, lutar pela liberdade, pelo sol, por água e de comer para todos. Cospe um cuspe grosso. A sede aperta sua garganta. Pirulito quer ser padre para fugir daquele inferno. Padre José Pedro sabia que o reformatório era assim, falava contra meterem os meninos lá. Mas que podia um pobre padre sem paróquia contra todos? Porque todos odeiam os meninos pobres, pensa Pedro Bala. Quando sair, pedirá à mãe-de--santo Don'Aninha que faça um feitiço forte para matar o diretor. Ela tem força com Ogum, e ele uma vez tirara Ogum da polícia. Fizera muita coisa para a sua idade. Dora também fizera muita coisa naqueles meses entre eles. Agora passavam sede, Pedro Bala esmurra inutilmente uma porta. A sede o rói por dentro como uma legião de ratos. Cai enrodilhado no chão e o cansaço o vence. Apesar da sede, dorme. Mas tem sonhos terríveis, ratos roem o rosto belo de Dora.

Acorda porque alguém bate pancadas leves num dos degraus da escada. Levanta-se curvado, não pode ficar de pé direito, que a escada não consente. Pergunta em voz baixa:

— Tem alguém aí?

Uma alegria doida o invade quando respondem:

— Quem é que tá aí?

— Pedro Bala.

— Tu é o chefe dos Capitães da Areia?

— Sou.

Ouve um assovio. A voz continua, agora rápida:

— Tenho um recado pra você, um trouxe hoje...

— Solta logo...

— Agora vem gente. Depois volto.

Pedro Bala ouve os passos que se afastam. Mas está mais alegre. Pensa em seguida que o recado é de Dora, mas vê que é uma tolice pensar isso. Como Dora havia de lhe enviar um recado? Deve ser um do grupo. Devem estar tratando de tirá-lo dali. Mas primeiro é preciso que ele saia da cafua. Enquanto ele estiver ali, os Capitães da Areia não poderão fazer nada. Depois que ele estiver andando no reformatório todo, aí a fuga será fácil. Pedro Bala senta-se para pensar. Que horas serão, que dia será? Ali é sempre noite, nunca brilha a luz do sol. Espera impaciente que o seu informante volte. Porém este demora e ele se agita. Que estarão fazendo os outros sem ele? Professor conceberá algum plano para o tirarem dali. Mas enquanto ele estiver na cafua é inútil. E enquanto não o tirarem, ele não poderá tirar Dora do orfanato. Abrem a porta. Pedro Bala se atira para a frente, pensando que o vão soltar. Uma mão o empurra:

— Ei, calma...

Vê o bedel Ranulfo na porta. Traz um caneco com água, que Pedro Bala arranca das suas mãos e bebe em grandes goles. Mas é tão pouca... Não chega para matar a sede. O bedel lhe entrega um prato de barro com uma água onde boiam alguns caroços de feijão. Pedro Bala pede:

— Pode me dar um pouco mais de água?

— Amanhã... — ri o bedel.

— Só um pouco mais.

— Amanhã tem mais. E se você continuar a bater na porta e gritar em vez de oito passa quinze dias — empurra a porta na cara de Pedro Bala.

Ouve a chave que o tranca. Tateia na escuridão até encontrar o prato. Bebe a água escura do feijão. Nem repara que é salgadíssima. Depois come os grãos duros. Mas a sede o ataca novamente. O feijão muito salgado ativa a sede. O que é um caneco de água para aquela sede que exigia uma moringa? Deita. Já não pensa em nada. Passam-se horas. Ele apenas vê na escuridão o rosto triste de Dora. E sente dores no corpo todo.

Muito mais tarde ouve novamente baterem na escada. Pergunta:

— Tá aí?

— Um capenga mandou dizer que vão te tirar daqui. Logo que tu saia da cafua...

— Já é de noite? — pergunta Pedro.

— Tá começando...

— Tou morto de sede.

A voz não responde. Pedro pensa com desespero que é capaz do menino ter ido embora. No entanto, ele não ouviu passos na escada... Mas volta a voz:

— Água não posso. Não tem como passar. Mas quer um cigarro?

— Quero, sim.

— Então espera.

Minutos depois as pancadas soam muito de leve na porta. A voz por debaixo da porta:

— Vou passar o cigarro por aqui. Ponha as mãos embaixo, bem no meio da greta da porta.

Pedro Bala faz o que lhe mandam. Um cigarro amassado chega às suas mãos. Ele acaba de o retirar de sob a porta. Logo depois é um fósforo que vem sobre um pedaço de caixa, o pedaço onde se risca.

— Obrigado — diz Pedro Bala.

Mas neste momento ouve um barulho lá fora. O som de uma bofetada, um corpo que rola. E uma voz que ele não conhece fala:

— Se tentar se comunicar com os de fora, seu castigo será aumentado.

Pedro se encolhe. Agora um vai sofrer castigo por causa dele. Quando fugir, levará aquele para os Capitães da Areia. Para o sol e a liberdade. Acende o cigarro. Com muito cuidado para não perder o fósforo que é o único. Esconde a brasa do cigarro sob a mão para que ninguém o possa ver pelas frestas da escada. O silêncio o envolve de novo, e com o silêncio os pensamentos, as visões.

Quando termina de fumar, se enrodilha no chão. Se pudesse dormir... Pelo menos não veria o rosto cheio de sofrimento de Dora.

Quantas horas? Quantos dias? A escuridão é sempre a mesma, a sede é sempre igual. Já lhe trouxeram água e feijão três vezes. Aprendeu a não beber caldo de feijão, que aumenta a sede. Agora está muito mais fraco, um desânimo no corpo todo. O barril onde defeca exala um cheiro horrível. Não o retiraram ainda. E sua barriga dói, sofre horrores para defecar. É como se as tripas fossem sair. As pernas não o ajudam. O que o mantém em pé é o ódio que enche seu coração.

*

— Filhos-da-mãe... Desgraçados...

É tudo quanto consegue dizer. Assim mesmo, em voz baixa. Já não tem forças para gritar, para esmurrar a porta. Agora está certo de que morrerá ali. Cada vez sofre maiores dores para defecar. Vê Dora estendida no chão, morrendo de sede, chamando por ele. João Grande está do lado dela, mas separado por grades. Professor e Pirulito choram.

Trouxeram-lhe água e feijão pela quarta vez. Ele bebe a água, mas demora a comer o feijão. Só sabe dizer em voz baixa:

— Filhos-da-mãe... Filhos-da-mãe...

Antes que a comida (se poderia chamar aquilo de comida?) chegasse naquele dia (para Pedro era sempre noite), a voz voltou a chamá-lo na escada. Ele perguntou, sem se levantar sequer:

— Quantos dias já tem que tou aqui?

— Cinco.

— Me dá outro cigarro.

O cigarro o reanima um pouco. Pode pensar que com mais cinco dias morrerá. Aquilo é castigo para um homem, não para um menino. O ódio não cresce mais em seu coração. Já atingiu o máximo.

É sempre noite. Dora morre lentamente ante suas vistas. João Grande ao seu lado, as grades separando. Professor e Pirulito choram. Ele dorme ou está acordado? A barriga dói violentamente.

Quanto tempo durará ainda a escuridão? E a agonia de Dora? O cheiro do barril é insuportável. Dora agoniza ante seus olhos. Será que ele agoniza também?

A cara do diretor aparece ao lado do rosto de Dora. Vem torturar sua agonia ainda mais? Quanto tempo ela leva para morrer... Pedro Bala pede que ela morra logo, logo... Será melhor. Agora o diretor veio, veio para aumentar a tortura. Ouve a voz dele:

— Levanta... — e um pé o toca.

Abre mais os olhos. Agora não vê mais Dora. Só a cara do diretor que sorri:

— Vamos ver se agora fica mais manso.

Não pode fitar a claridade que entra pelas janelas. Mal se aguenta nas pernas. Cai no meio do corredor. Dora teria morrido ou não? — pensa ao cair.

Está novamente na sala do diretor. Este o olha sorridente:

— Gostou do apartamento? Continua com muita vontade de roubar? Eu sei ensinar, quebrar moleque aqui.

Pedro Bala está irreconhecível de tão magro. Os ossos aparecem junto à pele. O rosto, verdoso da complicação intestinal. O bedel Fausto, dono daquela voz que ele ouvira certa vez na porta da cafua, está ao seu lado. É um tipo forte, tem fama de ser tão malvado quanto o diretor. Pergunta:

— Na oficina de ferreiro?

— Acho que é melhor na plantação de cana. Lavrar terra... — ri.

Fausto diz que está bem, o diretor recomenda:

— Olho nele. Este é um pássaro ruim. Mas eu te ensino...

Pedro Bala sustenta seu olhar. O bedel o empurra.

Agora vê detidamente o casarão. No meio do pátio o cabeleireiro raspa a sua cabeça a zero. Vê a cabeleira loira rolar no chão. Dão-lhe umas calças e paletó de mescla azul. Veste-se ali mesmo. O bedel leva-o a uma oficina de ferreiro:

— Tem um facão? E uma foice?

Entrega os objetos a Pedro Bala. Marcham para o canavial, onde outros meninos trabalham. Neste dia, de tão fraco, Pedro Bala mal sustém o facão. Por isso os bedéis o soqueiam. Ele nada diz.

*

À noite, na fila, olha para todos, querendo descobrir aquele que lhe falava e dava cigarros. Sobem as escadas, andam para o dormitório, que fica no terceiro andar para impedir qualquer ideia de fuga. A porta é fechada. O bedel Fausto diz:

— Graça, puxe a reza.

Um menino avermelhado faz o pelo-sinal. Todos repetem as palavras e os gestos. Depois é um padre-nosso e uma ave-maria, ditas com voz forte apesar do cansaço. Pedro se joga na cama. Uma coberta suja o espera. Mudam a roupa de cama de quinze em quinze dias. E a roupa de cama é apenas uma coberta e uma fronha para um travesseiro de pedra.

Já está dormindo quando alguém toca no seu ombro.

— Tu que é Pedro Bala, não é?

— Sim.

— Fui eu que trouxe o recado.

Pedro olha o mulato que está a seu lado. Pode ter dez anos:

— Eles têm voltado?

— Todo santo dia. Só quer saber quando tu sai da cafua.

— Diz que eu tou no canavial...

— Tu não quer comer um sacana hoje? Tem uns aqui, a gente de noite...

— Tou morto de sono... Quanto tempo levei?

— Oito dias. Já morreu um ali.

O menino vai embora. Pedro nem perguntou seu nome. Tudo o que quer é dormir. Mas os que andam para as camas dos pederastas fazem ruído. O bedel Fausto sai do seu quarto de tabiques:

— Que barulho é esse?

Silêncio. Ele bate as mãos:

— Todos de pé.

Fita a todos:

— Ninguém sabe?

Silêncio. O bedel esfrega os olhos, anda entre as camas. Um enorme relógio dá dez horas na parede.

— Ninguém diz?

Silêncio. O bedel range os dentes:
— Então ficarão todos uma hora de pé... Até as onze. E o primeiro que tentar deitar vai pra cafua. Agora está desocupada...
Uma voz de menino corta o silêncio:
— Seu bedel...
É um pequeno, meio amarelento.
— Fale, Henrique.
— Eu sei...
Os olhos todos estão fitos nele. Fausto anima a delação:
— Diga o que sabe.
— Foi Jeremias, que ia pra cama de Berto fazer coisa feia.
— Seu Jeremias, seu Berto!
Os dois saem das suas camas.
— De pé na porta. Até meia-noite. Os outros podem deitar. — Olha mais uma vez a todos. Os castigados estão de pé na porta.
Quando o bedel se recolhe, Jeremias ameaça Henrique. Os outros comentam. Pedro Bala dorme.

No refeitório, enquanto bebiam o café aguado e mastigavam o bolachão duro, seu vizinho de mesa fala:
— Tu é o chefe dos Capitães da Areia? — Sua voz é baixíssima.
— Sou, sim.
— Vi teu retrato no jornal... Tu é um macho! Mas te acabaram. — Olha o rosto magro de Bala.
Mastiga o bolachão. Continua:
— Tu vai ficar aqui?
— Vou arribar...
— Eu também. Tenho um plano... Quando eu bater asa, posso ir pra teu grupo?
— Pode.
— Onde fica o buraco?
Pedro Bala olha com desconfiança:
— Tu encontra a gente no Campo Grande toda tarde.
— Pensa que vou dizer?

O bedel Campos bate as mãos. Todos se levantam. Dirigem-se para as diversas oficinas ou para os terrenos cultivados.

Pelo meio da tarde Pedro Bala vê o Sem-Pernas que passa na estrada. Vê também um bedel que o tange.

Castigos... Castigos... É a palavra que Pedro Bala mais ouve no reformatório. Por qualquer coisa são espancados, por um nada são castigados. O ódio se acumula dentro de todos eles.

No extremo do canavial passa um bilhete a Sem-Pernas. No outro dia encontra a corda entre as moitas de cana. Com certeza a puseram durante a noite. É um rolo de corda fina e resistente. Está novinha. No meio dela o punhal que Pedro mete nas calças. A dificuldade é levar o rolo para o dormitório. Fugir durante o dia é impossível, com a vigilância dos bedéis. Não pode levar o rolo entre a roupa, que notariam.

De repente surge uma briga. Jeremias se joga sobre o bedel Fausto com o facão na mão. Outros meninos se atiram também, mas vem um grupo de bedéis armados de chicotes. Estão sujeitando Jeremias. Pedro mete o rolo de corda debaixo do paletó, abre para o dormitório. Um bedel vem descendo a escada com um revólver na mão. Pedro se esconde atrás de uma porta. O bedel vem rápido, passa.

Empurra a corda para baixo do colchão, volta para o canavial. Jeremias foi levado para a cafua. Os bedéis agora juntam os meninos. Ranulfo e Campos foram em perseguição de Agostinho, que pulou a cerca na confusão da briga. O bedel Fausto, com um talho no ombro, foi para a enfermaria. O diretor está entre eles, os olhos fuzilando de raiva. Um bedel conta os meninos. Pergunta a Pedro Bala:

— Onde estava metido?

— Saí pra não me meter no barulho.

O bedel o olha desconfiado, mas passa.

Voltam Ranulfo e Campos com Agostinho. O fujão é surrado na vista de todos. Depois o diretor diz:

— Metam-no na cafua.

— Já está Jeremias — fala Ranulfo.

— Ficam os dois. Assim podem conversar...

Pedro Bala se arrepia. Como irão ficar dois na pequenez da cafua?

Nesta noite a vigilância é grande, ele não tenta nada. Os meninos rangem os dentes de raiva.

Duas noites depois, quando o bedel Fausto já tinha se recolhido há muito ao seu quarto de tabiques e quando todos dormiam, Pedro Bala se levantou, tirou a corda de sob o colchão. Sua cama ficava junto a uma janela. Abriu. Amarrou a corda num dos armadores de rede que existiam na parede. Deixou que a corda caísse pela janela. Era curta. Faltava ainda muito. Recolheu. Procurava fazer o menor barulho possível, mas assim mesmo um dos seus vizinhos de cama acordou:

— Tu vai bater asa?

Aquele não tinha boa fama. Costumava delatar. Por isso mesmo fora colocado ao lado de Pedro Bala. Bala puxou o punhal, mostrou a ele.

— Olha, xereta, trata de dormir. Se tu piar, eu te abro a garganta, palavra de Pedro Bala. E se tu disser alguma coisa depois que eu sair... Tu já viu falar nos Capitães da Areia?

— Já.

— Pois eles me vinga.

Põe o punhal ao alcance da mão. Recolhe completamente a corda, amarra o lençol na ponta com um daqueles nós que o Querido-de-Deus lhe ensinou. Ameaça mais uma vez o menino, joga a corda, passa o corpo pela janela, começa a descida. Ainda no meio ouve os gritos denunciadores do delator. Se deixa escorregar pela corda, salta ao chão. O pulo é grande, mas ele já salta correndo.

Pula a cerca, após evitar os cachorros policiais que estão soltos. Desaba pela estrada. Tem alguns minutos de vantagem. O tempo dos bedéis se vestirem e saírem em sua perseguição e soltarem os cachorros também. Pedro Bala prende o punhal nos dentes, tira a roupa. Assim os cachorros não o conhecerão pelo faro. E nu, na madrugada fria, inicia a carreira para o sol, para a liberdade.

Professor lê a manchete do *Jornal da Tarde*:

O CHEFE DOS CAPITÃES DA AREIA CONSEGUE FUGIR DO REFORMATÓRIO

Trazia uma longa entrevista com o diretor furioso. Todo o trapiche ri. Até o padre José Pedro, que está com eles, ri em gargalhadas, como se fosse um dos Capitães da Areia.

ORFANATO

Um mês de orfanato bastou para matar a alegria e a saúde de Dora. Nascera no morro, infância em correrias no morro. Depois a liberdade das ruas da cidade, a vida aventurosa dos Capitães da Areia. Não era uma flor de estufa. Amava o sol, a rua, a liberdade.

Fizeram duas tranças do seu cabelo, amarraram com fitas. Fitas cor-de-rosa. Deram-lhe um vestido de pano azul, um avental de um azul mais escuro. Faziam com que ela ouvisse aulas junto com meninas de cinco e seis anos. A comida era má, havia castigo também. Ficar em jejum, perder os recreios. Veio uma febre, ela esteve na enfermaria. Quando voltou estava macilenta. Tinha sempre febre, mas não dizia nada, porque odiava o silêncio da enfermaria, onde o sol não entrava e todas as horas pareciam a hora agonizante do crepúsculo. Quando podia, chegava perto das grades, porque por vezes divisava Professor ou João Grande que rondavam por ali. Um dia lhe passaram um bilhete. Pedro Bala fugira do reformatório. Viria tirá-la dali. Nem sentiu a febre em que estava.

Avisaram por intermédio de outro bilhete, que Professor escreveu e lhe jogou, que ela arranjasse um meio de ir para a enfermaria. Mas nem foi preciso, porque uma irmã notou o avermelhado das suas faces. Pôs a mão no seu rosto:

— Estás queimando de febre.

Era sempre crepúsculo na enfermaria. Era como uma antessala do túmulo, com as pesadas cortinas que impediam a luz de entrar. O médico que a vira balançara a cabeça com tristeza.

Mas a luz entrou com eles. Como Pedro Bala estava magro, pensou Dora ao se pôr ao seu lado. João Grande, Gato, Professor, estavam com ele. Professor mostrou a navalha à irmã, que abafou um grito. A menina que estava com catapora na outra cama tremia sob os lençóis. Dora queimava de febre, mal podia estar de pé. A irmã murmurou:

— Ela está muito doente...

Dora respondeu:

— Eu vou, Pedro.

Saíram pela porta. Volta Seca tinha o grande cachorro preso pela coleira. Tinham trazido um pedaço de carne. Gato abriu o portão. Na rua disse:

— Foi canja...

Professor avisou:

— Vamos embora antes que alarmem.

Se atiraram por uma ladeira. Dora nem sentia a febre porque ia junto com Pedro Bala, ele pegando na sua mão.

Volta Seca fechava a marcha, a mão no punhal, um sorriso no rosto sombrio.

NOITE DE GRANDE PAZ

Os capitães da areia olham mãezinha Dora, a irmãzinha Dora, Dora noiva, Professor vê Dora, sua amada. Os Capitães da Areia olham em silêncio. A mãe-de-santo Don'Aninha reza oração forte para a febre que consome Dora desaparecer. Com um galho de sabugueiro manda que a febre se vá. Os olhos febris de Dora sorriem. Parece que a grande paz da noite da Bahia está também nos seus olhos.

Os Capitães da Areia olham em silêncio sua mãe, irmã e noiva. Mal a recuperaram, a febre a derrubou. Onde está a alegria dela, por que ela não corre picula com seus filhinhos menores, não vai para a aventura das ruas com seus irmãos negros, brancos e mulatos? Onde está a alegria dos olhos dela? Só uma grande paz, a grande paz da noite. Porque Pedro Bala aperta sua mão com calor.

A paz da noite da Bahia não está no coração dos Capitães da Areia. Tremem com receio de perder Dora. Mas a grande paz da noite está nos olhos dela. Olhos que se fecham docemente, enquanto a mãe-de-santo Aninha enxota a febre que a devora.

A paz da noite envolve o trapiche.

DORA, ESPOSA

O CACHORRO LATE À LUA NA AREIA. SEM-PERNAS SAI do trapiche, acompanha Don'Aninha através do areal. Ela disse que a febre não tardaria a ir embora. Pirulito sai também, vai chamar o padre José Pedro. Tem confiança no padre, ele pode saber um remédio.

Dentro do trapiche os Capitães da Areia estão silenciosos. Dora pediu que eles fossem dormir. Se deitaram pelo chão, mas são raros os que dormem. Na paz imensa da noite pensam na febre que consome Dora. Ela beijou Zé Fuinha, mandou que ele fosse dormir. Ele não compreende bem. Sabe que ela está doente, mas não pensa um momento que ela o poderá abandonar. Mas os Capitães da Areia temem que isso aconteça. Então ficarão novamente sem mãe, sem irmã, sem noiva.

Agora só João Grande e Pedro Bala estão a seu lado. O negro sorri, mas Dora sabe que o sorriso dele é forçado, é um sorriso para a animar, um sorriso arrancado à força da tristeza que o negro sente. Pedro Bala segura sua mão. Mais retirado, Professor está dobrado sobre si mesmo, a cabeça enterrada nas mãos.

Dora diz:

— Pedro?

— Que é?

— Chegue aqui.

Ele se aproxima. A voz dela é um fio de voz. Pedro fala com carinho:

— Tu quer alguma coisa?

— Tu gosta de mim?

— Tu bem sabe...

— Deita aqui.

Pedro deita ao seu lado. João Grande se afasta, chega para perto de Professor. Mas não conversam, ficam entregues à sua tristeza. No entanto é uma noite de paz que envolve o trapiche. E a paz da noite está também nos olhos doentes de Dora.

— Mais perto...

Ele se chega mais, os corpos estão juntos. Ela toma a mão dele, leva ao seu peito. Arde de febre. A mão de Pedro está sobre seu seio de menina. Ela faz com que ele a acaricie, diz:

— Tu sabe que já sou moça?

A mão dele pousada nos seus seios, os corpos juntos. Uma grande paz nos olhos dela:

— Foi no orfanato... Agora posso ser tua mulher.

Ele a olha espantado:

— Não, que tu tá doente...

— Antes de eu morrer. Vem...

— Tu não vai morrer.

— Se tu vier, não.

Se abraçam. O desejo é abrupto e terrível. Pedro não a quer magoar, mas ela não mostra sinais de dor. Uma grande paz em todo seu ser.

— Tu é minha agora — fala ele com voz agitada.

Ela parecia não sentir a dor da posse. Seu rosto acendido pela febre se enche de alegria. Agora a paz é só da noite, com Dora está a alegria. Os corpos se desunem. Dora murmura:

— É bom... Sou tua mulher.

Ele a beija. A paz voltou ao rosto dela. Fita Pedro Bala com amor.

— Agora vou dormir — diz.

Deita ao lado dela, segura sua mão ardente. Esposa.

A paz da noite envolve os esposos. O amor é sempre doce e bom, mesmo quando a morte está próxima. Os corpos não se balançam mais no ritmo do amor. Mas nos corações dos dois meninos não há mais nenhum medo. Somente paz, a paz da noite da Bahia.

Na madrugada, Pedro põe a mão na testa de Dora. Fria. Não tem mais pulso, o coração não bate mais. O seu grito atravessa o trapiche, desperta os meninos. João Grande a olha de olhos abertos. Diz a Pedro Bala:

— Tu não devia ter feito...

— Foi ela que quis — explica e sai para não rebentar em soluços.

Professor se chega, fica olhando. Não tem coragem de tocar no corpo dela. Mas sente que para ele a vida do trapiche acabou, não lhe resta mais nada que fazer ali. Pirulito entra com o padre José Pedro. O padre pega no pulso de Dora, bota a mão na testa:

— Está morta.

Inicia uma oração. E quase todos rezam em voz alta.

— Padre nosso que estais no céu...

Pedro Bala se lembra das rezas à noite no reformatório. Seus ombros se encolhem, tapa os ouvidos. Volta-se, vê o corpo de Dora. Pirulito pôs uma flor roxa entre seus dedos. Pedro Bala rompe em soluços.

Veio a mãe-de-santo Don'Aninha, veio também o Querido-de-Deus. Pedro Bala não toma parte da conversa. Aninha diz:

— Foi como uma sombra nesta vida. Vira santa na outra. Zumbi dos Palmares é santo dos candomblés de caboclo, Rosa Palmeirão também. Os homens e as mulheres valentes viram santo dos negros...

— Foi como uma sombra... — repete João Grande.

Foi como uma sombra para todos, um acontecimento sem explicação. Menos para Pedro Bala, que a teve. Menos para Professor, que a amou.

Padre José Pedro fala:

— Vai pro céu, não tinha pecado. Não sabia o que era pecado...

Pirulito reza. Querido-de-Deus sabe o que esperam dele. Que leve o cadáver no seu saveiro e o jogue no mar, adiante do forte velho. Como poderá sair um enterro do trapiche? É difícil explicar tudo isso ao padre José Pedro. O Sem-Pernas o faz numa voz apressada. O padre a princípio se horroriza. É um pecado, ele não pode consentir num pecado. Mas consente, que não vai denunciar onde moram os Capitães da Areia. Pedro Bala não fala.

Em torno é a paz da noite. Nos olhos mortos de Dora, olhos de mãe, de irmã, de noiva e de esposa, há uma grande paz. Alguns meninos choram. Volta Seca e João Grande vão levar o corpo. Mas, parado ante ele, está Pedro Bala, imóvel. Volta Seca não pode estender as mãos. João Grande chora como uma mulher. Don'Aninha toma do braço de Pedro, tira-o dali e envolve o corpo de Dora numa toalha branca de rendas:

— Vai para Iemanjá — diz. — Ela também vira santo...

Mas ninguém pode levar o cadáver. Porque Pedro Bala está abraçado com ele, não o larga. Professor o chama:

— Deixa. Eu também gostava dela. Agora...

Levam-na para a paz da noite, para o mistério do mar. O padre reza, é uma estranha procissão que se dirige na noite para o saveiro do Querido-de-Deus. Do areal, Pedro Bala vê o saveiro que se afasta. Morde as mãos, estende os braços.

Voltam para o trapiche. A vela branca do saveiro se perde no mar. A lua ilumina o areal, as estrelas tanto estão no céu como no mar. Há uma paz na noite. Paz que veio dos olhos de Dora.

COMO UMA ESTRELA DE LOIRA CABELEIRA

Contam no cais da Bahia que quando morre um homem valente vira estrela no céu. Assim foi com Zumbi, com Lucas da Feira, com Besouro, todos os negros valentes. Mas nunca se viu um caso de uma mulher, por mais valente que fosse, virar estrela depois de morta. Algumas, como Rosa Palmeirão, como Maria Cabaçu, viraram santas nos candomblés de caboclo. Nunca nenhuma virou estrela.

Pedro Bala se joga n'água. Não pode ficar no trapiche, entre os soluços e as lamentações. Quer acompanhar Dora, quer ir com ela, se reunir a ela nas Terras do Sem-Fim de Iemanjá. Nada para diante sempre. Segue a rota do saveiro do Querido-de-Deus. Nada, nada sempre. Vê Dora em sua frente, Dora, sua esposa, os braços estendidos para ele. Nada até já não ter forças. Boia então, os olhos voltados para as estrelas e a grande lua amarela do céu. Que importa morrer quando se vai em busca da amada, quando o amor nos espera?

Que importa tampouco que os astrônomos afirmem que foi um cometa que passou sobre a Bahia naquela noite? O que Pedro Bala viu foi Dora feita estrela, indo para o céu. Fora mais valente que todas as mulheres, mais valente que Rosa Palmeirão, que Maria Cabaçu. Tão valente que antes de morrer, mesmo sendo uma menina, se dera ao seu amor. Por isso virou uma estrela no céu. Uma estrela de longa cabeleira loira, uma estrela como nunca tivera nenhuma na noite de paz da Bahia.

A felicidade ilumina o rosto de Pedro Bala. Para ele veio também a paz da noite. Porque agora sabe que ela brilhará para ele entre mil estrelas no céu sem igual da cidade negra.

O saveiro do Querido-de-Deus o recolhe.

CANÇÃO DA BAHIA,
CANÇÃO DA LIBERDADE

VOCAÇÕES

Não havia passado muito tempo sobre a morte de Dora, a imagem da sua presença tão rápida e no entanto tão marcante, da sua morte também, ainda enchia de visões as noites do trapiche. Alguns, quando entravam, todavia, olhavam para o canto onde ela costumava sentar ao lado do Professor e de João Grande. Ainda com a esperança de encontrá-la. Fora um acontecimento sem explicação. Fora o totalmente inesperado na vida deles, o aparecimento de u'a mãe, de uma irmã. Motivo por que eles ainda a procuravam, apesar de terem visto o Querido-de-Deus a levar no seu saveiro para o fundo do mar. Só Pedro Bala não a procurava no trapiche. Procurava ver, no céu de tanta estrela, uma que tivesse longa e loira cabeleira.

Um dia Professor entrou no trapiche e não acendeu sua vela, não abriu um livro de histórias, não conversou. Para ele toda aquela vida tinha acabado desde que Dora fora levada pela febre. Quando ela viera, enchera o trapiche com sua presença. Para Professor tudo tinha uma nova significação. O trapiche ficara como a moldura de um quadro: ora os cabelos loiros caindo sobre Gato, que via sua mãe, ora os lábios que beijavam Zé Fuinha para ele dormir. Ou a boca que cantava cantigas de ninar. Também sorrisos de orgulho para a coragem de Volta Seca, como se fosse uma destemida mulata sertaneja. Ou a entrada no trapiche, os cabelos voando, o rosto todo rindo, de volta da aventura do dia nas ruas da cidade. Ou os olhos cheios de amor, a febre queimando seu rosto, as mãos chamando o amado para a posse primeira e última. Agora Professor olhava o trapiche como para uma moldura sem quadro. Inútil. Para ele deixara de ter significação, ou tinha uma significação terrível demais. Mudara muito naqueles meses após a morte de Dora, andava calado, o rosto sério, e entrara em relações com aquele senhor que certa vez, num passeio da rua Chile, conversara com ele, lhe dera uma piteira e seu endereço.

Nesta noite Professor não acendeu vela, não abriu livro de história. Ficou calado quando João Grande veio para seu lado. Arrumava suas coisas numa trouxa. Quase tudo era livro. João Grande olhava sem dizer nada, mas compreendia muito, se bem todos dissessem que não havia negro mais burro que o negrinho João Grande. Mas quando Pedro Bala chegou e sentou também a seu lado e lhe ofereceu um cigarro, Professor falou:

— Vou embora, Bala...

— Pra onde, mano?

Professor olhou o trapiche, os meninos que andavam, que riam, que se moviam como sombras entre os ratos:

— Que adianta a vida da gente? Só pancada na polícia quando pegam a gente. Todo mundo diz que um dia pode mudar... Padre José Pedro, João de Adão, tu mesmo. Agora vou mudar a minha...

Pedro Bala não disse nada, mas a pergunta estava nos seus olhos. João Grande não perguntava nada, compreendia tudo.

— Vou estudar com um pintor do Rio. Doutor Dantas, aquele da piteira, escreveu a ele, mandou uns desenhos meus. Ele mandou dizer que me mandasse... Um dia vou mostrar como é a vida da gente... Faço o retrato de todo mundo... Tu falou uma vez, lembra? Pois faço...

A voz de Pedro Bala o animou:

— Tu também vai ajudar a mudar a vida da gente...

— Como? — fez João Grande.

Professor também não entendeu. Tampouco Pedro Bala sabia explicar. Mas tinha confiança no Professor, nos quadros que ele faria, na marca do ódio que ele levava no coração, na marca de amor à justiça e à liberdade que ele levava dentro de si. Não se vive inutilmente uma infância entre os Capitães da Areia. Mesmo quando depois se vai ser um artista e não um ladrão, assassino ou malandro. Mas Pedro Bala não sabia explicar tudo isso. Apenas disse:

— A gente nunca te esquece, mano... Tu lia história para gente, era o mais batuta da gente... O mais batuta...

Professor baixou a cabeça. João Grande se levantou, sua voz era um chamado, era um grito de despedida também:

— Gentes! Gentes!

Vieram todos, ficaram em torno. João Grande estendeu os braços:

— Gentes, Professor vai embora. Vai ser um pintor no Rio de Janeiro. Gentes, viva Professor!

O viva apertou o coração do menino. Olhou para o trapiche. Não era como um quadro sem moldura. Era como a moldura de inúmeros quadros. Como quadros de uma fita de cinema. Vidas de luta e de coragem. De miséria também. Uma vontade de ficar. Mas que adiantava ficar? Se fosse, poderia ser de melhor ajuda. Mostraria aquelas vidas... Apertam sua mão, o abraçam. Volta Seca está triste, tão triste como se tivesse morrido um cangaceiro do grupo de Lampião.

Na noite do cais o homem da piteira, que era um poeta, entrega uma carta e dinheiro a Professor:

— Ele o esperará no cais. Telegrafei. Espero que você não traia a confiança que depositei no seu talento.

Nunca um passageiro de terceira teve tanta gente na sua despedida. Volta Seca lhe dá um punhal de presente. Pedro Bala faz tudo para rir, para dizer coisas gozadas. Mas João Grande não esconde a tristeza que vai dentro dele.

Professor ainda de longe vê o boné de Pedro, que se sacode no cais. E no meio daqueles homens desconhecidos, oficiais fardados, comerciantes e senhoritas, fica tímido, não sabe que fazer, sente que toda a sua coragem ficou com os Capitães da Areia. Mas dentro do seu peito vem uma marca de amor à liberdade. Marca que o faria abandonar o velho pintor que lhe ensina coisas acadêmicas para ir pintar por sua conta quadros que, antes de admirar, espantam todo o país.

Passou o inverno, passou o verão, veio outro inverno, e este foi cheio de longas chuvas, o vento não deixou de correr uma só noite no areal. Agora Pirulito vendia jornais, fazia trabalhos de engraxate, carregava bagagens dos viajantes. Conseguira deixar de furtar para viver. Pedro Bala consentira que ele continuasse no trapiche, apesar de que ele não levava a mesma vida que os outros. Pedro Bala não entende o que vai dentro de Pirulito. Sabe que ele quer ser padre, que quer fugir daquela vida. Mas acha que aquilo não resolverá nada, não endireitará nada na vida de todos eles. O padre José Pedro fazia tudo para mudar a vida deles. Mas era um só, os outros não achavam que ele fizesse bem. Que tinha adiantado? Só todos unidos, como dizia João de Adão.

Mas Deus chamava Pirulito. Nas noites do trapiche o menino ouvia o chamado de Deus. Era uma voz poderosa dentro dele. Uma voz poderosa como a voz do mar, como a voz do vento que corre em torno ao casarão. Uma voz que não fala aos seus ouvidos, que fala ao seu coração. Uma voz que o chama, que o alegra e o amedronta ao mesmo tempo. Uma voz que exige tudo dele para lhe dar a felicidade de a servir. Deus o chama. E o chamado de Deus dentro de Pirulito é poderoso como a voz do vento, como a voz potente do mar. Pirulito quer viver para Deus, inteiramente para Deus, uma vida de recolhimento e de penitência, uma vida que o limpe dos pecados, que o torne digno da contemplação de Deus. Deus o chama e Pirulito pensa na sua salvação. Será um penitente, não olhará mais o espetáculo do mundo. Não quer ver nada do que se passa no mundo para ter os olhos suficientemente limpos para poderem ver a face de Deus. Porque para aqueles que não têm os olhos completamente limpos de todo o pecado, a face de Deus é terrível como o mar enfurecido. Mas para os que têm os olhos e o coração limpos de todo o pecado, a face de Deus é mansa como as ondas do mar numa manhã de sol e de bonança.

Pirulito está marcado por Deus. Mas está marcado também pela vida dos Capitães da Areia. Desiste da sua liberdade, de ver e ouvir o espetáculo do mundo, da marca de aventura dos Capitães da Areia, para ouvir o chamado de Deus. Porque a voz de Deus que fala no seu coração é tão poderosa que não tem comparação. Rezará pelos Capitães da Areia na sua cela de penitente. Porque tem que ouvir e seguir a voz que o chama. É uma voz que transfigura seu rosto na noite invernosa do trapiche. Como se lá fora fosse a primavera.

*

Padre José Pedro foi chamado novamente ao arcebispado. Desta vez o cônego está acompanhado do superior dos capuchinhos. Padre José Pedro treme, pensando que novamente vão lhe ralhar, vão falar dos seus pecados. Fez uma coisa contra as leis para ajudar os Capitães da Areia. Teme ter fracassado, porque em quase nada conseguira melhorar a vida deles. Mas em certos momentos cruéis levara um pouco de conforto àqueles pequenos corações. E tinha Pirulito... Era uma conquista para Deus. Se não fizera tudo, se não transformara como queria aquelas vidas, não tinha perdido tudo também. Algo havia conseguido para Deus. Se alegrava, apesar da tristeza do pouco que havia conseguido para os Capitães da Areia. Assim mesmo, em certos momentos fora como a família que lhes faltava. Certas horas tinha sido pai e mãe. Agora os chefes estavam já rapazes, quase homens. Professor já tinha ido embora, outros não tardariam a ir. Mesmo que fossem ser ladrões, levar uma vida de pecado, em certos momentos o padre conseguira minorar o espetáculo de miséria das suas vidas com um pouco de conforto e de carinho. E de solidariedade.

Mas desta vez o cônego não ralha. Anuncia que o arcebispado resolveu lhe dar uma paróquia. Conclui:

— O senhor nos deu muito que fazer, padre, com suas ideias erradas acerca de educação. Espero que a bondade do senhor arcebispo lhe dando esta paróquia fará com que o senhor pense nas suas obrigações e desista dessas inovações soviéticas.

A paróquia nunca tivera cura porque o arcebispo nunca encontrara um padre que se dispusesse a ir para o meio dos cangaceiros, numa perdida vila do alto sertão. Mas o nome do lugarejo alegrou o coração do padre José Pedro. Ia para o meio dos cangaceiros. E os cangaceiros são como crianças grandes. Agradeceu, ia falar, mas o superior dos capuchinhos o interrompeu:

— O senhor cônego me disse que entre estes meninos há um que tem vocação sacerdotal.

— Ia falar disso mesmo — disse o padre. — Nunca vi uma vocação tão decidida.

O missionário sorriu:

— Porque nós estamos em falta de um irmão. Não é o mesmo que ser padre, bem sei. Mas está muito próximo. E se a sua vocação é verdadeira a ordem pode fazê-lo estudar e mesmo se ordenar.

— Ele vai ficar louco de alegria.

— O senhor responde por ele?

Pirulito irá ser frade. Um dia talvez se ordene. O padre sai agradecendo a Deus.

Levam o padre à estação. O apito do trem é como um lamento. Estão ali vários dos Capitães da Areia. Padre José Pedro os fita com amor. Pedro Bala diz:

— O senhor foi bom pra gente, padre. Um homem bom. A gente não vai esquecer o senhor...

Não reconhecem Pirulito quando ele chega vestido com uma batina de frade, um longo cordão pendendo ao lado. Padre José Pedro diz:

— Conhecem o irmão Francisco da Sagrada Família?

Eles olham Pirulito com certa vergonha. Mas Pirulito sorri. Está mais magro, um ar de asceta. Com o hábito de capuchinho fica muito alto.

— Ele rezará por vocês... — diz o padre José Pedro.

Se despede. Entra para o vagão. O trem apita, é como uma despedida. Da janela, o padre vê os meninos que agitam mãos e bonés, velhos chapéus, trapos que servem de lenço. Uma velha que vai defronte dele, doidinha para puxar conversa, se espanta do padre ir chorando.

Boa-Vida pouco aparece no trapiche. Tem um violão, faz sambas, está enorme, mais um malandro nas ruas da Bahia. Ninguém tem uma vida igual à dos malandros. Passa o dia conversando nas docas, no mercado, vai às festas dos morros e da Cidade de Palha à noite, ou às macumbas. Toca seu violão, come e bebe do melhor, apaixona as cabrochas bonitas com sua voz e sua música. Arma fuzuê nas festas e quando a polícia o persegue vem se esconder no trapiche entre os Capitães da Areia.

Então toca para eles, ri com eles em gargalhadas como se ainda fosse um deles. Boa-Vida vai se afastando aos poucos, à proporção que vai crescendo. Quando tiver dezenove anos já não voltará. Será um malandro completo, um daqueles mulatos que amam a Bahia acima de tudo, que fazem uma vida perfeita nas ruas da cidade. Inimigo da riqueza e do trabalho, amigo das festas, da música, do corpo das cabrochas. Malandro. Armador de fuzuês. Jogador de capoeira navalhista, ladrão quando se fizer preciso. De bom coração, como canta um abc que Boa-Vida faz acerca de outro malandro. Prometendo às cabrochas se regenerar e ir para o trabalho, sendo malandro sempre. Um dos "valentões" da cidade. Figura que os futuros Capitães da Areia amarão e admirarão, como Boa-Vida amou e admirou o Querido-de-Deus.

Um dia, passado muito tempo, Pedro Bala ia com o Sem-Pernas pelas ruas. Entraram numa igreja da Piedade, gostavam de ver as coisas de ouro, mesmo era fácil bater uma bolsa de uma senhora que rezasse. Mas não havia nenhuma senhora na igreja àquela hora. Somente um grupo de meninos pobres e um capuchinho que lhes ensinava catecismo.

— É Pirulito... — disse Sem-Pernas.

Pedro Bala ficou olhando. Encolheu os ombros:

— Que adianta?

Sem-Pernas olhou:

— Não dá de comer...

— Um dia vai ser padre também. Tem que ser é tudo junto.

Sem-Pernas disse:

— A bondade não basta.

Completou:

— Só o ódio...

Pirulito não os via. Com uma paciência e uma bondade extremas ensinava às crianças buliçosas as lições de catecismo. Os dois

Capitães da Areia saíram balançando a cabeça. Pedro Bala botou a mão no ombro do Sem-Pernas.

— Nem o ódio, nem a bondade. Só a luta.

A voz bondosa de Pirulito atravessa a igreja. A voz de ódio do Sem-Pernas estava junto de Pedro Bala. Mas ele não ouvia nenhuma. Ouvia era a voz de João de Adão, o doqueiro, a voz de seu pai morrendo na luta.

CANÇÃO DE AMOR DA VITALINA

Gato contou que a solteirona era cheia do dinheiro. Era a última de uma família rica, andava pelos quarenta e cinco anos, feia e nervosa. Corria a notícia de que tinha uma sala cheia de coisas de ouro, de brilhantes e joias acumuladas pela família através de gerações. Pedro Bala pensou que era uma coisa capaz de dar um bocado de dinheiro. Gonzales, o dono da casa de penhor O 14, dava dinheiro por aqueles objetos. Perguntou ao Sem-Pernas:

— Tu é capaz de penetrar?

— Se sou...

— Depois a gente invade.

Riram no trapiche. Gato saiu para ver Dalva. Sem-Pernas avisou:

— Amanhã de manhã vou lá.

A solteirona abriu a porta. Só tinha uma criada, uma negra velha, que parecia fazer parte da herança, pois acompanhava a família há cinquenta anos. A solteirona olhou muito digna para o Sem-Pernas:

— Quer alguma coisa?

— Eu sou um pobre órfão e aleijado — mostrava a perna coxa. — Não quero viver furtando, nem pedindo esmola. A senhora tem um trabalho para mim? Posso fazer compras.

A solteirona não tirava os olhos dele. Um menino... Não era a bondade que falava dentro dela. Era a voz do sexo que dava seus últimos latidos. Dentro em pouco seu sexo ficaria inútil, os médicos diziam que então o seu nervoso cessaria. Muito antes, quando ainda era mocinha, houvera um menino na casa para fazer compras. Fora bom... Mas seu irmão descobrira, expulsara o menino.

Agora o irmão estava morto, outro menino vinha pedir para fazer compras:

— Tá bem.

Mandou que ele tomasse banho. Pela tarde deu-lhe dinheiro para as compras e mais para uma roupa para ele. Sem-Pernas conseguiu bater mil e duzentos nas contas. Pensou:

— Aqui vou é fazer dinheiro...

Na cozinha a negra contava histórias antigas com sua língua embolada. Sem-Pernas ouvia demonstrando excessivo interesse para ganhar a confiança da negra. Mas quando perguntou pelas coisas de ouro a negra não respondeu. Sem-Pernas não insistiu. Sabia ser paciente, estava acostumado àquele trabalho. Na sala a solteirona fazia ponto de cruz numa toalha, mirava Sem-Pernas com interesse, pela porta. Era feia de cara, mas o corpo velhusco ainda tinha certo atrativo. Chamou Sem-Pernas para ver o trabalho que ela estava fazendo, quando Sem-Pernas olhou ela se curvou, ele viu os seios grandes. Mas não pensou que ela estivesse lhe mostrando. Achou o trabalho muito bonito, disse:

— A senhora é muito inteligente...

Parecia até um menino bem-educado. Apesar da perna coxa e da cara feia, a solteirona o achou lindo. Seria melhor que fosse um pouco menos crescido. Mas assim mesmo... Novamente se curvou, mostrou os seios ao Sem-Pernas. Sem-Pernas desviou o olhar, não pensava que fosse de propósito. Quando ele elogiou novamente o trabalho, ela passou a mão no seu rosto:

— Obrigada, meu filho — sua voz era lânguida.

A negra botou um colchão na sala de jantar para o Sem-Pernas dormir. Cobriu com um lençol, arranjou um travesseiro. A solteirona conversava na casa de uma amiga, na mesma rua, e quando voltou Sem-Pernas já estava deitado. Ouviu que ela se despedia de alguém:

— Desculpe este trabalho de trazer uma vitalina pra casa.

— Dona Joana, não diga isso...

Entrou, trancou a porta da rua, tirou a chave. A negra já tinha ido dormir no quarto junto da cozinha. A solteirona veio até a sala de jantar, deu uma espiada em Sem-Pernas, que fez que estava dormindo. Suspirou. Marchou para seu quarto.

As luzes estavam todas apagadas na casa. Apesar de ser muito cedo em relação à hora em que dormiam no trapiche, Sem-Pernas se entregou ao sono.

Por isso não sabe a que horas a vitalina veio. Sentiu foi uma mão que passava em seus cabelos. Pensou que fosse um sonho bom. A mão deslizava, passava no seu peito, na sua barriga, agora segurava de manso no seu sexo. Sem-Pernas despertou completamente, mas ficou de olhos fechados. A solteirona machucava seu sexo, se encostava contra ele. Estava de camisa de dormir, suspendeu a camisa, botou a mão de Sem-Pernas no seu corpo, Sem-Pernas se encostou nela. Quis falar, ela pôs a mão na sua boca, apontou para a cozinha:

— Pode ouvir...

Disse ainda mais baixo:

— Tu vai ser bom para mim, não vai?

Se apertava contra ele. Puxou as calças do Sem-Pernas. Depois se cobriram com o lençol. Mas quando Sem-Pernas quis tudo, ela disse:

— Não. Só em cima.

Era uma coisa incompleta que enraivecia Sem-Pernas.

A solteirona gemia baixinho de amor. Apertava a cabeça do Sem-Pernas contra seus seios enormes, o sexo dele contra suas coxas, a mão do menino no seu sexo.

Sem-Pernas levanta estremunhado. Um grande cansaço nos seus membros. Aquelas noites são como batalhas. Nunca é um gozo completo, uma satisfação total. A solteirona quer uma migalha de amor. Teme o amor completo, o escândalo de um filho. Mas tem sede e fome de amor, quer nem que sejam as migalhas. Mas Sem-Pernas quer fazer o amor completo, aquilo o irrita, faz crescer seu ódio. Ao mesmo tempo se sente preso ao corpo da solteirona, às carícias a meio, trocadas na noite. Uma coisa o retém naquela casa. Se bem ao acordar tenha ódio de Joana, uma raiva impotente, uma vontade de a estrangular já que não a pode possuir totalmente, se a acha feia e velha, quando a noite se acerca fica nervoso pelos carinhos da vitalina, pela mão que movimenta seu sexo de menino, pelos seus seios onde repousa a cabeça, pelas suas coxas grossas. Imagina planos para a possuir, mas a solteirona os frustra, fugindo no último momento, e ralha com ele em voz baixa. Uma raiva surda possui Sem-Pernas. Mas a mão dela vem de novo para seu sexo e ele não pode lutar contra o desejo. E volta àquela luta tremenda da qual sai nervoso e esgotado.

Durante o dia responde mal a Joana, diz brutalidades, a solteirona chora. Ele a chama de vitalina, diz que vai embora. Ela lhe dá dinheiro, pede que ele fique. Mas não é pelo dinheiro que ele fica. Fica porque o desejo o retém. Já sabe qual a chave que abre a sala onde Joana guarda seus objetos de ouro. Sabe como tirar a chave para levá-la aos Capitães da Areia. Mas o desejo o retém ali, junto dos seios e das coxas da vitalina. Junto da mão da vitalina.

Fora sempre infeliz para o lado de mulher. Quando conseguia uma negrinha no areal era com a ajuda dos outros, era à força. Nenhuma olhava para ele, convidando com os olhos. Outros eram feios, mas ele era repulsivo com a perna coxa, andando feito caranguejo. Demais terminara por se fazer antipático e a se acostumar a possuir negrinhas a pulso. Agora vinha uma mulher branca e com dinheiro, velha e feiusca era verdade, mas bem comível ainda, e se deitava com ele. Acariciava seu sexo com a mão, juntava coxa com coxa, deitava sua cabeça nos seus seios grandes. Sem-Pernas não podia sair dali, se bem cada dia estivesse mais bruto e mais inquieto. Seu desejo reclamava uma posse completa. Mas a vitalina se contentava em colher as migalhas do amor.

Sem-Pernas durante o dia a odeia, se odeia, odeia o mundo todo.

Pedro Bala reclamou a demora. Já era tempo do Sem-Pernas

saber os segredos da casa. Sem-Pernas diz que sim, que não demorará mais. E naquela noite a batalha de amor é mais forte ainda. A solteirona geme de amor, recolhendo as migalhas do amor. Mas não cede a "sua honra". Isso dá coragem ao Sem-Pernas para no outro dia arribar com a chave.

A vitalina o espera para o amor. Está como uma esposa a quem o marido abandonasse. Chora e se lastima. Seu amor não vem, ela também precisa de amor, como todas essas moças que passam de vestidos bonitos na rua.

Mas o roubo a enfurece. Porque pensa que Sem-Pernas só a amou nas noites longas de vícios para a furtar. Sua sede de amor é humilhada. É como se houvessem cuspido na sua cara, dizendo que era por causa da sua feiura. Chora, não geme mais uma canção de amor. Se sente com coragem para estrangular o Sem-Pernas se o encontrasse. Porque burlaram do seu amor, da sede de amor que está no seu sangue. A sua desgraça é mais completa porque durante uma semana foi plenamente feliz com as migalhas de amor. Rola no chão com um ataque.

No trapiche, Sem-Pernas ri, relatando sua aventura. Mas no fundo sabe que a solteirona o fez ainda pior, aumentou com seus vícios o ódio que vivia latente no seu coração. Agora um desejo insatisfeito enche suas noites. Um desejo que impede seu sono, que lhe dá raiva.

NA RABADA DE UM TREM

Os navios chegam a Ilhéus carregados de mulheres. Mulheres que vêm da Bahia, de Aracaju, o mulherio todo de Recife, mesmo do Rio de Janeiro. Os gordos coronéis olham das pontes a chegada das mulheres. Morenas, loiras e mulatas, vêm em busca deles. Porque a notícia da alta do cacau correu pelo país todo. A notícia de que numa cidade relativamente pequena como Ilhéus estavam abertos quatro cabarés. Que os coronéis queimavam nas noites de jogo e de champanha notas de quinhentos mil-réis. Que pela madrugada saíam nus pelas ruas da cidade, formando o chamado "terno do Y". A notícia corria pelas ruas de mulheres perdidas. Os caixeiros-viajantes levavam a notícia. O cabaré da Brama, em Aracaju, ficou despovoado de mulheres. Foram para o El-Dorado, cabaré de Ilhéus. O mulherio de Recife desceu todo em alguns navios do Lloyd Brasileiro. Os pernambucanos ficaram sem mulheres, vieram todas para o cabaré Bataclan, apelidado pelos estudantes em férias de "Escola". Vieram algumas do Rio de Janeiro e estas foram para o Trianon, ex-Vesúvio, o mais luxuoso dos quatro cabarés da cidade do cacau. Até Rita Tanajura, célebre pelas grandes nádegas reboleantes, deixou a paz da sua cidade de Estância, onde era a rainha do pequeno mulherio de vida fácil e onde se dava com todo mundo, e veio ser a rainha do Far-West, o cabaré da rua do Sapo, onde os beijos e o estalo das garrafas de champanha se misturavam com os tiros, com o barulho das brigas. Porque o Far-West era o cabaré dos capatazes, dos pequenos fazendeiros de repente enriquecidos.

Na rua de Dalva, na zona das mulheres perdidas da Bahia, as casas se despovoaram. Vieram mulheres para o Bataclan, mulheres para o El-Dorado, mulheres para o Far-West. Umas poucas vieram para o Trianon, onde dançavam com os coronéis. No Bataclan, mulheres pernambucanas e sergipanas davam parte do dinheiro que ganhavam dos coronéis, e que era muito, aos estudantes que em compensação lhes davam o amor. Os viajantes enchiam o El-Dorado. Até no Far-West as mulheres ganhavam joias. Por vezes ganhavam um tiro também, como uma estranha joia vermelha no peito. Rita Tanajura dançava o charleston em cima de uma mesa, entre champanha e tiros. Tudo isso foi naquela alta do cacau de há muitos anos.

Quando Dalva soube que Isabel tinha colares e anel de brilhantes e, no entanto, não estava no Trianon, que era o mais luxuoso dos cabarés, estava era no Bataclan, não resistiu. Arrumou as malas. O que não faria ela no Trianon, ela que era a melhor das mulheres da sua rua? Enfardou Gato com uma elegantíssima roupa de casimira feita sob medida, de repente Gato não era mais um menino, era o mais jovem dos vigaristas da Bahia.

Na noite que, envergando seu traje novo, sapatos negros de verniz, gravata-borboleta, chapéu de palhinha, apareceu no trapiche, João Grande soltou uma exclamação de assombro:

— Pois não é o Gato?

Gato não fizera ainda dezoito anos. Fazia quatro que amava Dalva. Virou para João Grande:

— Agora vou começar a vida...

Ofereceu cigarros tirados de uma cigarreira cara, alisou o cabelo bem assentado. Botou a mão no ombro de Pedro Bala:

— Mano, vou para Ilhéus. A patroa vai cavar a vida. Eu vou com ela. Sou capaz de enricar. Quando tiver fazendeiro a gente vai fazer uma farra daquelas.

Pedro sorriu. Era outro que ia. Não seriam meninos toda vida... Bem sabia que eles nunca tinham parecido crianças. Desde pequenos, na arriscada vida da rua, os Capitães da Areia eram como homens, eram iguais a homens. Toda a diferença estava no tamanho. No mais eram iguais: amavam e derrubavam negras no areal desde cedo, furtavam para viver como os ladrões da cidade. Quando eram presos apanhavam surras como os homens. Por vezes assaltavam de armas na mão como os mais temidos bandidos da Bahia. Não tinham também conversas de meninos, conversavam como homens. Sentiam mesmo como homens. Quando outras crianças só se preocupavam com brincar, estudar livros para aprender a ler, eles se viam envolvidos em acontecimentos que só os homens sabiam resolver. Sempre tinham sido como homens, na sua vida de miséria e de aventura, nunca tinham sido perfeitamente crianças. Porque o que faz a criança é o ambiente de casa, pai, mãe, nenhuma responsabilidade. Nunca eles tiveram pai e mãe na vida da rua. E tiveram sempre que cuidar de si mesmos, foram sempre os responsáveis por si. Tinham sido sempre iguais a homens. Agora os mais velhos, os que eram desde há anos os chefes do grupo, estavam rapazolas, começavam a ir para seus destinos. Professor já fora, fazia quadros no Rio de Janeiro. Boa-Vida se desligara aos poucos do trapiche, toca violão nas festas, vai aos candomblés, arma fuzuê nas quermesses. É mais um malandro na cidade. Seu nome já é conhecido até nos jornais. Como os outros vagabundos, é conhecido pelos investigadores de polícia, que sempre estão de olho nos malandros. Pirulito é frade num convento, Deus o chamou, nunca mais saberão dele. Agora é o Gato que parte, vai arrancar dinheiro dos coronéis de Ilhéus. O Querido-de-Deus certa vez disse que Gato enricaria. Porque a vida na rua, no abandono, fez de Gato um jogador desonesto, um vigarista, um gigolô de mulheres. Não demorará que os outros partam. Só Pedro Bala não sabe o que fazer. Dentro em pouco será mais que um rapazola, será um homem e terá que deixar para outro a chefia dos Capitães da Areia. Para onde irá? Não poderá ser um intelectual como Professor, cujas mãos só viviam para pintar, não nasceu para malandro, como Boa-Vida, que não sente o espetáculo da luta diária dos homens, que só ama andar vagabundando pelas ruas, conversar acocorado nas docas, beber nas festas de morro. Pedro sente o espetáculo dos homens, acha que aquela liberdade não é suficiente para a sede de liberdade que tem dentro de si. Tampouco sente o chamado de Deus, como Pirulito o sentiu. Para ele as pregações do padre José Pedro nunca disseram nada. Gostava do padre como de um homem bom. Só as palavras de João de Adão encontravam acolhida no seu coração. Mas João de Adão mesmo sabe muito pouco. O que tem é músculos potentes e voz autoritária, e no entanto amiga, para chefiar uma greve. Tampouco Pedro Bala quer ir como Gato enganar os coronéis de Ilhéus, arrancar o dinheiro deles. Quer qualquer coisa que não sabe ainda o que é, e por isso se demora entre os Capitães da Areia.

O trapiche grita se despedindo do Gato. Este sorri, elegantíssimo, alisando o cabelo, no dedo aquele anelão cor de vinho que furtara certa vez.

Do cais Pedro Bala dá adeus ao Gato. Vestido com suas roupas esfarrapadas, agitando o boné, se sente muito longe do Gato, que ao lado de Dalva parece um homem-feito com sua roupa bem-talhada. Pedro sente uma aflição, uma vontade de fugir, de ir para qualquer parte num navio ou na rabada de um trem.

Mas quem vai na rabada de um trem é Volta Seca. Uma tarde a polícia o pegou quando o mulato despojava um negociante da sua carteira. Volta Seca tinha então dezesseis anos. Foi levado para a polícia, o surraram porque ele xingava todos, soldados e delegados, com aquele imenso desprezo que o sertanejo tem pela polícia. Ele não soltou um grito enquanto apanhou. Oito dias depois o puseram na rua, e ele saiu quase alegre, porque agora tinha uma missão na vida: matar soldados de polícia.

Passou uns dias no trapiche, o rosto sombrio, afogado em pensamentos. O sertão o chamava, a luta do cangaço o chamava. Um dia disse a Pedro Bala:

— Vou passar uns tempos com os Maloqueiros em Aracaju.

Os Índios Maloqueiros eram os Capitães da Areia em Aracaju. Viviam sob as pontes, roubavam e brigavam nas ruas. O juiz de menores Olímpio Mendonça era um homem bom, procurava resolver os conflitos como melhor podia, se abismava com a inteligência das crianças iguais a homens, compreendia que era impossível resolver o problema. Contava aos romancistas coisas dos meninos, no fundo amava os meninos. Mas se sentia aflito porque não podia resolver o problema deles. Quando entre os Índios Maloqueiros aparecia algum novo, ele já sabia que era um baiano que tinha chegado na rabada de um trem. E quando um sumia, sabia que tinha ido para entre os Capitães da Areia na Bahia.

Uma madrugada o trem de Sergipe apitou na estação da Calçada. Ninguém tinha vindo trazer Volta Seca à estação porque ele ia para voltar, ia passar uns tempos entre os Índios Maloqueiros, esquecer a polícia baiana, que o tinha marcado. Volta Seca se meteu no vagão de carga que estava aberto, se escondeu entre uns fardos. Aos poucos o trem abandona a estação. Depois é a estrada do sertão, Índia Nordestina. Nas casas de barro aparecem mulheres e meninas. Os homens seminus lavram a terra. Na estrada de animais que corre paralela à estrada de ferro passam boiadas. Vaqueiros gritam tangendo os animais. Nas estações vendem doces de milho, mingau, mungunzá, pamonha e canjica. O sertão vai entrando pelo nariz e pelos olhos de Volta Seca. Queijos e rapaduras passam em tabuleiros nas pequenas estações, as paisagens agrestes jamais esquecidas enchem novamente os olhos do sertanejo. Estes muitos anos na cidade não tinham arrancado seu amor ao sertão miserável e belo. Nunca fora um menino da cidade igual a Pedro Bala, a Boa-Vida, ao Gato. Fora sempre um deslocado na cidade, com uma fala diferente, falando em Lampião, dizendo "meu padrim", imitando as vozes dos animais sertanejos. Antigamente ele e sua mãe tinham um pedaço de terra. Ela era comadre de Lampião, os coronéis respeitavam sua terra. Mas quando Lampião se internou pelo sertão de Pernambuco os coronéis ficaram com a terra da mãe de Volta Seca. Ela desceu para a cidade para pedir justiça. Morreu no caminho, Volta Seca continuou a caminhada com seu rosto sombrio. Muita coisa aprendeu na cidade, entre os Capitães da Areia. Aprendeu que não era só no sertão que os homens ricos eram ruins para com os pobres. Na cidade, também. Aprendeu que as crianças pobres são desgraçadas em toda parte, que os ricos perseguem e mandam em toda parte. Sorriu por vezes, mas nunca deixou de odiar. Na figura de José Pedro descobriu o motivo por que Lampião respeitava os padres. Se já pensava que Lampião era um herói, a sua experiência na cidade, o ódio adquirido na cidade, fez com que amasse a figura de seu padrinho acima de tudo. Acima mesmo da de Pedro Bala.

Agora é o sertão. Perfume das flores do sertão. Campos amigos, aves amigas, magros cachorros nas portas das casas. Velhos que parecem missionários indianos, negros de longos rosários no pescoço. Cheiro bom de comidas de milho e mandioca. Homens magros que lavram a terra para ganhar mil e quinhentos dos donos da terra. Só a caatinga é que é de todos, porque Lampião libertou a caatinga, expulsou os homens ricos da caatinga, fez da caatinga a terra dos cangaceiros que lutam contra os fazendeiros. O herói Lampião, herói de todo o sertão de cinco estados. Dizem que ele é um criminoso, um cangaceiro sem coração, assassino, desonrador, ladrão. Mas para Volta Seca, para os homens, as mulheres e as crianças do sertão é um novo Zumbi dos Palmares, ele é um libertador, um capitão de um novo exército. Porque a liberdade é como o sol, o bem maior do mundo. E Lampião luta, mata, deflora e furta pela liberdade. Pela liberdade e pela justiça para os homens explorados do sertão imenso de cinco estados: Pernambuco, Paraíba, Alagoas, Sergipe e Bahia.

O sertão comove os olhos de Volta Seca. O trem não corre, este vai devagar, cortando as terras do sertão. Aqui tudo é lírico, pobre e belo. Só a miséria dos homens é terrível. Mas estes homens são tão fortes que conseguem criar beleza dentro desta miséria. Que não farão quando Lampião libertar toda a caatinga, implantar a justiça e a liberdade?

Passam violeiros, improvisadores de poesia. Passam vaqueiros que tangem o gado, homens plantam mandioca e milho. Nas estações os coronéis descem para estirar as pernas. Levam grandes revólveres. Os violeiros cegos cantam pedindo uma esmola. Um negro de camisu e rosário atravessa a estação dizendo estranhas coisas em língua desconhecida. Foi escravo, hoje é um doido na estação. Todos o temem, temem suas pragas. Porque ele sofreu muito, o chicote do feitor rasgou suas costas. Também o chicote da polícia, feitor dos ricos, rasgou as costas de Volta Seca. Todos o temerão um dia também.

Caatingas do sertão, olor das flores sertanejas, o manso andar do trem sertanejo. Homens de alpercatas e chapéu de couro. Crianças que estudam para cangaceiro na escola da miséria e da exploração do homem.

O trem para no meio da caatinga. Volta Seca pula fora do

vagão. Os cangaceiros apontam os fuzis, o caminhão que os trouxe está parado no outro lado da estrada, os fios do telégrafo cortados. Na caatinga agreste não se vê ninguém. Uma moça desmaia num dos carros, um caixeiro-viajante esconde a carteira com dinheiro. Um coronel gordo sai do vagão, fala:

— Capitão Virgulino...

O cangaceiro de óculos aponta o fuzil:

— Para dentro.

Volta Seca pensa que seu coração vai estalar de alegria. Encontrou seu padrinho, Virgulino Ferreira Lampião, herói das crianças sertanejas. Chega para junto dele, um outro cangaceiro o quer afastar, mas ele diz:

— Meu padrim...

— Quem é tu?

— Sou Volta Seca, filho de tua comadre...

Lampião o reconhece, sorri. Os cangaceiros estão entrando nos vagões de primeira, não são muitos, uns doze. Volta Seca pede:

— Meu padrim, deixe eu ficar com você... Me dê um fuzil.

— Tu ainda é um menino... — Lampião o olha com seus óculos escuros.

— Não sou mais não, já briguei com soldado...

Lampião grita:

— Zé Baiano, dá um fuzil a Volta Seca...

Olha o afilhado:

— Tu guarda esta saída. Se um quiser arribar, mete fogo.

Entra para a coleta. Desmaios e gritos lá dentro, o soar de um disparo. Depois o grupo volta para a estrada. Traz dois soldados de polícia que viajavam no trem. Lampião divide dinheiro com os cangaceiros. Volta Seca também recebe. De um vagão sai um fio de sangue. O cheiro bom do sertão penetra as narinas de Volta Seca. Os soldados são encostados numas árvores. Zé Baiano prepara o fuzil, mas a voz de Volta Seca faz um pedido:

— Deixe pra mim, padrim. Eles me bateram na polícia, bateram em muito menino.

Levanta o fuzil, qual é o sertanejo que não tem boa pontaria?

Seu rosto sombrio tem um riso que o enche todo. Cai o primeiro, o segundo tenta fugir, mas a bala o alcança nas costas. Depois Volta Seca corre para cima dele com o punhal, sacia sua vingança. Zé Baiano diz:

— Este menino é dos bons...

— A mãe dele era um bicho, minha comadre... — lembra Lampião orgulhoso.

"Uma verdadeira fera..." — pensa o viajante enquanto o trem se move lentamente após os empregados afastarem os toros de madeira de sobre os trilhos. O grupo de cangaceiros se perde na caatinga. O ar do sertão enche o peito de Volta Seca, que para e com o punhal faz dois traços na madeira do fuzil. Os dois primeiros... Ao longe o trem apita angustiosamente.

COMO UM TRAPEZISTA DE CIRCO

Fora demasiada audácia atacar aquela casa da rua Rui Barbosa. Perto dali, na praça do Palácio, andavam muitos guardas, investigadores, soldados. Mas eles tinham sede de aventura, estavam cada vez maiores, cada vez mais atrevidos. Porém havia muita gente na casa, deram o alarme, os guardas chegaram. Pedro Bala e João Grande abalaram pela ladeira da Praça. Barandão abriu no mundo também. Mas o Sem-Pernas ficou encurralado na rua. Jogava picula com os guardas. Estes tinham se despreocupado dos outros, pensavam que já era alguma coisa pegar aquele coxo. Sem-Pernas corria de um lado para outro da rua, os guardas avançavam. Ele fez que ia escapulir por outro lado, driblou um dos guardas, saiu pela ladeira. Mas em vez de descer e tomar pela Baixa dos Sapateiros, se dirigiu para a praça do Palácio. Porque Sem-Pernas sabia que se corresse na rua o pegariam com certeza. Eram homens, de pernas maiores que as suas, e além do mais ele era coxo, pouco podia correr. E acima de tudo não queria que o pegassem. Lembrava-se da vez que fora à polícia. Dos sonhos das suas noites más. Não o pegariam e enquanto corre este é o único pensamento que vai com ele. Os guardas vêm nos seus calcanhares. Sem-Pernas sabe que eles gostarão de o pegar, que a captura de um dos Capitães da Areia é uma bela façanha para um guarda. Essa será a sua vingança. Não deixará que o peguem, não tocarão a mão no seu corpo. Sem-Pernas os odeia como odeia a todo mundo, porque nunca pôde ter um carinho. E no dia que o teve foi obrigado a o abandonar porque a vida já o tinha marcado demais. Nunca tivera uma alegria de criança. Se fizera homem antes dos dez anos para lutar pela mais miserável das vidas: a vida de criança abandonada. Nunca conseguira amar a ninguém, a não ser a este cachorro que o segue. Quando os corações das demais crianças ainda estão puros de sentimentos, o do Sem-Pernas já estava cheio de ódio. Odiava a cidade, a vida, os homens. Amava unicamente o seu ódio, sentimento que o fazia forte e corajoso apesar do defeito físico. Uma vez uma mulher foi boa para ele. Mas em verdade não o fora para ele e sim para o filho que perdera e que pensara que tinha voltado. De outra feita outra mulher se deitara com ele numa cama, acariciara seu sexo, se aproveitara dele para colher as migalhas do amor que nunca tivera. Nunca, porém, o tinham amado pelo que ele era, menino abandonado, aleijado e triste. Muita gente o tinha odiado. E ele odiara a todos. Apanhara na polícia, um homem ria quando o surravam. Para ele é este homem que corre em sua perseguição na figura dos guardas. Se o levarem, o homem rirá de novo. Não o levarão. Vêm em seus calcanhares, mas não o levarão. Pensam que ele vai parar junto ao grande elevador. Mas Sem-Pernas não para. Sobe para o pequeno muro, volve o rosto para os guardas que ainda correm, ri com toda a força do seu ódio, cospe na cara de um que se aproxima estendendo os braços, se atira de costas no espaço como se fosse um trapezista de circo.

A praça toda fica em suspenso por um momento. “Se jogou”, diz uma mulher, e desmaia. Sem-Pernas se rebenta na montanha como um trapezista de circo que não tivesse alcançado o outro trapézio. O cachorro late entre as grades do muro.

NOTÍCIAS DE JORNAL

O *JORNAL DA TARDE* PUBLICA UM TELEGRAMA do Rio dando conta do sucesso da exposição de um jovem pintor até então desconhecido. Dias depois transcreve uma crítica de arte publicada também num jornal do Rio de Janeiro. Porque o pintor é baiano, e o *Jornal da Tarde* é muito cioso das glórias baianas. Um trecho da crítica de arte, após falar das qualidades e defeitos do novo pintor social, de usar e abusar de expressões como "clima", "luz", "cor", "ângulos", "força" e outras mais, diz:

> Um detalhe notaram todos que foram a esta estranha exposição de cenas e retratos de meninos pobres. É que todos os sentimentos bons estão sempre representados na figura de uma menina magra de cabelos loiros e faces febris. E que todos os sentimentos maus estão representados por um homem de sobretudo negro e um ar de viajante. Que representará para um psicanalista a repetição quase inconsciente destas figuras em todos os quadros? Sabe-se que o pintor João José tem uma história...

E continuava o abuso das palavras "cor", "força", "clima", "luz", "ângulos" e outras mais complicadas.

Meses depois uma notícia informava aos leitores do *Jornal da Tarde*, sob o título de

> PRESENTE DE GREGO
> A POLÍCIA DE BELMONTE DEVOLVE O VIGARISTA GATO

que a polícia de Belmonte havia recebido da polícia de Ilhéus um verdadeiro presente de grego. Um conhecido e jovem vigarista que atuava em Ilhéus com o nome de "Gato", após ter abiscoitado bons cobres de muitos fazendeiros e comerciantes, fora remetido para Belmonte. Lá continuava a passar contos-do-vigário, em que era mestre. Conseguira vender uma imensidade de terras, ótimas para o cultivo do cacau, a muitos fazendeiros. Quando estes foram ver as terras, não eram mais que o leito sobre o qual corria o rio Cachoeira. A polícia de Belmonte tinha conseguido deitar mão no temível vigarista e o remetia de volta para Ilhéus.

"Os ilheenses são mais ricos que nós", terminava com certa ironia o correspondente que assinava a notícia, "podem sustentar com mais conforto o elegante Gato que os filhos da bela Belmonte, a Princesa do Sul. Porque se Belmonte é a Princesa, Ilhéus é muito justamente chamada a Rainha do Sul."

Entre fatos policiais sem importância o *Jornal da Tarde* noticiou um dia que um malandro conhecido pelo nome de Boa-Vida armara um fuzuê tremendo numa festa na Cidade de Palha, abrira a cabeça do dono da casa com uma garrafa de cerveja e estava sendo procurado pela polícia.

Perto de um Natal o *Jornal da Tarde* apareceu com manchetes em tipos enormes. Uma notícia de tanta sensação como aquela que fizera conhecida a história da mulher que acompanhava o bando de Lampião, a amante do cangaceiro. Porque a população dos cinco estados de Bahia, Sergipe, Alagoas, Paraíba e Pernambuco, vive com os olhos fitos em Lampião. Com ódio ou com amor, nunca com indiferença. A manchete dizia em letras garrafais:

UMA CRIANÇA DE DEZESSEIS ANOS NO GRUPO DE LAMPIÃO

Os tipos das letras dos títulos que encabeçavam a reportagem eram também enormes:

É UM DOS MAIS TEMÍVEIS CANGACEIROS • TRINTA E CINCO TRAÇOS NO SEU FUZIL • PERTENCEU AOS CAPITÃES DA AREIA • A MORTE DE MACHADÃO DEVIDA A VOLTA SECA

A reportagem era extensa. Contava como as vilas saqueadas há algum tempo vinham notando entre o bando de Lampião uma criança de uns dezesseis anos, que levava o nome de Volta Seca. Apesar da sua idade, o jovem cangaceiro se fizera temido em todo o sertão como um dos mais cruéis do grupo. Constava que seu fuzil tinha trinta e cinco marcas. E cada marca num fuzil de cangaceiro representa um homem morto. Depois vinha a história da morte de Machadão, um dos mais antigos do grupo de Lampião.

Aconteceu que o grupo tinha pegado na estrada um velho sargento de polícia. E Lampião o entregara a Volta Seca para que o "despachasse". Volta Seca o "despachara" devagarinho, à ponta de punhal, cortando os pedacinhos com visível satisfação. Fora tanta a crueldade, que Machadão, horrorizado, levantou o fuzil para acabar com Volta Seca. Mas antes que disparasse, Lampião, que tinha um grande orgulho de Volta Seca, atirou em Machadão. Volta Seca continuara sua tarefa.

A notícia se estendia, narrando diversos outros crimes do cangaceiro de dezesseis anos. Depois lembrava que entre os Capitães da Areia vivera um menino com o nome de Volta Seca e que era possível que fosse o mesmo. Vinham então várias considerações de ordem moral.

A edição se esgotou.

Meses depois a edição se esgotou novamente porque trazia a notícia da prisão de Volta Seca, enquanto dormia, executada pela coluna volante que percorria o sertão dando caça a Lampião. Anunciava que o cangaceiro chegaria no outro dia à Bahia. Vinham vários clichês onde Volta Seca aparecia com seu rosto sombrio. O *Jornal da Tarde* dizia que era "rosto de criminoso nato".

*

O que não era verdade, como o próprio *Jornal da Tarde* noticiou tempos depois, ao relatar em edições extraordinárias e sucessivas o júri que condenou Volta Seca a trinta anos de prisão por quinze mortes conhecidas e provadas. No entanto, seu fuzil tinha sessenta marcas. E o jornal lembrava esse fato, repetindo que cada marca era um homem morto. Mas publicava também parte do relatório do médico-legista, cavalheiro de honestidade e cultura reconhecidas, já então um dos grandes sociólogos e etnógrafos do país, relatório que provava que Volta Seca era um tipo absolutamente normal e que se virara cangaceiro e matara tantos homens e com tamanha crueldade não fora por vocação de nascença. Fora o ambiente... e vinham as devidas considerações científicas.

O que aliás não despertou tanta curiosidade entre o público como a descrição de belíssimo, vibrantíssimo e apaixonadíssimo discurso do dr. promotor público, que fizera os jurados chorar, e até o próprio juiz tinha limpado as lágrimas, ao descrever o dr. promotor, com sublime força oratória, o sofrimento das vítimas do feroz cangaceiro-menino.

O público ficou indignado porque Volta Seca não chorou durante o júri. Seu rosto sombrio estava cheio de estranha calma.

COMPANHEIROS

HÁ UM MOVIMENTO NOVO NA CIDADE. Pedro Bala sai do trapiche com João Grande e Barandão. O cais está deserto, parece que todos o abandonaram. Somente soldados de polícia guardam os grandes armazéns. Não há descarga de navios neste dia. Porque os estivadores, com João de Adão à frente, foram prestar solidariedade aos condutores de bonde que estão em greve. Parece que há uma festa na cidade, mas uma festa diferente de todas. Passam grupos de homens que conversam, os automóveis cortam as ruas conduzindo gente para o trabalho, empregados no comércio riem, a ladeira da Montanha está cheia de gente que sobe e desce, pois os elevadores também estão parados. As marinetes vão entupidas, gente sobrando pelas portas. Os grupos de grevistas passam silenciosos para a sede do sindicato, onde vão ouvir a leitura do manifesto dos estivadores, que João de Adão conduz nas suas mãos grandes. Na porta do sindicato grupos conversam, soldados montam guarda.

Pedro Bala anda com João Grande e Barandão pelas ruas. Diz:

— Tá bonito.

João Grande também sorri, o negrinho Barandão fala:

— Hoje vai ter fuzuê.

— Eu é que não queria ser condutor de bonde, nem motorneiro. Ganha uma porcaria. Eles faz bem... — fala João Grande.

— Vamos espiar? — propõe Pedro Bala.

Vão para a porta do sindicato. Entram homens negros, mulatos, espanhóis e portugueses. Veem quando João de Adão e os outros estivadores saem entre vivas dos operários das linhas de bonde. Eles vivam também. João Grande e Barandão porque gostam do doqueiro João de Adão. Pedro Bala não só por isso como porque acha bonito o espetáculo da greve, é como uma das mais belas aventuras dos Capitães da Areia.

Um grupo de homens bem-vestidos entra no sindicato. Da porta eles ouvem uma voz que discursa, uma que interrompe: "Vendido", "amarelo".

— Tá bonito... — repete Pedro Bala.

Tem vontade de entrar, de se misturar com os grevistas, de gritar e lutar ao lado deles.

A cidade dormiu cedo. A lua ilumina o céu, vem a voz de um negro do mar em frente. Canta a amargura da sua vida desde que a amada se foi. No trapiche as crianças já dormem. Até o negro João Grande ronca estirado na porta, o punhal ao alcance da mão. Somente Pedro Bala vela, estirado na areia, olhando a lua, ouvindo o negro que canta as saudades da sua mulata que partiu. O vento traz trechos soltos da canção e ela faz com que Pedro Bala procure Dora no meio das estrelas do céu. Ela também virou uma estrela, uma estranha estrela de longa cabeleira loira. Os homens valentes têm uma estrela em lugar do coração. Mas nunca se ouviu falar de uma mulher que tivesse no peito, como uma flor, uma estrela. As mulheres mais valentes da terra e do mar da Bahia, quando morriam, viravam santas para os negros, como os malandros que foram também muito valentes. Rosa Palmeirão virou santa num candomblé de caboclo, rezam para ela orações em nagô, Maria Cabaçu é santa nos candomblés de Itabuna, pois foi naquela cidade que ela mostrou sua coragem primeiro. Eram duas mulheres grandes e fortes. De braços musculosos como homens, como grevistas. Rosa Palmeirão era bonita, tinha o andar gingado de marítima, era uma mulher do mar, certa vez teve um saveiro, cortou as ondas da entrada da barra. Os homens do cais a amavam não só pela sua coragem, como pelo seu corpo também. Maria Cabaçu era feia, mulata escura, filha de negro e índia, grossa e zangada. Dava nos homens que a achavam feia. Mas se entregou toda a um cearense amarelo e fraco que a amou como se ela fosse uma mulher bonita, de corpo belo e olhos sensuais. Tinham sido valentes, viraram santas nos candomblés de caboclo, que são candomblés que de quando em vez inventam novos santos, não têm aquela pureza de rito dos candomblés nagôs dos negros. São candomblés dos mulatos. Mas Dora fora mais valente que elas. Era apenas uma menina, vivera igual a um dos Capitães da Areia, e todos sabem que um capitão da areia é igual a um homem valente. Dora vivera com eles, fora mãe para todos eles. Mas fora irmã também, correra com eles pelas ruas, invadira casas, batera carteiras, brigara com o grupo de Ezequiel. Depois, para Pedro Bala, fora noiva e esposa, esposa quando a febre a devorava, quando a morte já a rondava naquela noite de tanta paz. Paz que ia dos olhos dela para a noite em torno. Estivera no orfanato, fugira dele, igual a Pedro Bala fugindo do reformatório. Tivera coragem para morrer, consolando seus filhos, irmãos, noivos e esposo que eram os Capitães da Areia. A mãe-de-santo Don'Aninha a enrolara numa toalha branca, bordada como se fora para um santo. O Querido-de-Deus a levara no seu saveiro para junto de Iemanjá. Padre José Pedro rezava. Todos a queriam. Mas só Pedro Bala quis ir com ela. Professor fugiu do trapiche porque não pôde mais suportar o casarão depois que ela partiu. Mas só Pedro Bala se jogou n'água para seguir o destino de Dora, ir fazer com ela aquela maravilhosa viagem que os valentes fazem com Iemanjá no fundo verde do mar. Por isso só ele viu quando ela virou estrela e cruzou os céus. Ela veio só para ele, com sua longa cabeleira loira. Brilhou sobre sua cabeça de quase afogado e suicida. Deu-lhe novas forças, o saveiro do Querido-de-Deus que voltava o pôde recolher. Agora olha o céu procurando a estrela de Dora. É uma estrela de longa cabeleira loira, uma estrela como não existe nenhuma outra. Porque nunca existiu nenhuma mulher como Dora, que era uma menina. A noite está cheia de estrelas que se refletem no mar calmo. A voz do negro parece se dirigir às estrelas, como que há pranto na sua voz cheia. Ele também procura a amada que fugiu na noite da Bahia. Pedro Bala pensa que a estrela que é Dora talvez ande agora correndo sobre as ruas, becos e ladeiras da cidade a procurá-lo. Talvez o pense numa aventura nas ladeiras. Mas hoje não são os Capitães da Areia que estão metidos numa bela aventura. São os condutores de bonde, negros fortes, mulatos risonhos, espanhóis e portugueses, que vieram de terras distantes. São eles, que levantam os braços e gritam iguais aos Capitães da Areia.

A greve se soltou na cidade. É uma coisa bonita a greve, é a mais bela das aventuras. Pedro Bala tem vontade de entrar na greve, de gritar com toda a força do seu peito, de apartear os discursos. Seu pai fazia discursos numa greve, uma bala o derrubou. Ele tem sangue de grevista. Demais a vida da rua o ensinou a amar a liberdade. A canção daqueles presos dizia que a liberdade é como o sol: o bem maior do mundo. Sabe que os grevistas lutam pela liberdade, por um pouco mais de pão, por um pouco mais de liberdade. É como uma festa aquela luta.

Os vultos que se aproximam o fazem levantar desconfiado. Mas logo reconhece a figura enorme do estivador João de Adão. Junto a ele vem um rapaz bem-vestido, mas com os cabelos despenteados. Pedro Bala tira o boné, fala para João de Adão:

— Tu hoje ganhou viva, hein?

João de Adão ri. Distende seus músculos, seu rosto está aberto num sorriso para o chefe dos Capitães da Areia:

— Capitão Pedro, eu quero apresentar a tu o companheiro Alberto.

O rapaz estende a mão para Pedro Bala. O chefe dos Capitães da Areia limpa primeiro sua mão no paletó rasgado, depois aperta a do estudante. João de Adão está explicando:

— É um estudante da faculdade, mas é um companheiro da gente.

Pedro Bala olha sem desconfiança. O estudante sorri:

— Já ouvi falar muito em você e em seu grupo. Você é um batuta...

— A gente é macho, sim — responde Pedro Bala.

João de Adão se aproxima mais:

— Capitão, a gente tem que conversar com tu. Tem um assunto com tu. Um troço sério. Aqui o companheiro Alberto...

— Vamos para dentro? — fala Pedro Bala.

Acordam João Grande ao passar. O negro olha com desconfiança o estudante, pensa que é um polícia, levanta um pouco o punhal por detrás do braço. Só Pedro Bala vê e fala:

— É um amigo de João de Adão. Vem com a gente, Grande.

Vão os quatro. Sentam num canto. Alguns dos Capitães da

Areia acordam e espiam o grupo. O estudante olha o trapiche, as crianças que dormem. Treme como se um vento frio tivesse passado pelo seu corpo:

— Que horror!

Mas Pedro Bala está dizendo a João de Adão:

— Que coisa porreta a greve! Nunca vi coisa tão bonita. É como uma festa...

— A greve é a festa dos pobres... — diz o estudante.

A voz de Alberto é mansa e boa. Pedro Bala o escuta enlevado, como se fosse a voz de um negro cantando uma canção no mar.

— Meu pai morreu numa greve, tu sabe? Pergunte a João de Adão, se está duvidando...

— Foi uma morte bonita — fala o estudante. — Ele foi um campeão da sua classe. Não foi o Loiro?

O estudante sabe o nome de seu pai. Seu pai foi um campeão... Todos o conhecem. Teve uma morte bonita, morreu numa greve, a greve é a festa dos pobres... Escuta a voz do estudante:

— Você acha a greve bonita, Pedro?

— Companheiro, esse é um porreta — diz João de Adão. — Tu não conhece os Capitães da Areia nem capitão Pedro... É um companheiro...

Companheiro... Companheiro... Pedro Bala acha a palavra mais bonita do mundo. O estudante diz como Dora dizia a palavra "irmão".

— Pois companheiro Pedro, a gente precisa de você e do seu grupo.

— Pra quê? — pergunta João Grande curioso.

Pedro Bala apresenta:

— Este negro é João Grande, um negro bom. Quem for bom é igual a João Grande, melhor não é...

Alberto estende a mão ao negro. João Grande fica um momento indeciso, não está acostumado a apertos de mão. Mas logo aperta aquela mão, meio encabulado. O estudante novamente diz:

— Vocês são uns batutas...

De repente, interessado, pergunta:

— É verdade que Volta Seca foi um de vocês?

— Um dia a gente tira ele da cadeia... — é a resposta de Bala.

O estudante olha meio espantado. Dá uma espiada pelo trapiche, João de Adão faz um sinal como que lembrando: "Eu não lhe dizia?".

Pedro Bala quer conversar sobre a greve, saber o que querem dele:

— É pra greve que precisa da gente?

— Se for? — perguntou o estudante.

— Se for pra ajudar os grevistas, tou decidido. Pode contar com a gente... — Levanta-se, está um rapazola, o rosto disposto para a luta.

— Tu não vê... — começa a explicar João de Adão.

Mas cala, porque o estudante está falando:

— A greve está indo muito em ordem. Nós queremos fazer as coisas com muita ordem, porque assim venceremos e os operários conseguirão o aumento. Nós não queremos armar barulho, queremos mostrar que os operários são capazes de disciplina. ("Uma pena", pensa Pedro Bala, que ama os barulhos.) Mas acontece que os diretores da companhia andam contratando fura-greves para trabalhar amanhã. Se os operários dissolverem os grupos de furadores de greve, darão margem a que a polícia intervenha e está todo o trabalho perdido... Então o companheiro João de Adão lembrou de vocês...

— Pra debandar os fura-greve? Tá certo — diz Bala alegríssimo.

O estudante pensa na discussão daquela noite na organização. Quando João de Adão fizera a proposta de chamar os Capitães da Areia, muitos companheiros tinham se declarado contra. Sorriam da ideia. João de Adão só dizia:

— Vocês não conhece os Capitães da Areia.

Aquilo, aquela confiança, impressionara Alberto e alguns outros. Por fim a ideia venceu, não perderiam nada em tentar. Agora está satisfeito de ter vindo. E na sua cabeça já fazia planos para aproveitar na luta os Capitães da Areia. Para quanta coisa não serviriam aqueles meninos esfomeados e malvestidos? Lembrava-se de outros exemplos, da luta antifascista na Itália, os meninos de Lusso. Sorria para Pedro Bala. Explicou o plano: os furadores de greve viriam pela madrugada para os três grandes depósitos de bondes para tomar conta dos carros. Os Capitães da Areia deviam se dividir em três grupos, guardar as entradas dos três depósitos. E impedir, fosse como fosse, que os furadores de greve conseguissem botar os bondes em marcha. Pedro Bala assentia com a cabeça. Virou para João de Adão:

— Se Sem-Pernas tivesse vivo e Gato tivesse aqui...

Depois se lembra de Professor:

— Professor inventava um plano bom num minuto... Depois fazia um desenho da briga. Agora tá no Rio.

— Quem é? — pergunta o estudante.

— Um chamado João José, que a gente tratava de Professor. Agora tá pintando quadro no Rio.

— É o pintor João José?

— Esse mesmo — fez Bala.

— Eu sempre pensei que fosse lenda essa história. Sabe que ele é um companheiro bom?

— Sempre foi um companheiro bom — disse Pedro Bala com força.

O estudante fazia planos sobre os Capitães da Areia. Agora Pedro Bala acordava todos e explicava o que tinham que fazer. O estudante estava entusiasmado com as palavras do moleque. Quando terminou de explicar, Bala resumiu tudo nestas palavras:

— A greve é a festa dos pobres. Os pobres é tudo companheiro, companheiro da gente.

— Você é um batuta — disse o estudante.

— Vai ver como a gente acaba com os traidor.

Explicava a Alberto:

— Eu vou com um grupo pro depósito maior. João Grande vai com outro. Barandão com o terceiro para o menor. Não entra ninguém. A gente sabe fazer. Tu vai ver...

— Eu estarei lá para ver — fez o estudante. — Então, às quatro horas da madrugada?

— Tá certo.

O estudante faz um gesto:

— Até logo, companheiros...

Companheiros... Palavra bonita, pensa Pedro Bala. Ninguém dorme mais no trapiche nesta noite. Preparam as mais diversas armas.

Na madrugada que nasce, as estrelas começam a desaparecer do céu. Mas Pedro Bala parece ver numa estrela que corre a estrela de Dora que o alegra. Companheira... Também ela tinha sido uma companheira boa. A palavra brinca na sua boca, é a palavra mais bonita que ele já viu. Pedirá a Boa-Vida que faça um samba dela, um samba para um negro cantar à noite no mar. Vão como se fossem para uma festa. Armados com as mais diversas armas: navalhas, punhais, pedaços de pau. Vão para uma festa, porque a greve é a festa dos pobres, repete Pedro Bala para si mesmo.

No pé da ladeira da Montanha se dividem em três grupos. João Grande chefia um, Barandão vai com outro, o maior vai com Pedro Bala. Vão para uma festa. A primeira festa verdadeira que têm aquelas crianças. Ainda assim é uma festa de homens. Mas é uma festa dos pobres, dos pobres como eles.

A madrugada é fria. Na esquina do depósito, quando Pedro Bala está colocando os meninos, Alberto se aproxima dele. Pedro se volta, o rosto sorridente. O estudante fala:

— Eles já vêm, companheiro.

— Espera pra ver.

Agora é o estudante quem sorri. Evidentemente está entusiasmado com os meninos. Pedirá à organização para trabalhar com eles. Irão fazer muitas coisas juntos.

Os fura-greves vêm num grupo cerrado. Um americano os chefia com a cara fechada. Se dirigem todos para a entrada. Da sombra, dos becos, ninguém sabe de onde, como demônios fugidos do inferno, surgem meninos esfarrapados e de armas na mão. Punhais, navalhas, paus. Tomam a porta, o grupo dos fura-greves para. Logo os demônios se atiram, é um bolo só. São em número maior que o grupo de fura-greves. Estes rolam com os golpes de capoeira, recebem pauladas, alguns já fogem. Pedro Bala derruba o americano, com a ajuda de outro o soqueia. Os fura-greves pensam que são demônios fugidos do inferno.

A gargalhada livre e grande dos Capitães da Areia ressoa na madrugada. A greve não é furada.

Também João Grande e Barandão são vitoriosos. O estudante ri com eles a gargalhada dos Capitães da Areia.

No trapiche diz para alegria dos meninos:

— Vocês são os mais batutas que eu já vi...

— Companheiros, companheiros — diz João de Adão.

Diz o vento que passa, diz a voz do coração de Pedro Bala. É como a música de uma canção cantada por um negro:

Companheiros.

OS ATABAQUES RESSOAM COMO CLARINS DE GUERRA

Depois de terminada a greve o estudante continua a vir ao trapiche. Mantém longas conversas com Pedro Bala, transforma os Capitães da Areia numa brigada de choque.

Uma tarde Pedro Bala vai pela rua Chile, o boné desabado sobre os olhos, assoviando, enquanto arrasta os pés no chão. Uma voz exclama:

— Bala!

Se volta. O Gato está elegantíssimo na sua frente. Uma pérola na gravata, um anel no dedo mínimo, roupa azul, chapéu de feltro quebrado num jeito malandro:

— É tu, Gato?

— Vamos sair daqui.

Entram numa rua sem movimento. Gato explica que chegou de Ilhéus há poucos dias. Que arrancou um bocado de dinheiro de lá. Está um homem e todo perfumado e elegante:

— Quase não te conheço... — diz Pedro Bala. — E Dalva?

— Ficou amigada com um coronel. Mas eu já tinha deixado ela. Agora tenho uma moreninha do balacobaco...

— E aquele anelão que Sem-Pernas fazia troça?...

Gato ri:

— Empurrei por quinhentão num coronel cheio da nota... O bicho engoliu sem gritar...

Conversam e riem. O Gato pergunta notícia dos outros. Diz que no dia seguinte embarcará para Aracaju com a morena, pois o açúcar está dando dinheiro. Pedro Bala o vê ir embora todo elegante. Pensa que se ele tivesse demorado mais algum tempo no trapiche, talvez não fosse um ladrão. Aprenderia com Alberto, o estudante, o que ninguém soubera lhe ensinar. Aquilo que Professor como que adivinhara.

A revolução chama Pedro Bala como Deus chamava Pirulito nas noites do trapiche. É uma voz poderosa dentro dele, poderosa como a voz do mar, como a voz do vento, tão poderosa como uma voz sem comparação. Como a voz de um negro que canta num saveiro o samba que Boa-Vida fez:

Companheiros, chegou a hora...

A voz o chama. Uma voz que o alegra, que faz bater seu coração. Ajudar a mudar o destino de todos os pobres. Uma voz que atravessa a cidade, que parece vir dos atabaques que ressoam nas macumbas da religião ilegal dos negros. Uma voz que vem com o ruído dos bondes onde vão os condutores e motorneiros grevistas. Uma voz que vem do cais, do peito dos estivadores, de João de Adão, de seu pai morrendo num comício, dos marinheiros dos navios, dos saveiristas e dos canoeiros. Uma voz que vem do grupo que joga a luta da capoeira, que vem dos golpes que o Querido-de-Deus aplica. Uma voz que vem mesmo do padre José Pedro, padre pobre de olhos espantados diante do destino terrível dos Capitães da Areia. Uma voz que vem das filhas-de-santo do candomblé de Don'Aninha, na noite que a polícia levou Ogum. Voz que vem do trapiche dos Capitães da Areia. Que vem do reformatório e do orfanato. Que vem do ódio do Sem-Pernas se atirando do elevador para não se entregar. Que vem no trem da Leste Brasileira, através do sertão, do grupo de Lampião pedindo justiça para os sertanejos. Que vem de Alberto, o estudante pedindo escolas e liberdade para a cultura. Que vem dos quadros de Professor, onde meninos esfarrapados lutam naquela exposição da rua Chile. Que vem de Boa-Vida e dos malandros da cidade, do bojo dos seus violões, dos sambas tristes que eles cantam. Uma voz que vem de todos os pobres, do peito de todos os pobres. Uma voz que diz uma palavra bonita de solidariedade, de amizade: "Companheiros". Uma voz que convida para a festa da luta. Que é como um samba alegre de negro, como o ressoar dos atabaques nas macumbas. Voz que vem da lembrança de Dora, valente lutadora. Voz que chama Pedro Bala. Como a voz de Deus chamava Pirulito, a voz do ódio o Sem-Pernas, como a voz dos sertanejos chamava Volta Seca para o grupo de Lampião. Voz poderosa como nenhuma outra. Porque é uma voz que chama para lutar por todos, pelo destino de todos, sem exceção. Voz poderosa como nenhuma outra. Voz que atravessa a cidade e vem de todos os lados. Voz que traz com ela uma festa, que faz o inverno acabar lá fora e ser a primavera. A primavera da luta. Voz que chama Pedro Bala, que o leva para a luta. Voz que vem de todos os peitos esfomeados da cidade, de todos os peitos explorados da cidade. Voz que traz o bem maior do mundo, bem que é igual ao sol, mesmo maior que o sol: a liberdade. A cidade no dia de primavera é deslumbradoramente bela. Uma voz de mulher canta a canção da Bahia. Canção da beleza da Bahia. Cidade negra e velha, sinos de igreja, ruas calçadas de pedra. Canção da Bahia que uma mulher canta. Dentro de Pedro Bala uma voz o chama: voz que traz para a canção da Bahia, a canção da liberdade. Voz poderosa que o chama. Voz de toda a cidade pobre da Bahia, voz da liberdade. A revolução chama Pedro Bala.

Pedro Bala foi aceito na organização no mesmo dia em que João Grande embarcou como marinheiro num navio cargueiro do Lloyd. No cais dá adeus ao negro, que parte para a sua primeira viagem. Mas não é um adeus como aqueles que dera aos outros que partiram antes. Não é mais um gesto de despedida. É um gesto de saudação ao companheiro que parte:

— Adeus, companheiro.

Agora comanda uma brigada de choque formada pelos Capitães da Areia. O destino deles mudou, tudo agora é diverso. Intervêm em comícios, em greves, em lutas obreiras. O destino deles é outro. A luta mudou seus destinos.

*

Ordens vieram para a organização dos mais altos dirigentes. Que Alberto ficasse com os Capitães da Areia e Pedro Bala fosse organizar os Índios Maloqueiros de Aracaju em brigada de choque também. E que depois continuasse a mudar o destino das outras crianças abandonadas do país.

Pedro Bala entra no trapiche. A noite cobriu a cidade. A voz do negro canta no mar. A estrela de Dora brilha quase tanto quanto a lua no céu mais lindo do mundo. Pedro Bala entra, olha as crianças. Barandão vem para junto dele, agora tem quinze anos o negrinho.

Pedro Bala olha. Estão deitados, alguns já dormem, outros conversam, fumam cigarros, riem a grande gargalhada dos Capitães da Areia. Bala reúne a todos, bota Barandão junto de si:

— Gentes, agora eu vou embora, vou deixar vocês. Vou embora, Barandão agora fica o chefe. Alberto vem sempre ver vocês, vocês devem fazer o que ele diz. E todo mundo ouça: Barandão agora é o chefe.

O negrinho Barandão fala:

— Gentes, Pedro Bala vai embora. Viva Pedro Bala!...

Os punhos dos Capitães da Areia se levantam fechados.

— Bala! Bala! — gritam numa despedida.

Os gritos enchem a noite, calam a voz do negro que canta no mar, estremecem o céu de estrelas e o coração de Pedro. Punhos fechados de crianças que se levantam. Bocas que gritam se despedindo do chefe: "Bala!", "Bala!".

Barandão está na frente de todos. Ele agora é o chefe. Pedro Bala parece ver Volta Seca, Sem-Pernas, Gato, Professor, Pirulito, Boa-Vida, João Grande e Dora, todos ao mesmo tempo entre eles. Agora o destino deles mudou. A voz do negro no mar canta o samba de Boa-Vida:

Companheiros, vamos pra luta...

De punhos levantados, as crianças saúdam Pedro Bala, que parte para mudar o destino de outras crianças. Barandão grita na frente de todos, ele agora é o novo chefe.

De longe, Pedro Bala ainda vê os Capitães da Areia. Sob a lua, num velho trapiche abandonado, eles levantam os braços. Estão em pé, o destino mudou.

Na noite misteriosa das macumbas os atabaques ressoam como clarins de guerra.

...UMA PÁTRIA E UMA FAMÍLIA

Anos depois os jornais de classe, pequenos jornais, dos quais vários não tinham existência legal e se imprimiam em tipografias clandestinas, jornais que circulavam nas fábricas, passados de mão em mão, e que eram lidos à luz de fifós, publicavam sempre notícias sobre um militante proletário, o camarada Pedro Bala, que estava perseguido pela polícia de cinco estados como organizador de greves, como dirigente de partidos ilegais, como perigoso inimigo da ordem estabelecida.

No ano em que todas as bocas foram impedidas de falar, no ano que foi todo ele uma noite de terror, esses jornais (únicas bocas que ainda falavam) clamavam pela liberdade de Pedro Bala, líder da sua classe, que se encontrava preso numa colônia.

E, no dia em que ele fugiu, em inúmeros lares, na hora pobre do jantar, rostos se iluminaram ao saber da notícia. E, apesar de que lá fora era o terror, qualquer daqueles lares era um lar que se abriria para Pedro Bala, fugitivo da polícia. Porque a revolução é uma pátria e uma família.

Na casa mal-assombrada de Doninha Quaresma
(existiam botijas enterradas e a alma de Doninha),
hoje do capitão, na paz de Estância. Sergipe, março de 937.
A bordo do Rakuyo Maru, *subindo a costa da América do Sul*
pelo Pacífico, em caminho do México, junho de 937.

A temática das crianças que vivem nas ruas continua bastante atual. Para escrever Capitães da Areia, *Jorge Amado foi dormir no trapiche com os meninos. Isso ajuda a explicar a riqueza de detalhes, o olhar de dentro e a empatia que estão presentes na história.*

Zélia Gattai Amado

Posfácio
O CARROSSEL DAS CRIANÇAS

"Em 1937 capitães da areia foi censurado e depois queimado em Salvador", disse minha professora de português, quando eu estudava no Ginásio Amazonense Pedro II, em Manaus.

A frase da professora aumentou a curiosidade dos estudantes por este romance, um dos livros obrigatórios do curso de literatura brasileira. Por sorte, a leitura deu prazer aos jovens leitores. Agora, ao reler a história dos meninos do trapiche, encontrei o mesmo deleite, mas com outro olhar: o leitor de 1966 não é o mesmo de 2008.

É surpreendente a atualidade dos temas de *Capitães da Areia*. O assunto e as questões sociais que o livro explora em profundidade são, em larga medida, os mesmos da "cidade da Bahia" e de muitas outras cidades, do Brasil e da América Latina. Lido hoje, este romance ainda comove e faz pensar nas crianças desvalidas, nas crianças de rua, nas crianças abandonadas, quase todas órfãs de pai e mãe, filhos da miséria e do abandono. Atiradas à marginalidade, elas roubam e cometem outros delitos para sobreviver. Detidas, são submetidas à humilhação, ao castigo, à tortura.

A meu ver, este romance de Jorge Amado antecipou de um modo lúcido e incisivo a vida das crianças que esmolam nas ruas das cidades brasileiras. E essa é uma das mensagens mais poderosas de *Capitães da Areia*. Hoje, a violência urbana tem uma relação estreita com o tráfico de drogas, enquanto os meninos desta obra de ficção furtam para sobreviver. Mas, até certo ponto, as raízes do problema são as mesmas: a ausência da família e da escola, agravada pela vida degradante nas favelas e cortiços de tantas cidades.

Como ocorre em *Jubiabá* e outros romances de denúncia social, Jorge Amado construiu um microcosmo ficcional. Em *Capitães da Areia*, os personagens mais relevantes são meninos de oito a dezesseis anos. Eles moram num velho trapiche abandonado no cais de Salvador, a "cidade da Bahia" que eles tanto conhecem em suas andanças e aventuras de vagabundos. Nesta cidade hostil, eles só podem contar com dois amigos: um padre e uma mãe-de-santo. Não há traição entre os pivetes do bando. Tudo é regido por "uma lei e uma moral", por códigos de lealdade e solidariedade. O leitor acompanha a trajetória de vida do Sem-Pernas, um menino manco que se vale do defeito físico para ser acolhido em casas de ricos, que depois serão assaltadas. Pirulito, "magro e muito alto, uma cara seca, meio amarelada", com "um ar de asceta", é uma criança devota que coleciona imagens de santos e sonha em ser padre. Volta Seca, afilhado de Lampião, almeja entrar no cangaço para vingar a morte da mãe. João José, o Professor — ladrão de livros e o único menino letrado —, lê histórias de aventuras e desenha o rosto de pessoas para ganhar uns trocados. Gato, "o elegante do grupo", apaixona-se por uma prostituta, com quem mantém uma relação duradoura; e o chefe dos Capitães, Pedro Bala, é filho de um líder de estivadores assassinado durante uma greve dos doqueiros. Os capítulos breves lembram os de um folhetim, em que protesto social e lirismo não se excluem. E, de fato, como observou Eduardo de Assis Duarte:

> O conflito que move o romance é basicamente folhetinesco: pobres contra ricos, fracos contra fortes, pequenos marginais contra a sociedade opressora. O insólito do folhetim se materializa nos rostos angelicais, porém malvados; nos gestos inocentes encobrindo ou propiciando o roubo, a trapaça, o estupro. A violência, elemento caro ao *roman-feuilleton*, decorre do quadro de enfrentamento social vivido pelo protagonista e seu grupo. Ela é muitas vezes gratuita, outras tantas necessária ou mesmo "justa", segundo o código de valores da narrativa. Todavia sempre choca, visando a provocar emoções primárias de terror, piedade ou admiração. A violência é *meio de ação* dos mocinhos-bandidos, mas é também *fim* nas típicas atitudes de vingança do aparelho repressivo: sede, fome, espancamento, clausura... Em todo o texto, é enfatizado o sentido melodra-

mático de pureza infantil "abandonada e perseguida" no labirinto da cidade degradante e degradada.[1]

Em *Jubiabá*, romance anterior, Jorge Amado já revelara talento ao misturar poesia com documento, como assinalou Antonio Candido. Lirismo e crítica social também andam juntos em *Capitães da Areia*, onde não faltam peripécias romanescas, aventuras de toda sorte, e um pendor à idealização de tipos humanos humildes e desvalidos.

O que mais me comoveu ao reler este livro não foi sua explícita mensagem ideológica, sobretudo no desfecho, em que alguns meninos, agora jovens e quase adultos, empenham-se em "mudar o destino de todos os pobres". O mais impressionante na vida dessas crianças "sem pai, sem mãe, sem mestre" é a sede de amor e ternura, o desejo recorrente e desesperado de pertencer a uma família e conquistar um lugar digno na sociedade. É difícil não se comover diante do dilema do Sem-Pernas, quando este, com voz de choro, diz que é um aleijão, não quer ser malandro, e pede abrigo na casa de dona Ester, casada com um advogado rico. Ao ver o menino, a mulher do advogado se sensibiliza, relembra o filho morto, e acolhe o Sem-Pernas. O plano de assaltar a casa é adiado porque o menino é tratado pelo casal com carinho e regalias, como um filho querido. E pela primeira vez o Sem-Pernas pensa em trair os amigos:

> Antes de tudo estava a lei do grupo, a lei dos Capitães da Areia. Os que a traíam eram expulsos e nada de bom os esperava no mundo. E nunca nenhum a havia traído do modo como o Sem-Pernas a ia trair. Para virar menino mimado, para virar uma daquelas crianças que eram eterno motivo de galhofa para eles. Não, não os trairia. Teriam bastado três dias para ele localizar os objetos de valor da casa. Mas a comida, a roupa, o quarto, e mais que a comida, a roupa e o quarto, o carinho de dona Ester tinham feito que ele passasse já oito dias. Tinha sido comprado por este carinho como o estivador fora comprado por dinheiro. Não, não

trairia. Mas aí pensou se não ia trair dona Ester. Ela confiara nele. Ela também na sua casa tinha uma lei como os Capitães da Areia: só castigava quando havia erro, pagava o bem com o bem. O Sem-Pernas ia trair essa lei, ia pagar o bem com o mal. Lembrou-se que das outras vezes, quando dava o fora de uma casa para ela ser assaltada, era uma grande alegria que o invadia. Desta vez não tinha alegria nenhuma. Seu ódio para todos não desaparecera, é verdade. Mas abrira uma exceção para a gente daquela casa, porque dona Ester o chamava de filho e o beijava na face. O Sem-Pernas luta consigo mesmo. Gostaria de continuar naquela vida. Mas que adiantaria isso para os Capitães da Areia? E ele era um deles, nunca poderia deixar de ser um deles porque uma vez os soldados o prenderam e o surraram enquanto um homem de colete ria brutalmente. E o Sem-Pernas se decidiu. Mas olhou com carinho as janelas do quarto de dona Ester e ela, que o espiava, notou que ele chorava.

E isso independe da cor e do sexo dos personagens. Pedro Bala, o chefe dos Capitães, e Dora, a única moça do bando, são loiros. Ao contrário do que muitos leitores tendem a pensar, Jorge Amado não faz a apologia do negro nem da cultura africana da Bahia. As crianças deste romance são brancas, morenas, negras, mestiças. E uma delas, o Gringo, é filho de imigrantes estrangeiros. O que as une é a miséria, a razão de existir, a luta tenaz contra tudo e todos, contra a cidade que se torna uma inimiga. Nesse sentido, *Capitães da Areia* é um romance sobre o desamparo e o abandono de crianças, não apenas nordestinas. O Professor encontra um mecenas que manda o jovem artista para o Rio, onde pintará quadros sobre o bando a que pertencera. Pirulito, ajudado por um padre amigo e protetor dos Capitães, será frade capuchinho numa vila do alto sertão. Poucos conseguem sair das ruas e da delinquência, mas todos anseiam por uma vida melhor e mais digna, mesmo sabendo que será muito difícil alcançá-la.

Em várias passagens Jorge Amado explora possibilidades de

redenção, de sonho, ou de utopia, para usar uma palavra do título do livro de Eduardo de Assis Duarte. Uma cena em que cerca de cem crianças olham o carrossel de Nhozinho França é exemplar:

> O sertanejo trepou no carrossel, deu corda na pianola e começou a música de uma valsa antiga. O rosto sombrio de Volta Seca se abria num sorriso. Espiava a pianola, espiava os meninos envoltos em alegria. Escutavam religiosamente aquela música que saía do bojo do carrossel na magia da noite da cidade da Bahia só para os ouvidos aventureiros e pobres dos Capitães da Areia. [...] Neste momento de música eles sentiram-se donos da cidade. E amaram-se uns aos outros, se sentiram irmãos porque eram todos eles sem carinho e sem conforto e agora tinham o carinho e conforto da música. Volta Seca não pensava com certeza em Lampião neste momento. Pedro Bala não pensava em ser um dia o chefe de todos os malandros da cidade. O Sem-Pernas em se jogar no mar, onde os sonhos são todos belos.

A brincadeira no carrossel é uma pausa na vida arriscada e marginal, uma entrega à magia e ao sonho da infância. A música — "uma valsa velha e triste, já esquecida por todos os homens da cidade" — tem o poder de irmanar as crianças e de devolver a elas um pouco de alegria. Ao mesmo tempo é uma possibilidade de conquistar a liberdade, ainda que provisória. O narrador alterna esses momentos de lirismo com cenas dramáticas, deixando em suspense ou adiando o desfecho de várias aventuras que vão sendo tramadas ao longo da narrativa. Um dos pontos altos do romance é a captura de Pedro Bala. Preso e depois conduzido ao reformatório, o chefe dos Capitães é espancado e trancado numa cafua. Com fome e sede, jogado nas trevas de uma solitária, Pedro Bala evoca a vida infeliz dos Capitães da Areia, sua paixão por Dora, o sofrimento e a humilhação da menina confinada no orfanato.

Mais de setenta anos depois da primeira edição, *Capitães da Areia* continua a ser lido não apenas como um registro social de uma época e de um lugar específico, mas também como uma obra literária que habilmente soube evocar um drama humano que ainda perdura.

*Milton Hatoum**

NOTA

1. Eduardo de Assis Duarte. *Jorge Amado: Romance em tempo de utopia*. Rio de Janeiro, Record, 1996, pp. 114-6.

* Milton Hatoum é escritor, autor de *Relatos de um certo Oriente* (1989, prêmio Jabuti), *Dois irmãos* (2000, prêmio Jabuti) e *Cinzas do norte* (2005, prêmios Jabuti, APCA e Portugal Telecom).

CRONOLOGIA

A única data que aparece em *Capitães da Areia* é imprecisa: a da morte do pai de Pedro Bala, Raimundo, assassinado num confronto com policiais "na célebre greve das docas de 191...". Outra referência temporal é a menção ao cangaceiro Virgulino Ferreira da Silva, o Lampião, que percorreu vários estados do Nordeste com seu bando nos anos 1920 e 1930.

1912-1919
Jorge Amado nasce em 10 de agosto de 1912, em Itabuna, Bahia. Em 1914, seus pais transferem-se para Ilhéus, onde ele estuda as primeiras letras. Entre 1914 e 1918, trava-se na Europa a Primeira Guerra Mundial. Em 1917, eclode na Rússia a revolução que levaria os comunistas, liderados por Lênin, ao poder.

1920-1925
A Semana de Arte Moderna, em 1922, reúne em São Paulo artistas como Heitor Villa-Lobos, Tarsila do Amaral, Mário e Oswald de Andrade. No mesmo ano, Benito Mussolini é chamado a formar governo na Itália. Na Bahia, em 1923, Jorge Amado escreve uma redação escolar intitulada "O mar"; impressionado, seu professor, o padre Luiz Gonzaga Cabral, passa a lhe emprestar livros de autores portugueses e também de Jonathan Swift, Charles Dickens e Walter Scott. Em 1925, Jorge Amado foge do colégio interno Antônio Vieira, em Salvador, e percorre o sertão baiano rumo à casa do avô paterno, em Sergipe, onde passa "dois meses de maravilhosa vagabundagem".

1926-1930
Em 1926, o Congresso Regionalista, encabeçado por Gilberto Freyre, condena o modernismo paulista por "imitar inovações estrangeiras". Em 1927, ainda aluno do Ginásio Ipiranga, em Salvador, Jorge Amado começa a trabalhar como repórter policial para o *Diário da Bahia* e *O Imparcial* e publica em *A Luva*, revista de Salvador, o texto "Poema ou prosa". Em 1928, José Américo de Almeida lança *A bagaceira*, marco da ficção regionalista do Nordeste, um livro no qual, segundo Jorge Amado, se "falava da realidade rural como ninguém fizera antes". Jorge Amado integra a Academia dos Rebeldes, grupo a favor de "uma arte moderna sem ser modernista". A quebra da bolsa de valores de Nova York, em 1929, catalisa o declínio do ciclo do café no Brasil. Ainda em 1929, Jorge Amado, sob o pseudônimo Y. Karl, publica em *O Jornal* a novela *Lenita*, escrita em parceria com Edson Carneiro e Dias da Costa. O Brasil vê chegar ao fim a polí-

tica do café-com-leite, que alternava na presidência da República políticos de São Paulo e Minas Gerais: a Revolução de 1930 destitui Washington Luís e nomeia Getúlio Vargas presidente.

1931-1935

Em 1932, desata-se em São Paulo a Revolução Constitucionalista. Em 1933, Adolf Hitler assume o poder na Alemanha, e Franklin Delano Roosevelt torna-se presidente dos Estados Unidos da América, cargo para o qual seria reeleito em 1936, 1940 e 1944. Ainda em 1933, Jorge Amado se casa com Matilde Garcia Rosa. Em 1934, Getúlio Vargas é eleito por voto indireto presidente da República. De 1931 a 1935, Jorge Amado frequenta a Faculdade Nacional de Direito, no Rio de Janeiro; formado, nunca exercerá a advocacia. Amado identifica-se com o Movimento de 30, do qual faziam parte José Américo de Almeida, Rachel de Queiroz e Graciliano Ramos, entre outros escritores preocupados com questões sociais e com a valorização de particularidades regionais. Em 1933, Gilberto Freyre publica *Casa-grande & senzala*, que marca profundamente a visão de mundo de Jorge Amado. O romancista baiano publica seus primeiros livros: *O país do Carnaval* (1931), *Cacau* (1933) e *Suor* (1934). Em 1935 nasce sua filha Eulália Dalila.

1936-1940

Em 1936, militares rebelam-se contra o governo republicano espanhol e dão início, sob o comando de Francisco Franco, a uma guerra civil que se alongará até 1939. Jorge Amado enfrenta problemas por sua filiação ao Partido Comunista Brasileiro. São dessa época seus livros *Jubiabá* (1935), *Mar morto* (1936) e *Capitães da Areia* (1937). É preso em 1936, acusado de ter participado, um ano antes, da Intentona Comunista, e novamente em 1937, após a instalação do Estado Novo. Em Salvador, seus livros são queimados em praça pública. Em setembro de 1939, as tropas alemãs invadem a Polônia e tem início a Segunda Guerra Mundial. Em 1940, Paris é ocupada pelo exército alemão. No mesmo ano, Winston Churchill torna-se primeiro-ministro da Grã-Bretanha.

1941-1945

Em 1941, em pleno Estado Novo, Jorge Amado viaja à Argentina e ao Uruguai, onde pesquisa a vida de Luís Carlos Prestes, para escrever a biografia publicada em Buenos Aires, em 1942, sob o título *A vida de Luís Carlos Prestes*, rebatizada mais tarde *O cavaleiro da esperança*. De volta ao Brasil, é preso pela terceira vez e enviado a Salvador, sob vigilância. Em junho de 1941, os alemães invadem a União Soviética. Em dezembro, os japoneses bombardeiam a base norte-americana de Pearl Harbor, e os Estados Unidos declaram guerra aos países do Eixo. Em 1942, o Brasil entra na Segunda Guerra Mundial, ao lado dos aliados. Jorge Amado colabora na *Folha da Manhã*, de São Paulo, torna-se chefe de redação do diário *Hoje*, do PCB, e secretário do Instituto Cultural Brasil-União Soviética. Em 1943, volta a colaborar em *O Imparcial*, assinando a coluna "Hora da Guerra", e publica, após seis anos de proibição de suas obras, *Terras do sem-*

-*fim*. Em 1944, Jorge Amado lança *São Jorge dos Ilhéus*. Separa-se de Matilde Garcia Rosa. Chegam ao fim, em 1945, a Segunda Guerra Mundial e o Estado Novo, com a deposição de Getúlio Vargas. Nesse mesmo ano, Jorge Amado casa-se com a paulistana Zélia Gattai, é eleito deputado federal pelo PCB e publica o guia *Bahia de Todos-os-Santos*. *Terras do sem-fim* é publicado pela editora de Alfred A. Knopf, em Nova York, selando o início de uma amizade com a família Knopf que projetaria sua obra no mundo todo.

1946-1950

Em 1946, Jorge Amado publica *Seara vermelha*. Como deputado, propõe leis que asseguram a liberdade de culto religioso e fortalecem os direitos autorais. Em 1947, seu mandato de deputado é cassado, pouco depois de o PCB ser posto fora da lei. No mesmo ano, nasce no Rio de Janeiro João Jorge, o primeiro filho com Zélia Gattai. Em 1948, devido à perseguição política, Jorge Amado exila-se, sozinho, voluntariamente em Paris. Sua casa no Rio de Janeiro é invadida pela polícia, que apreende livros, fotos e documentos. Zélia e João Jorge partem para a Europa, a fim de se juntar ao escritor. Em 1950, morre no Rio de Janeiro a filha mais velha de Jorge Amado, Eulália Dalila. No mesmo ano, Amado e sua família são expulsos da França por causa de sua militância política e passam a residir no castelo da União dos Escritores, na Tchecoslováquia. Viajam pela União Soviética e pela Europa Central, estreitando laços com os regimes socialistas.

1951-1955

Em 1951, Getúlio Vargas volta à presidência, desta vez por eleições diretas. No mesmo ano, Jorge Amado recebe o prêmio Stálin, em Moscou. Nasce sua filha Paloma, em Praga. Em 1952, Jorge Amado volta ao Brasil, fixando-se no Rio de Janeiro. O escritor e seus livros são proibidos de entrar nos Estados Unidos durante o período do macarthismo. Em 1954, Getúlio Vargas se suicida. No mesmo ano, Jorge Amado é eleito presidente da Associação Brasileira de Escritores e publica *Os subterrâneos da liberdade*. Afasta-se da militância comunista.

1956-1960

Em 1956, Juscelino Kubitschek assume a presidência da República. Em fevereiro, Nikita Khruchióv denuncia Stálin no 20º Congresso do Partido Comunista da União Soviética. Jorge Amado se desliga do PCB. Em 1957, a União Soviética lança ao espaço o primeiro satélite artificial, o *Sputnik*. Surge, na música popular, a bossa nova, com João Gilberto, Nara Leão, Antonio Carlos Jobim e Vinicius de Moraes. A publicação de *Gabriela, cravo e canela*, em 1958, rende vários prêmios ao escritor. O romance inaugura uma nova fase na obra de Jorge Amado, pautada pela discussão da mestiçagem e do sincretismo. Em 1959, começa a Guerra do Vietnã. Jorge Amado recebe o título de obá Arolu no Axé Opô Afonjá. Embora fosse um "materialista convicto", admirava o candomblé, que considerava uma religião "alegre e sem pecado". Em 1960, inaugura-se a nova capital federal, Brasília.

1961-1965

Em 1961, Jânio Quadros assume a presidência do Brasil, mas renuncia em agosto, sendo sucedido por João Goulart. Yuri Gagarin realiza na nave espacial *Vostok* o primeiro voo orbital tripulado em torno da Terra. Jorge Amado vende os direitos de filmagem de *Gabriela, cravo e canela* para a Metro-Goldwyn-Mayer, o que lhe permite construir a casa do Rio Vermelho, em Salvador, onde residirá com a família de 1963 até sua morte. Ainda em 1961, é eleito para a cadeira 23 da Academia Brasileira de Letras. No mesmo ano, publica *Os velhos marinheiros*, composto pela novela *A morte e a morte de Quincas Berro Dágua* e pelo romance *O capitão-de-longo-curso*. Em 1963, o presidente dos Estados Unidos, John Kennedy, é assassinado. O Cinema Novo retrata a realidade nordestina em filmes como *Vidas secas* (1963), de Nelson Pereira dos Santos, e *Deus e o diabo na terra do sol* (1964), de Glauber Rocha. Em 1964, João Goulart é destituído por um golpe e Humberto Castelo Branco assume a presidência da República, dando início a uma ditadura militar que irá durar duas décadas. No mesmo ano, Jorge Amado publica *Os pastores da noite*.

1966-1970

Em 1968, o Ato Institucional nº 5 restringe as liberdades civis e a vida política. Em Paris, estudantes e jovens operários levantam-se nas ruas sob o lema "É proibido proibir!". Na Bahia, floresce, na música popular, o tropicalismo, encabeçado por Caetano Veloso, Gilberto Gil, Torquato Neto e Tom Zé. Em 1966, Jorge Amado publica *Dona Flor e seus dois maridos* e, em 1969, *Tenda dos Milagres*. Nesse último ano, o astronauta norte-americano Neil Armstrong torna-se o primeiro homem a pisar na Lua.

1971-1975

Em 1971, Jorge Amado é convidado a acompanhar um curso sobre sua obra na Universidade da Pensilvânia, nos Estados Unidos. Em 1972, publica *Tereza Batista cansada de guerra* e é homenageado pela Escola de Samba Lins Imperial, de São Paulo, que desfila com o tema "Bahia de Jorge Amado". Em 1973, a rápida subida do preço do petróleo abala a economia mundial. Em 1975, *Gabriela, cravo e canela* inspira novela da TV Globo, com Sônia Braga no papel principal, e estreia o filme *Os pastores da noite*, dirigido por Marcel Camus.

1976-1980

Em 1977, Jorge Amado recebe o título de sócio benemérito do Afoxé Filhos de Gandhy, em Salvador. Nesse mesmo ano, estreia o filme de Nelson Pereira dos Santos inspirado em *Tenda dos Milagres*. Em 1978, o presidente Ernesto Geisel anula o AI-5 e reinstaura o *habeas corpus*. Em 1979, o presidente João Baptista Figueiredo anistia os presos e exilados políticos e restabelece o pluripartidarismo. Ainda em 1979, estreia o longa-metragem *Dona Flor e seus dois maridos*, dirigido por Bruno Barreto. São dessa época os livros *Tieta do Agreste* (1977), *Farda, fardão, camisola de dormir* (1979) e *O gato malhado e a andorinha Sinhá* (1976), escrito em 1948, em Paris, como um presente para o filho.

1981-1985

A partir de 1983, Jorge Amado e Zélia Gattai passam a morar uma parte do ano em Paris e outra no Brasil — o outono parisiense é a estação do ano preferida por Jorge Amado, e, na Bahia, ele não consegue mais encontrar a tranquilidade de que necessita para escrever. Cresce no Brasil o movimento das Diretas Já. Em 1984, Jorge Amado publica *Tocaia Grande*. Em 1985, Tancredo Neves é eleito presidente do Brasil, por votação indireta, mas morre antes de tomar posse. Assume a presidência José Sarney.

1986-1990

Em 1987, é inaugurada em Salvador a Fundação Casa de Jorge Amado, marcando o início de uma grande reforma do Pelourinho. Em 1988, a Escola de Samba Vai-Vai é campeã do Carnaval, em São Paulo, com o enredo "Amado Jorge: A história de uma raça brasileira". No mesmo ano, é promulgada nova Constituição brasileira. Jorge Amado publica *O sumiço da santa*. Em 1989, cai o Muro de Berlim.

1991-1995

Em 1992, Fernando Collor de Mello, o primeiro presidente eleito por voto direto depois de 1964, renuncia ao cargo durante um processo de *impeachment*. Itamar Franco assume a presidência. No mesmo ano, dissolve-se a União Soviética. Jorge Amado preside o 14º Festival Cultural de Asylah, no Marrocos, intitulado "Mestiçagem, o exemplo do Brasil", e participa do Fórum Mundial das Artes, em Veneza. Em 1992, lança dois livros: *Navegação de cabotagem* e *A descoberta da América pelos turcos*. Em 1994, depois de vencer as Copas de 1958, 1962 e 1970, o Brasil é tetracampeão de futebol. Em 1995, Fernando Henrique Cardoso assume a presidência da República, para a qual seria reeleito em 1998. No mesmo ano, Jorge Amado recebe o prêmio Camões.

1996-2000

Em 1996, alguns anos depois de um enfarte e da perda da visão central, Jorge Amado sofre um edema pulmonar em Paris. Em 1998, é o convidado de honra do 18º Salão do Livro de Paris, cujo tema é o Brasil, e recebe o título de doutor *honoris causa* da Sorbonne Nouvelle e da Universidade Moderna de Lisboa. Em Salvador, termina a fase principal de restauração do Pelourinho, cujas praças e largos recebem nomes de personagens de Jorge Amado.

2001

Após sucessivas internações, Jorge Amado morre em 6 de agosto de 2001.

COMPANHIA DE BOLSO

Jorge AMADO
Capitães da Areia
Mar morto
Carlos Drummond de ANDRADE
Sentimento do mundo
Hannah ARENDT
Homens em tempos sombrios
Origens do totalitarismo
Philippe ARIÈS, Roger CHARTIER (Orgs.)
História da vida privada 3 — Da Renascença ao Século das Luzes
Karen ARMSTRONG
Em nome de Deus
Uma história de Deus
Jerusalém
Paul AUSTER
O caderno vermelho
Ishmael BEAH
Muito longe de casa
Jurek BECKER
Jakob, o mentiroso
Marshall BERMAN
Tudo que é sólido desmancha no ar
Jean-Claude BERNARDET
Cinema brasileiro: propostas para uma história
Harold BLOOM
Abaixo as verdades sagradas
David Eliot BRODY, Arnold R. BRODY
As sete maiores descobertas científicas da história
Bill BUFORD
Entre os vândalos
Jacob BURCKHARDT
A cultura do Renascimento na Itália
Peter BURKE
Cultura popular na Idade Moderna
Italo CALVINO
Os amores difíceis
O barão nas árvores
O cavaleiro inexistente
Fábulas italianas
Um general na biblioteca
Os nossos antepassados
Por que ler os clássicos
O visconde partido ao meio
Elias CANETTI
A consciência das palavras
O jogo dos olhos
A língua absolvida
Uma luz em meu ouvido
Bernardo CARVALHO
Nove noites
Jorge G. CASTAÑEDA
Che Guevara: a vida em vermelho
Ruy CASTRO
Chega de saudade
Mau humor
Louis-Ferdinand CÉLINE
Viagem ao fim da noite
Sidney CHALHOUB
Visões da liberdade
Jung CHANG
Cisnes selvagens
John CHEEVER
A crônica dos Wapshot
Catherine CLÉMENT
A viagem de Théo
J. M. COETZEE
Infância
Juventude
Joseph CONRAD
Coração das trevas
Nostromo
Mia COUTO
Terra sonâmbula
Alfred W. CROSBY
Imperialismo ecológico
Robert DARNTON
O beijo de Lamourette
Charles DARWIN
A expressão das emoções no homem e nos animais
Jean DELUMEAU
História do medo no Ocidente
Georges DUBY
Damas do século XII
História da vida privada 2 — Da Europa feudal à Renascença (Org.)
Idade Média, idade dos homens
Mário FAUSTINO
O homem e sua hora
Meyer FRIEDMAN,
Gerald W. FRIEDLAND
As dez maiores descobertas da medicina
Jostein GAARDER
O dia do Curinga
Maya
Vita brevis
Jostein GAARDER, Victor HELLERN,
Henry NOTAKER
O livro das religiões

Fernando GABEIRA
O que é isso, companheiro?
Luiz Alfredo GARCIA-ROZA
O silêncio da chuva
Eduardo GIANNETTI
Auto-engano
Vícios privados, benefícios públicos?
Edward GIBBON
Declínio e queda do Império Romano
Carlo GINZBURG
Os andarilhos do bem
História noturna
O queijo e os vermes
Marcelo GLEISER
A dança do Universo
O fim da Terra e do Céu
Tomás Antônio GONZAGA
Cartas chilenas
Philip GOUREVITCH
Gostaríamos de informá-lo de que amanhã seremos mortos com nossas famílias
Milton HATOUM
A cidade ilhada
Cinzas do Norte
Dois irmãos
Relato de um certo Oriente
Um solitário à espreita
Patricia HIGHSMITH
Ripley debaixo d'água
O talentoso Ripley
Eric HOBSBAWM
O novo século
Sobre história
Albert HOURANI
Uma história dos povos árabes
Henry JAMES
Os espólios de Poynton
Retrato de uma senhora
P. D. JAMES
Uma certa justiça
Ismail KADARÉ
Abril despedaçado
Franz KAFKA
O castelo
O processo
John KEEGAN
Uma história da guerra
Amyr KLINK
Cem dias entre céu e mar
Jon KRAKAUER
No ar rarefeito
Milan KUNDERA
A arte do romance
A brincadeira
A identidade
A ignorância
A insustentável leveza do ser
A lentidão
O livro do riso e do esquecimento
Risíveis amores
A valsa dos adeuses
A vida está em outro lugar
Danuza LEÃO
Na sala com Danuza
Primo LEVI
A trégua
Alan LIGHTMAN
Sonhos de Einstein
Gilles LIPOVETSKY
O império do efêmero
Claudio MAGRIS
Danúbio
Naguib MAHFOUZ
Noites das mil e uma noites
Norman MAILER (JORNALISMO LITERÁRIO)
A luta
Janet MALCOLM (JORNALISMO LITERÁRIO)
O jornalista e o assassino
A mulher calada
Javier MARÍAS
Coração tão branco
Ian McEWAN
O jardim de cimento
Sábado
Heitor MEGALE (Org.)
A demanda do Santo Graal
Evaldo Cabral de MELLO
O negócio do Brasil
O nome e o sangue
Luiz Alberto MENDES
Memórias de um sobrevivente
Gita MEHTA
O monge endinheirado, a mulher do bandido e outras histórias de um rio indiano
Jack MILES
Deus: uma biografia
Vinicius de MORAES
Antologia poética
Livro de sonetos
Nova antologia poética
Orfeu da Conceição
Fernando MORAIS
Olga
Helena MORLEY
Minha vida de menina

Toni MORRISON
Jazz
V. S. NAIPAUL
Uma casa para o sr. Biswas
Friedrich NIETZSCHE
Além do bem e do mal
O Anticristo
Aurora
O caso Wagner
Crepúsculo dos ídolos
Ecce homo
A gaia ciência
Genealogia da moral
Humano, demasiado humano
Humano, demasiado humano, vol. II
O nascimento da tragédia
Adauto NOVAES (Org.)
Ética
Os sentidos da paixão
Michael ONDAATJE
O paciente inglês
Malika OUFKIR, Michèle FITOUSSI
Eu, Malika Oufkir, prisioneira do rei
Amós OZ
A caixa-preta
O mesmo mar
José Paulo PAES (Org.)
Poesia erótica em tradução
Orhan PAMUK
Meu nome é Vermelho
Georges PEREC
A vida: modo de usar
Michelle PERROT (Org.)
História da vida privada 4 — Da Revolução Francesa à Primeira Guerra
Fernando PESSOA
Livro do desassossego
Poesia completa de Alberto Caeiro
Poesia completa de Álvaro de Campos
Poesia completa de Ricardo Reis
Ricardo PIGLIA
Respiração artificial
Décio PIGNATARI (Org.)
Retrato do amor quando jovem
Edgar Allan POE
Histórias extraordinárias
Antoine PROST, Gérard VINCENT (Orgs.)
História da vida privada 5 — Da Primeira Guerra a nossos dias
David REMNICK (JORNALISMO LITERÁRIO)
O rei do mundo
Darcy RIBEIRO
Confissões
O povo brasileiro
Edward RICE
Sir Richard Francis Burton
João do RIO
A alma encantadora das ruas
Philip ROTH
Adeus, Columbus
O avesso da vida
Casei com um comunista
O complexo de Portnoy
Complô contra a América
Homem comum
A marca humana
Pastoral americana
O teatro de Sabbath
Elizabeth ROUDINESCO
Jacques Lacan
Arundhati ROY
O deus das pequenas coisas
Murilo RUBIÃO
Murilo Rubião — Obra completa
Salman RUSHDIE
Haroun e o Mar de histórias
Oriente, Ocidente
O último suspiro do mouro
Os versos satânicos
Oliver SACKS
Um antropólogo em Marte
Enxaqueca
Tio Tungstênio
Vendo vozes
Carl SAGAN
Bilhões e bilhões
Contato
O mundo assombrado pelos demônios
Edward W. SAID
Cultura e imperialismo
Orientalismo
José SARAMAGO
O Evangelho segundo Jesus Cristo
História do cerco de Lisboa
O homem duplicado
A jangada de pedra
Arthur SCHNITZLER
Breve romance de sonho
Moacyr SCLIAR
O centauro no jardim
A majestade do Xingu
A mulher que escreveu a Bíblia
Amartya SEN
Desenvolvimento como liberdade
Dava SOBEL
Longitude
Susan SONTAG
Doença como metáfora / AIDS e suas metáforas
A vontade radical

Jean STAROBINSKI
Jean-Jacques Rousseau
I. F. STONE
O julgamento de Sócrates
Keith THOMAS
O homem e o mundo natural
Drauzio VARELLA
Estação Carandiru
John UPDIKE
As bruxas de Eastwick
Caetano VELOSO
Verdade tropical
Erico VERISSIMO
Caminhos cruzados
Clarissa
Incidente em Antares
Paul VEYNE (Org.)
História da vida privada 1 — Do Império Romano ao ano mil
XINRAN
As boas mulheres da China
Ian WATT
A ascensão do romance
Raymond WILLIAMS
O campo e a cidade
Edmund WILSON
Os manuscritos do mar Morto
Rumo à estação Finlândia
Edward O. WILSON
Diversidade da vida
Simon WINCHESTER
O professor e o louco

1ª edição Companhia das Letras [2008] 39 reimpressões
1ª edição Companhia de Bolso [2009] 58 reimpressões

Esta obra foi composta pelo 2 estúdio gráfico em Janson Text e impressa em ofsete pela Gráfica Bartira sobre papel Pólen da Suzano S.A. para a Editora Schwarcz em outubro de 2025